ANNA SILBER
CHOPINHOF BLUES

*Gedruckt mit freundlicher Unterstützung von
Stadt Wien Kultur.*

Für F.

Copyright © 2022 Picus Verlag Ges.m.b.H., Wien
Alle Rechte vorbehalten
Grafische Gestaltung: Dorothea Löcker, Wien
Umschlagabbildung: © Katarina Radovic/stocksy
Druck und Verarbeitung:
EuroPB, s.r.o., Tschechische Republik
ISBN 978-3-7117-2117-4

Informationen über das aktuelle Programm
des Picus Verlags und Veranstaltungen unter
www.picus.at

ANNA SILBER

CHOPINHOF BLUES

ROMAN

PICUS VERLAG WIEN

KAPITEL 1: KATJA

Als Tilo rübersah, wusste ich schon, dass der Boden der Tatsachen ein doppelter war. Dass er es schon wieder tat, obwohl wir die letzten anderthalb Tage damit verbracht hatten, genau darüber zu reden: dass er es nicht lassen konnte. Dass er sich genau die Frauen anlachen musste, die ganz sicher Schwierigkeiten bedeuten würden. Die verheirateten. Die verlobten. Er sah rüber mit diesem Tilo-Blick, obwohl er vor weniger als einer Woche sitzen gelassen wurde, von genau so einer Frau.

»Tilo.«

»Was? Was schaust du so?«

»Guck sie dir an, Mann. Das ist doch scheiße. Die hat doch sogar den Ring am Finger, ich mein, guck halt mal da hin.«

»Ich schau halt woanders hin.«

»Du bist ein Arschloch, Tilo.«

»Aber das ist nix Neues, oder?«, sagte er, als wäre das alles ein Spiel. Ich sah ihm fest in die hellen Augen. Ein bisschen Grün im Blau. *Eine sichere Insel im weiten Meer,* Mamas Worte, hundertmal gehört.

»Ich will gehen.« Ich klang trotziger als gewollt.

»Wieso denn jetzt? Nur weil ich eine Frau anschaue?«, fragte Tilo. »Ich mach ja sonst gar nichts, ich geh nicht zu ihr hin, ich sag nix zu ihr, in zwanzig Minuten bin ich hier aus der Tür raus, bring dich zum Bahnhof und dann seh ich die nie wieder, komm schon, Socke, nimm das doch nicht so ernst!«

Ich sah ihn vor mir, an dem Tag, als er ausgezogen war aus dem Kleinen Bahnweg, wie er den Rucksack auf den Koffer und die Sporttasche gehievt hatte und beim letzten Winken wieder alles auseinanderfiel. Wir kannten niemanden mit Auto, in Jugendheimen hatte kein Mensch Geld für ein Auto.

Also war Tilo Zug gefahren, von Kassel nach Wien, wo er überraschend ein Stipendium bekommen hatte. Weder er noch ich waren damals je in Wien gewesen, überhaupt in Österreich. Die weiteste Reise war an die Ostsee gewesen, in unserem dritten oder vierten Jahr im Kleinen Bahnweg.

Tilo sah weiter rüber zu der Frau mit dem Ring. Bis auch sie hersah, ein verwundertes Lächeln auf den Lippen. Sie war schön, ja. Alle seine Frauen waren schön. Und alle hatten sie diesen Blick, wenn sie Tilo ansahen, Tilo mit dem Lockenkopf und den Inselaugen. Ich sah zwischen ihr und Tilo hin und her, bis es nicht mehr auszuhalten war.

»Tilo!« Er drehte sich ein bisschen, sah mich endlich richtig an.

»Sorry.« Er nahm meine Hand, drehte sie um und fuhr routiniert die Narbe in meiner Handinnenfläche entlang. Wie klein waren wir gewesen, wie lang war es her, als Mama uns von einer befreundeten Wahrsagerin erzählte, die händelesend alle Geheimnisse aufdecken konnte und uns bald besuchen würde. Tilo und ich wollten nicht, dass irgendwer unsere Geheimnisse herausfand. Tilo kam auf die Idee mit dem Messer. Ich fing an, weil er sich nicht traute. Ein schneller Schnitt einmal quer über die Handinnenfläche, damit die Wahrsagerin nichts erkennen würde. Ich schrie nicht, Tilo dafür laut. Mama, die damals schon nicht mehr an Ärzte glaubte, schmierte eine selbst gemachte Creme auf die Schnittwunde, band ein Geschirrtuch darum und setzte mich zwischen Räucherstäbchen. Zwei Tage später fiel ich in der Schule einfach vom Stuhl. Die Lehrerin rief erst den Krankenwagen an, dann das Jugendamt.

»Du warst so tapfer, Katja«, sagte Tilo mit Blick auf die hässliche Verfärbung, die sich quer über meine Hand zog, »ich hätte das nie durchgezogen mit dem Messer. Aber dafür hatte ich dich ja. Hab ich dich ja«, fügte er hinzu, lächelte, als wäre das alles eigentlich ganz harmlos gewesen. Kein Wort zu Mamas Schweigen, nachdem das Jugendamt zum ersten Hausbesuch gekommen war. Kein Wort zu den Stunden allein, eingesperrt drinnen oder ausgesperrt draußen, weil ich mich in der Schule nicht zusammengerissen hatte, weil ich uns den Staat ins Haus geschafft hatte. Kein Wort zu allem, was danach kam. Ich räusperte mich.

»Pass einfach auf dich auf«, sagte ich leiser.

»Sowieso«, sagte Tilo, der es immer schaffte, dass ihm alle wohlgesonnen waren. Ich warf einen Blick auf die Uhr.

»Komm, wir müssen los.« Tilo nickte, fuhr sich durch die Haare und holte sein Drehzeug aus dem Mantel. Ich sah nicht hin, als wir an dem Tisch der schönen Frau vorbeigingen.

Der Wiener Bahnhof Meidling war so verschandelt wie eh und je, ich winkte Tilo aus dem Zug zu. Wieder war ein Notfall-Kurzbesuch vorüber, ich saß drinnen und er stand draußen, fuhr sich durch die Locken, sah unruhig zwischen mir, der Bahnhofsuhr und der Lok hin und her. Ich musterte ihn, blieb an seinen Schuhen hängen, die wir gestern in einem Secondhandladen gekauft hatten. Die Verkäuferin hatte sie extra für Tilo aufbewahrt, weil sie *sicher keinem sonst so gut stehen würden*. Tilo hatte gelacht, die Schuhe anprobiert, viel zu wenig Geld dafür gezahlt und die alten, mit denen er gekommen war, gleich dort gelassen. Wer traute sich, so zu leben?

Der Zug ruckelte los, von Wien Richtung Berlin. Es stank nach Bremsen. Draußen winkte Tilo ein letztes Mal, bevor er sich umdrehte und zurück in die Bahnhofshalle ging. Von hinten sah er aus wie ein Fremder.

Der Zug hatte gerade Sankt Pölten hinter sich gelassen, als mein Handy klingelte. Ich drückte den Anruf weg. Keine halbe

Minute später rief sie wieder an, wieder drückte ich sie weg. Beim dritten Anruf hob ich ab, alles sinnlos.

»Hallo«, sagte ich.

»Katja«, sagte sie. »Wie geht es dir?«

»Was willst du, Mama?« Der Mann im Sitz gegenüber hob den Blick, sah mich interessiert an.

»Nur anrufen, Katja. Ich will dir nichts Böses.« Ihre Stimme viel zu weich.

»Mh.«

»Wo bist du denn? Wie geht es dir? Bist du unterwegs?« So viele Pseudofragen.

»Ich sitze im Zug.«

»Warst du bei Tilo?« Hatte er ihr erzählt, dass ich kommen würde?

»Ja.«

»Geht es ihm besser?« Also doch. Warum erzählte er ihr von seinem Leben?

»Das musst du ihn fragen, nicht mich. Ich war nur dort, um ihm zu helfen. Aber jetzt muss ich …«

»Katja, ich will dich nicht aufhalten«, unterbrach sie mich, wenigstens war die Waschmittelstimme weg. Vielleicht hatte sie endlich verstanden, dass sie mir nichts vorzuspielen brauchte. Dass ich nur noch ans Telefon ging, damit Tilo Ruhe gab.

»Was willst du dann?«, fragte ich.

»Ich will nur wissen, ob du sicher zum Jubiläum kommst.«

»Ich habe zugesagt, also komme ich.«

»Gut.«

»Für Tilo komme ich, Mama, nicht für dich.«

»Ich verstehe. Aber …« Ich legte auf. Der Mann gegenüber sah mich immer noch an. Ich hatte Lust, eine Grimasse zu schneiden oder ihn anzuschreien oder ihm einfach alles zu erzählen, einem wildfremden Mann im Zug, die ganze Geschichte, die niemand außer Tilo und mir kannte. Jedes Detail, das mir einfiel, um die vollen acht Stunden von hier bis nach Berlin zu füllen. Der Mann senkte den Blick, ich atmete aus. *Ruhe im Kopf.*

»Frau März, Sie können nicht jedes zweite Wochenende die Fliege machen, Sie haben Verantwortung, das wissen Sie, oder?« Giacomo stand in meinem Büro und am liebsten hätte ich ihm die Tür in seine parfümierte Visage geknallt. Auf dass es endlich ein Ende nehmen würde, das Sticheln, das Urteilen.

»Es war nur das Wochenende, kein einziger Wochentag«, sagte ich und konzentrierte mich auf meine Stimme, so wie ich es gelernt hatte. Ruhig und selbstbewusst. Das Tempo herunterfahren. Die Worte meines Coaches im Ohr. *Ruhe im Kopf, Ruhe im Körper.*

»Frau März, niemand braucht diese Ausreden.« Giacomo schüttelte den Kopf, eine Theatergeste. Mit jeder Handbewegung, mit jedem Heben der Augenbrauen musste er unterstreichen, dass er es geschafft hatte. Giacomo Andreotti, die Großeltern aus Apulien, die Eltern aus Recklinghausen, er selbst mit fünfunddreißig schon *Head of Human Resources Europe*. Ich atmete aus, immer die Ruhe bewahren.

»Es war eine Familienangelegenheit.«

»Mhm, die berühmte Familienangelegenheit.«

»Ja.«

»Frau März, Sie ...«

»Ich muss leider ins Meeting, es ist gleich zehn«, unterbrach ich ihn und musste mir ein Grinsen verkneifen. Das hatte er von seinem Organisationsfimmel, von seiner Pünktlichkeitsobsession. Ich stand auf, die Bluse kratzte unter meinem Nacken. Kurz der Gedanke, Giacomo zu bitten, die Bluse aufzuknöpfen und seine Hand auf die juckende Stelle zu legen. Seine Hand einfach dort liegen zu lassen, bis es zehn war, zehn nach zehn, halb elf. Ich drückte die Schultern nach hinten und unten, nickte ihm zu. »Herr Andreotti.«

»Frau März.« Ich ging an ihm vorbei, roch sein Parfüm. Er musste meines auch riechen, fremd war es ihm lange nicht mehr.

Kilian von gegenüber, Büro 307, rückte sich die Krawatte zurecht, stümperhaft. Den Job würde er bestimmt nicht mehr lange haben.

»Also.« Er sah einmal der Reihe nach kurz in jedes der acht Gesichter im Raum, räusperte sich, »das mit Herrn Gajic, das wird leider noch dauern.« Niemand sagte etwas, nur Giacomos Kugelschreiberklicken war zu hören, nervtötend. Ob er das absichtlich machte? Kilian räusperte sich wieder.

»Sein Antrag liegt bei der Ausländerbehörde, die prüfen …«

»Herr Scholz, ersparen Sie uns bitte die Details«, unterbrach Giacomo ihn, »es ist Ihre Arbeit, Ihre Verantwortung, Herrn Gajics Relocation sauber über die Bühne zu bringen. Vor …«, er blätterte eine Seite um, die vor ihm lag, »vor drei Monaten wurde der Antrag gestellt, Herr Gajic sollte lange schon hier sein. Ich muss Ihnen nicht erklären, welche Folgen das hat, Herr Scholz, wenn der neue *Head of IPO* sein Startdatum um mehr als einen Monat verpasst, oder?« Er lehnte sich zurück, seine Rede war fertig, Kilian abgestraft, alle anderen abgeschreckt. Verdammtes Mittelalter in dieser Bank.

»Ich werde mich bemühen …«, setzte Kilian an.

»Ich bitte darum«, sagte Giacomo, dann drehte er seinen Kopf zu mir. Punkt eins der Agenda erledigt, *Immigration and Relocation Mr. Gajic, Boston (US) to Berlin (GER), process delay, responsible: Mr. Scholz*, stand dort. Alles auf Englisch, obwohl alle im Raum Deutsch sprachen. Dann Punkt zwei, *Skilled professionals offensive, responsible: Ms. März.*

»Bitte, Frau März«, sagte Giacomo. Ich hatte Lust, ihm den Folder um die Ohren zu hauen. Blätter würden durch die Luft fliegen, Kilian und die anderen würden aufspringen, Giacomo hingegen würde sitzen bleiben und seelenruhig auf seinem Diensthandy die Tastenkombination für Security eingeben, 1435. Er würde den Security-Männern mit Genugtuung dabei zusehen, wie sie mich zum Aufzug bringen würden. Eine Frau, die sich die Blöße gegeben hatte, die durch ihn Stück für Stück an Wichtigkeit gewonnen und sie in einer einzigen Sekunde wieder verloren hatte.

Ich räusperte mich, stand auf, das Tablet in der Hand, drückte auf *Start presentation*, während ich in acht Gesichter sah, die jeden Tag die gleichen waren. Giacomo, Kilian, Jaime, Elias, Jörg, Oliver, Hubert. Und Laurine, Huberts Sekretärin. Alle Blicke auf mir und der kratzenden Bluse, die fast durchsichtig war. Egal. Durchatmen, ruhig sprechen. Gelassenheit in jeder Bewegung. *Ein Dach, ein Dach, was wollen wir mehr.*

»Eine globale Offensive ist, was wir jetzt brauchen, wenn wir verhindern wollen, dass uns der Zug der Zukunft überholt«, begann ich meine Präsentation. Blick auf die Leinwand, dann zu Jaime. »Jeden Tag werden weltweit Hunderte Fachkräfte in Banken relocated, von Kuala Lumpur nach Shanghai, von Teheran nach Paris, von Belgrad nach Montreal. Nur wir bleiben hängen, weil wir in Berlin sind. Wir könnten das hinnehmen und dabei zusehen, wie wir Monat für Monat gegen die Konkurrenz verlieren. Oder aber …« Ich hielt inne, ging an der Leinwand vorbei, klickte auf *Next slide*, lächelte, atmete, »wir gehen in die Offensive, weltweit. Mit einem neuen Recruitment-Programm, das uns aus der Masse heraushebt. Professionell, strategisch, nachhaltig.« Auf der Leinwand die

Worte auf Englisch: *professional, strategic, sustainable.* Blick zu Jörg, der langsam nickte. Blick zu Giacomo, der anerkennend grinste. Kein Kugelschreiberklicken mehr.

KAPITEL 2: ÁDÁM

Natürlich war Aniko draußen. Ádám wusste es genau. Wo sie stand, wie sie dreinschaute. Er sah sie vor dem Schaufenster stehen, vor diesem Fenster, hinter dem es stand. Das Nilpferd. Und während Ádám zu Hause auf sie wartete, sah Aniko bestimmt gerade auf die schimmernde Haut des majestätischen Tieres. Ádám wusste, dass es unsinnig war, auf dieses Nilpferd eifersüchtig zu sein. Eigentlich verstand er sich selbst nicht, diese Wut. Aber vor allem verstand er Aniko nicht und das war eigentlich das Schlimmste: wie diese Frau, seine Frau, die Buchhalterin mit dem ernstesten Blick Ungarns, sich so in etwas hineinsteigern konnte. Wegen einer faustgroßen Nilpferdfigur.

Ádám stand vom Sofa auf und ging ans Fenster. Ein Gefühl der Nähe zu Aniko erfasste ihn plötzlich. Vielleicht, dachte er, weil sie in diesem Moment ganz ähnlich dastanden, beide vor einem Fenster, beide voller Erwartung. Ádám hoffte, unten die Tür von der Straße in den Innenhof aufgehen zu sehen, und sie zu sehen, wie sie mit ihrem Stakkato-Gang den Innenhof in einer geraden Linie durchquerte. Was Aniko hoffte, konnte er sich denken.

Aniko wollte eine Antwort. Eine Antwort, die Ádám ihr schon hundertmal gegeben hatte: *Ja, natürlich. Ja, nichts wäre schöner.* Aber für Aniko reichte das nicht. Sie brauchte mehr, und darum starrte sie jetzt bestimmt schon seit zwanzig Minuten auf die bronzene Haut des Nilpferds. Weil es schon einmal zu ihr gesprochen hatte. Weil es wieder zu ihr sprechen würde. Dessen war sich Aniko sicher. So sicher, dass Ádám gerne gegen das Wohnzimmerfenster geschlagen hätte.

Er ging in die Küche. Alles, was wichtig war in seinem Leben, befand sich in diesem Raum. Die Gewürzdosen, die er von seinem ersten Gehalt in Wien gekauft hatte. Der jahrzehntealte Sauerteigansatz, den Aniko ihm zur Hochzeit geschenkt hatte. Und darüber thronte das Foto, das alles auf den Punkt brachte: Aniko und er vor dem Standesamt in Wien, er lächelte, sie lachte, mit offenem Mund und weiten Augen. Sie lachte und sah nur ihn dabei an, und ihr blaues Kleid hatte die gleiche Farbe wie ihre Augen und der Wiener Himmel über ihnen. Ádám sah das Bild an und schämte sich für seine Unsicherheit, seinen Trotz. Warum wollte er seiner Frau vorschreiben, vor welchem Fenster sie zu stehen hatte und vor welchem nicht?

Als er die Weingläser des Vorabends abtrocknete, hörte er die Wohnungstür leise quietschen.

»Hey!«, rief eine Stimme, die für Ádám nach Winter klang, nach stiller Kälte.

»Ich bin hier!«, rief er zurück, hörte ein Rascheln, Schritte, dann stand Aniko in der Küche.

»Und?«, fragte er und versuchte, nicht zu ungeduldig zu klingen.

»Nichts«, antwortete Aniko und sah mehr auf das Glas in seinen Händen als auf ihn, »wieder nichts.« Ádám stellte das Glas auf seinen Platz zurück, ging auf sie zu und nahm sie in den Arm. Was war nur mit ihnen passiert, dass eine solch elementare Entscheidung von der vermeintlichen Reaktion eines Nilpferds abhing? Er räusperte sich.

»Pasta?«, fragte er, darum bemüht, mit fester Stimme zu sprechen.

»Nein, geht schon, ich hab keinen Hunger«, sagte seine Frau, die sich durch die hellen Haare fuhr und sie zu einem kleinen chaotischen Zopf zusammenband. Ádám nickte. Er lächelte sie an und sah ihr dabei zu, wie sie kehrtmachte, einen kleinen Seufzer ausstieß, aus der Küche ging und ihn zurückließ.

Das Wochenende lag vielversprechend vor Ádám, er hatte Pläne gemacht, die weit weg von Wien und dem Nilpferd führten. Sie würden an den Neusiedler See fahren, die Zugtickets dafür hatte er ausgedruckt, Samstag hin, Sonntag zurück. Als er Aniko in der Früh weckte, drehte sie sich weg.

»*Drágám?*«, fragte er in die dämmrige Stille.

»Mh.«

»In einer Stunde müssen wir los, was magst du frühstücken?«

»Mh.«

»Aniko?« Sie zog sich die Bettdecke über den Zopf, der immer noch auf ihrem Kopf thronte.

»Aniko, bitte.«

»Nein.«

»Es ist alles gebucht und das Wetter ist schön und wir können machen, was wir wollen am See, du kannst auch entscheiden, aber bitte fahren wir, bitte.« Aniko drehte sich stöhnend zu ihm um, zog sich die Decke bis zum Kinn herunter und blinzelte.

»Ich mag da nicht hin, es ist zu kalt«, sagte sie verschlafen und doch so hart, als hätte sie etwas zu verlieren.

»Aber wir haben es gemeinsam geplant«, erwiderte Ádám, »und es ist alles vorbereitet.«

»Dann fahr doch einfach alleine, Mann«, sagte Aniko, während sie sich wieder von ihm wegdrehte. Ádám stand von der Bettkante auf, atmete durch, ging einmal quer durch die Wohnung, zog Schuhe und Arbeitsjacke an, riss die Tür auf, schlug sie hinter sich zu, so laut es ging, und rannte die sechs Stockwerke nach unten, bis er keuchend im Innenhof stand, seinen Herzschlag zählte und sich fragte, wohin mit allem.

Keine halbe Stunde später saß Ádám auf Daniels Couch. Felix wankte durch die kleine Gemeindebauwohnung im Chopinhof.

Ádám schwieg und sah dem Kleinkind dabei zu, wie es versuchte, an die Fernbedienung zu kommen, die auf dem Couchtisch lag. Daniel rauchte und sah müde aus, müde und grau.

»Danke noch mal«, sagte Ádám, um die Stille zu unterbrechen. Daniel zog an seiner Zigarette und nickte. Felix wankte auf Ádám zu, der das Kind auffing, kurz bevor es auf den Boden gesackt wäre. Er setzte sich Felix auf den Schoß, wippte mit den Knien und strich ihm mit dem Daumen eine der vielen Haarsträhnen aus der Stirn. Ein Wunder, dieses Kind, dachte Ádám.

»Ich weiß es nicht, Alter«, sagte Daniel. Ádám sah ihn fragend an. »Ich weiß nicht, langsam hört sich's echt g'schissen an«, fügte Daniel hinzu.

»Was hört sich geschissen an?«

»Aniko. Die wird ja langsam narrisch, oder? Das siehst du doch auch, Alter.«

»Sie hat einen Stress, das ist alles.« Ádám fragte sich, wem er hier etwas vormachte.

»Was für einen Stress?«, fragte Daniel. »Ihre Arbeit? Komm, so ein Mist. Sie sitzt an einem Schreibtisch und rechnet irgendwas zusammen. Was soll das für ein Stress sein?«

»Nein, ich meine, emotional ist sie gestresst.«

»Ádám.« Daniel sah ihn ernst und immer noch sehr müde an. »Kollege, ganz ehrlich, ich will nicht, dass du so ein blinder Hund wirst wie ich. Reiß dich zusammen. Du machst jeden Scheiß für sie, du gehst joggen mit ihr in Schönbrunn, obwohl man komplett deppert sein muss, wenn man freiwillig durch einen Haufen Schlitzaugen rennen will. Du willst mit ihr an den See fahren, sie muss keinen Finger dafür rühren, und was gibt sie dir dafür? Nix. Gar nix gibt sie dir. Den gleichen Mist wie schon ewig mit dem g'schissenen Nilpferd. Ein Nilpferd, Alter, ein Nilpferd kann ihr doch nicht sagen, ob sie Kinder mit dir haben soll oder nicht. Ádám, komm, denk nach, du bist doch ein Gescheiter.« Ádám sah an ihm vorbei und stattdessen auf den kleinen Menschen auf seinem Schoß.

»Aber was ...«, setzte er an, nur um gleich wieder zu verstummen. Felix fing an, sich in seinen Armen zu winden. »Aber, ich will sie ja auch nicht zwingen oder so«, sagte er dann leise, während er das Kind zurück auf den Teppich setzte. Daniel beugte sich nach vorn, drückte seine Zigarette aus und setzte sich seinen Sohn auf die Oberschenkel. Felix quietschte. Ádám schwieg.

»Komm«, sagte Daniel, »komm, wir fahren.«

»Wohin?«

»An den See, Alter.« Ádám widersprach nicht. Daniel konnte man nichts entgegensetzen.

Sie fuhren im Firmenwagen über die Landstraße. Der Wind pfiff um den Lieferwagen herum, auf dem in verblasster Neonschrift *MALER MARKUS MALT MASSGESCHNEIDERT* stand. Daniel fuhr, Ádám saß rechts, Felix dazwischen.

»Schon sehr schön da«, sagte Ádám mit Blick auf den See.

»Wenn man Wasser mag, schon«, erwiderte Daniel. Ádám sah ihn an und musste schmunzeln.

»Schon, als ich klein war«, setzte er an, aber Felix funkte dazwischen, indem er laut furzte. Ádám sah ihn an, den kleinen Menschen mit den nackten Füßen, der da zwischen ihnen saß und allem freien Lauf ließ, was ihm Schwierigkeiten bereitete, und er merkte, wie das Lachen in ihm hochstieg. Er lachte aus voller Kehle und Daniel, obwohl er das wahrscheinlich ständig erlebte, stieg mit ein, lachte ein raues, zärtliches Lachen und strich seinem Sohn eine Strähne aus der Stirn, während Ádám sich die Tränen wegwischte. Felix sah verdutzt von Mann zu Mann und fing zu jammern an.

»Gleich«, sagte Daniel im letzten Lach-Atemzug, »gleich sind wir da, Vogerl.« Felix schien unbeeindruckt von dieser Aussage zu sein. Der kleine Mund öffnete sich tatsächlich vogelgleich und entließ einen durchdringenden Schrei in die Welt. Ádám und Daniel seufzten gleichzeitig. Daniel fuhr auf die Standspur, holte das Kind aus dem Sitz heraus, hielt den kleinen Hintern in die Luft und verzog sein Gesicht.

Ádám sah den beiden zu und dachte an Aniko. An die Übersiedlung nach Wien vor all den Jahren. An die erste Nacht in der Wohnung, für die sie sich so angestrengt hatten. Für die sie alle Fragen nach Heimat oder Zugehörigkeit tief in sich vergraben hatten. Er dachte an seine Mutter, die ihm zum Abschied unbeholfen und etwas zu fest die Wange getätschelt hatte, während sie ihm Gottes Segen gewünscht hatte. *Alles wird anders in Österreich,* hatte sie gesagt, *pass auf, Söhnchen, pass nur auf dich und deine Aniko auf.*

Das Strandbad lag verlassen da. Der letzte Rest Schnee verlor auf Hartplastikwürfeln den Kampf gegen die Sonne. Ádám hielt Felix in den Armen, zeigte in den Himmel, wo Vögel sich hin und her treiben ließen, kitzelte das Kind am gepolsterten Bauch und dachte wieder an Aniko. Ob sie wohl noch im Bett lag? Ob sie sich fragte, ob er wirklich weggefahren war? Vielleicht hätte er ihr doch zumindest eine SMS schreiben sollen. Er versuchte, mit der einen Hand Felix weiter festzuhalten und mit der anderen das Handy aus der Manteltasche zu ziehen, bemerkte dann aber Daniels Blick und ließ es bleiben.

»Hör auf«, sagte Daniel und sah Ádám fest an, »lass sie auch mal hängen, das hat sie verdient, die Gurk'n.« Ádám sah wieder in den Himmel. Hatte sie das wirklich verdient? Er wusste es nicht. Er wusste nur, dass er sie vermisste, trotz allem. Trotz Sturkopf. Trotz Nilpferd.

»Komm, wir fahren zurück«, sagte er nach einer Pause, in der nur Felix' Brabbeln und der Wind zu hören waren, »Felix wird sicher auch bald müde.« Daniel schüttelte den Kopf.

»Nein, Ádám, wir bleiben. Damit sie weiß, dass sie sich langsam einmal zusammenreißen muss.«

»Danke Daniel, aber ich glaube, sie hat es jetzt eh verstanden. Komm, wir fahren heim.« Daniel antwortete nicht, sah nur weiter auf den See, bis er irgendwann ganz nahe an Ádám herantrat und sagte: »Dir fehlen einfach die Eier, Alter. Wir bleiben jetzt, und es ist mir wurscht, was du sagst. Außerdem hast du das Hotel eh schon bezahlt.«

»Es ist nur eine Pension«, erwiderte Ádám, »und so großartig hat die eigentlich gar nicht ausgeschaut, also …«

»Ádám, lass es bleiben. Wir fahren erst morgen und basta.« Ádám senkte den Kopf. Felix packte die Gelegenheit am Schopf und Ádám kam nicht mehr dazu, sich weiter über Aniko Sorgen zu machen, weil das Kind seine Haare fest nach unten zog. Er hörte Daniel lachen. Vielleicht war es gar nicht so schlecht, einmal mehr auf seinen Freund zu hören.

Felix schlief im Pensionszimmer, während Ádám mit Daniel in der Gaststube saß. Das Babyfon neben ihnen rauschte gleichmäßig und Ádám fragte sich, ob es etwas Schöneres gab, als zu wissen, dass das eigene Kind friedlich schlief. Ihm fiel nichts Besseres ein, also nahm er noch einen Schluck von seinem Bier.

»Sie hat sich nicht einmal gemeldet«, sagte er leise und sah dabei auf das bestickte Tischtuch.

»So sind's, die Frauen«, sagte Daniel, der versuchte, seinen Bierdeckel in der Mitte zu knicken. »Und wir können nicht ohne sie, aber mit ihnen ist es auch nicht zum Aushalten.« Ádám wusste nicht, was er darauf sagen sollte. Daniel redete selten über das, was mit Jacinta passiert war und wie es jetzt war. Er wusste nicht, welche Stimmung herrschte, ob Daniel die kleine zurückhaltende Frau vermisste oder verabscheute, ob er froh über die Trennung war oder sich wünschte, er hätte alles anders gemacht. Ob ihm das Arrangement passte, dass jeder Elternteil eine Woche für Felix zuständig war. Ádám räusperte sich.

»Fehlt sie dir? Jacinta mein ich.«

»Keine Ahnung, Alter.«

»Sorry. Ich wollte nicht, dass du … Ich meine nur, also ich vermisse Aniko schon. Jetzt zum Beispiel. Oder wenn sie wegfährt übers Wochenende. Und ich kann mir nicht vorstellen, wie das ist … Also, wenn da nichts mehr kommt. Wenn … Du weißt, was ich meine.« Er sah Daniel unsicher an. Daniel nickte langsam.

»Na sicher fehlt sie mir. Manchmal«, sagte Daniel ungewohnt leise und Ádám musste sich darauf konzentrieren, genau hinzuhören. »Vor allem wenn der Kleine bei ihr ist, und ich bin allein in der Wohnung und von überallher hörst die anderen. Dann ist es hart. Wenn du allein bist, wenn alle anderen wen haben.« Er fuhr mit dem Zeigefinger über das Babyfon. »Aber es passt schon. Besser als wenn sie noch da wär. Dann wär ich nur grantig die ganze Zeit.« Er nahm einen Schluck Bier. Ádám tat es ihm nach und sah auf Daniels Malerfinger auf dem Babyfon.

»Manchmal«, sagte Daniel nach einer Weile, »überleg ich mir, dass ich sie einfach auffliegen lass. Wenn ich einen richtigen Grant auf sie hab, weißt? Dass ich einfach zur Polizei geh und sag: Eigentlich ist sie nur noch da, weil ich nett genug bin, dass ich mich nicht scheiden lass.«

»Aber du machst es nicht.«

»Sicher. Ich bin ja kein Unmensch. Sieben Jahre ist sie jetzt da in Wien, wo soll sie denn hin? Außerdem hat sie ihn ja lieb, den Kleinen. Und wie soll ich ihm das später sagen, die Mama ist weit weg, in einem Scheißland, und vielleicht haben sie sie schon zusammengeschossen, und weißt, wer schuld daran ist? Dein Papa. Weil er zornig war, der Koffer. Na, sicher nicht.« Daniel schüttelte den Kopf und nestelte weiter an dem Bierdeckel herum.

Ádám nickte und dachte an Aniko, die wahrscheinlich schon im Bett lag. Oder aus Trotz ausgegangen war. Vielleicht hatte sie diese eine Freundin aus der Arbeit angerufen, Clara, und ihr erzählt, dass ihr Mann ein Arschloch sei und dass sie tanzen gehen wolle. Vielleicht hatte sie den Typen aus der ungarischen Botschaft angerufen, der ihr damals vor Ádáms Augen seine Nummer zugeschoben hatte. Vielleicht war sie zu ihm gefahren, vor Stunden schon. Vielleicht trafen sie sich gerade in Anikos Lieblingsbar am Donaukanal. Vielleicht lag seine Hand auf ihrem Bein. Vielleicht lachten sie über Ádám, über seine schüchterne Art. Über seine Unfähigkeit, einen simplen Akt wie eine Passverlängerung durchzuführen, ohne dabei rot zu werden. Ádám räusperte sich.

»Scheiße ist das«, sagte er etwas zu laut. Daniel nickte, hob die Hand und bestellte Schnaps.

Am nächsten Morgen fuhren sie zurück nach Wien, ohne über den Abend zu sprechen oder noch einmal am See zu halten. Daniel schien wie eingegraben in sich selbst, nicht einmal Felix schenkte er viel Aufmerksamkeit. Eine halbe Stunde am Stück schrie das Kind und Ádám versuchte alles Mögliche, um es zu beruhigen. Irgendwann zitterten seine Hände und er fing leise an, ein Lied aus der Werbung zu summen, Almjoghurt-Werbung. Felix hörte auf zu weinen, starrte ihn groß an und fing an zu brabbeln. Ádám wiederholte das Lied, bis das Kind endlich die Augen schloss.

Er lehnte sich zurück. Sein Rücken tat weh. Und Aniko war sicher wütend. Er wollte nicht nach Wien zurück, lieber wollte er zurück zum See, noch einmal in den Himmel zeigen und Felix' staunenden Blick genießen. Er wollte sich Anikos Vorwürfe nicht anhören, sich nicht entschuldigen müssen. Daniel hatte doch recht – *sie* war schließlich nicht mitgekommen. *Er* sollte wütend sein und eine Entschuldigung einfordern. Aber wann hatte er das das letzte Mal getan? Nicht einmal bei der Botschaft damals hatte er etwas gesagt. Obwohl Aniko den Zettel mit der Handynummer lächelnd entgegengenommen hatte.

»Pauserl«, riss ihn Daniel aus seinen Gedanken.

»Bitte?«

»Wir machen ein Pauserl. Der Kleine hat sich angeschissen, glaub ich.«

Als der Lieferwagen vor der Häuserfront im zwanzigsten Bezirk zum Stehen kam, atmete Ádám laut aus und stieg umständlich aus. Daniel ging auf ihn zu. Ádám räusperte sich und setzte zu einem Danke an, als Daniel nur sagte: »Passt schon, Alter. Schön war's«, und ihm auf den Oberarm klatschte. Ádám wusste nicht, was er sagen sollte. Bitte nimm mich mit? Schönen Abend noch? Kann ich mir bitte deinen Sohn ausleihen?

»Bis morgen«, sagte er stattdessen und versuchte zu lächeln.

»Ich hol dich um sechs«, grinste Daniel, stieg ein und fuhr davon. Ádám ging langsam bis zur schweren Haustür und dann noch langsamer durch den Hof. Er hörte sein Herz schlagen und dachte an den Abend, als er Aniko das erste Mal weinen gesehen hatte, Jahre vor ihrer Hochzeit. Daran, wie sie gesagt hatte, dass sie ein Zeichen erhalten habe und dass sie nur rauswolle, raus aus Ungarn, nach Wien, wo nicht alles grau und aussichtslos sei, wo sie es zu etwas bringen könne, anders als in Budapest. Er dachte daran, wie er ständig genickt hatte, wie besessen von dieser bescheuerten Kopfbewegung, auf und ab und auf und ab, und ihr währenddessen ein besseres Leben versprochen hatte, ein gemeinsames besseres Leben in Wien. Wie alt waren sie gewesen, achtzehn, neunzehn? Er zählte nach, aber verrechnete sich wieder und wieder.

Als er schließlich aus dem Aufzug trat und die Wohnungstür aufsperren wollte, zitterten seine Hände. Er spürte die Hitze im Gesicht. Die Tür ging von alleine auf.

»Ádám«, sagte Aniko, die nur in Unterhose und einem Top in der Tür stand, als wäre es das Eleganteste, was ein Mensch an einem Februarabend tun konnte.

»Ich …«, fing Ádám an, aber Aniko nahm ihn am Arm, zog ihn in den schmalen Vorraum, drückte die Tür zu und küsste ihn fest auf den Mund. Ádám wusste nicht, wie ihm geschah. Hatte sie tatsächlich ein schlechtes Gewissen? Oder war etwas passiert?

»Ist was passiert?«, fragte er atemlos.

»Nein, du Depp«, antwortete Aniko, »du hast mir bloß gefehlt.« Sie lächelte. Ádám lächelte unsicher zurück.

»Du mir auch«, sagte er und wollte etwas sagen, was zur Situation passte, irgendetwas, aber Aniko zog ihm schon die Jacke aus, die noch nach Felix und See und Bier roch. Immer noch zittrig versuchte er, es ihr nachzutun und ihr das Top auszuziehen, aber es war zu eng. Aniko schob seine Hände weg und zog es sich selbst aus. Dann drehte sie sich um und ging vor ihm her ins Schlafzimmer, wo sie sich rücklings aufs Bett fallen ließ und sich die Unterhose abstreifte. Ádám folgte ihrem Beispiel, kniete sich vor sie und öffnete vorsichtig ihre Beine. Aniko griff nach hinten und warf ihm ein Kondom zu. Während er es sich überstreifte, musste Ádám an Daniel denken, der jetzt vielleicht gerade auf dem Parkplatz vor dem Chopinhof stand und den schlafenden Felix aus dem Wagen holte. Ádám stellte sich vor, wie sein Freund nach oben schaute und den schwarzen Wiener Himmel auf sich herunterlachen ließ. Er konnte sich nicht entscheiden, ob es ein schönes Bild war oder ein trauriges.

KAPITEL 3: ESRA

Esra wurde schlecht, als sie durch die erste Schiebetür ging. Warum war alles so leise? Leise und sauber. Sie erinnerte sich daran, dass das hier nur ein Flughafen war und Flughäfen immer etwas Unwirkliches an sich hatten. Sie schmeckte Blut auf den aufgesprungenen Lippen. Die nächste Schiebetür ging auf. Sie hätte auf die Toilette gehen sollen, dachte sie, und sich im Spiegel ansehen. Aber wozu die Eitelkeit? Sie ging weiter, der rechte Fuß und das Bein taten noch weh, aber sie hatte sich daran gewöhnt. Der Mensch konnte sich an fast alles gewöhnen.

Vor Esra ging die dritte Tür auf. Das Gesicht ihrer Mutter war mit einem Mal sehr nah, direkt hinter dem Edelstahlgeländer. Ein enges Gefühl in ihrer Brust. Sie war zurück, zurück in Berlin, wo ihre Mutter bestimmt gerade Allah dankte, dass er ihre Tochter heil heimgebracht hatte. Esra ließ alles geschehen, ließ sich von ihrer Mutter umarmen, von ihrem Vater auf die Wange küssen und den Koffer abnehmen.

»Das Ding sieht aus, als wärst du im Krieg gewesen«, sagte er.

»Barbaros, ich bitte dich«, zischte Esras Mutter, »rede doch nicht vom Krieg, du ...« Esra musste schmunzeln. Sie war wirklich zurück. Sie hatte gewusst, dass dieser Tag kommen würde. Von Anfang an hatte sie es gewusst, wie jedes Mal.

»Und du willst sicher nicht bei uns bleiben?«, fragte ihr Vater, während sie langsam das Flughafengebäude verließen.

»Sicher, *baba*, ganz sicher.« Esra fand ihre eigene Stimme seltsam, als hätte sie nur das Gespenst ihrer Stimme mitgenommen und ihre eigentliche in Honduras zurückgelassen.

»Aber da ist noch dieses Mädchen in deiner Wohnung. Esra, Kind, es geht ja in Ordnung, aber du kannst die zwei Wochen auch bei uns sein, vielleicht ist das besser«, sagte ihre Mutter.

Das Kopftuch knisterte leise, während sie sprach. Esra stellte sich vor, wie sie es vor wenigen Stunden zurechtgezupft hatte, vor dem Spiegel im Flur, wie sie die Nadel über dem linken Ohr herausgezogen und neu angesteckt hatte. Immer war es die über dem linken Ohr, nie eine andere.

»Es geht schon, *anne*, ich besuche euch einfach. Morgen schon.« Ihre Eltern nickten im Gleichtakt. Ihr Vater hob den Koffer in den Kofferraum des Opels, während ihre Mutter nicht von Esras Seite wich.

»Kind«, sagte sie leise, während Barbaros die Türen entriegelte. Esra atmete tief durch.

»Es war ja nicht das erste Mal«, antwortete sie, »das ist meine Arbeit.« Ihre Mutter nickte fest, strich Esra über den Arm und stieg ins Auto. Esra hörte ein Flugzeug starten und fragte sich, warum es sich dieses Mal so anders anfühlte.

Das Mädchen, das sie bisher nur auf Skype gesehen hatte, und das jetzt vor Esra in ihrer Einzimmerwohnung stand, sah sie eingeschüchtert an.

»Esra«, sagte sie, »sagt man das mit rollendem R oder mit dem normalen, also … mit dem deutschen R?«

»Esra«, antwortete Esra, »mit deutschem R. Also mit türkischem.«

»Ah, und ich hab mich schon gefragt.« Das Mädchen lächelte unsicher. »Also ein türkischer Name.«

»Ja, genau. Und deiner?«

»Ähm … aus Österreich. Magda. Magdalena. Aber das weißt du ja eh schon.« Ihr Gesicht wurde rot.

»Danke dir auf jeden Fall«, sagte Esra, immer noch mit dieser Gespensterstimme, »das war wirklich nicht geplant, aber wenn du deine Meinung änderst, dann gehe ich sofort, wirklich.« Magda nickte gewissenhaft.

»Kein Problem«, erwiderte sie dann, »es ist ja deine Wohnung und außerdem muss ich dann zwei Wochen weniger zahlen, das macht ja viel aus.« Sie lächelte wieder. Es machte Esra nervös. Lächelte man, weil man sich hundert Euro sparte, obwohl man sich dafür ein Zimmer mit einer völlig Fremden teilen musste?

»Magst du Tee?«, fragte Magda.

»Ja, gerne. Also, kommt darauf an, welchen hast du denn gemacht?«

»So einen Magentee. Spitzwegerich oder so.«

»Gern.« Esra schälte sich aus ihrem Mantel, den sie in Honduras nicht einmal getragen hatte und der ihr nun gigantisch vorkam.

»Es tut mir wirklich leid«, sagte sie, während sie sich zu Magda an den kleinen Tisch setzte, der am rechten Rand der Wohnung stand. Eine kitschige Kerze stand darauf, daneben lagen eine Zeitung, Stifte und eine halbe Orange.

»Was?«, fragte Magda.

»Dass ich schon hier bin. Also, das war wirklich blöd, ich hatte nicht mitbekommen, dass man das Visum so schnell verlängern muss und dann war es schon zu spät.« Magda nickte verständnisvoll und stellte Esra eine Tasse hin, die ihr unbekannt war. Esra nippte an dem lauwarmen Tee und sah Magda genauer an. Sie war wirklich sehr jung, zweiundzwanzig, aber sie hätte auch jünger sein können. Ein schmales Gesicht und hellgraue Augen, wie Beton in der Sonne. Blonde schulterlange Haare, wahrscheinlich nicht einmal gefärbt. Groß, dünn. Ein österreichisches Mädchen ohne Geld und fast ohne Akzent. Sie klang wie eine Deutsche, die lange weg gewesen war.

»Wie war's so?«, fragte Magda und der Beton in ihren Augen flackerte. Esra zuckte mit den Schultern.

»Es ist eine andere Welt«, antwortete sie langsam und trank

den Tee in einem langen Zug aus. »Ich muss mich hinlegen«, sagte sie dann, »der Flug war lang.«

»Klar, ich nehm die Couch.« Esra widersprach nicht. Sie ging die paar Schritte zum Bett, schälte sich aus der Schichtenkleidung, streckte sich kurz, hörte die Gelenke knacken, ließ die Arme wieder sinken und kroch dann in Unterwäsche ins Bett. Ihr eigenes, weiches Bett, das sich wie ein fremdes anfühlte. Sie seufzte. Als sie aufsah, bemerkte sie den erstaunten Blick des Mädchens auf sich.

»Also, Magda«, sagte Esra im Liegen, »ich mache mir nichts aus prüden Etiketten. Wir wohnen hier zusammen für zwei Wochen und wir wissen beide, wie Frauen aussehen.« Magda nickte schnell. Ein bisschen tat sie Esra leid. Bestimmt war Magda einfach nur zu höflich gewesen, um Esra zu sagen, dass sie die Wohnung doch nicht teilen wollte. Aber jetzt war es egal. Man musste zu seinen Entscheidungen stehen. Esra drehte sich um, dachte kurz an Patricia, biss sich auf die Lippe und schloss dann die Augen. Sie war zurück.

Als sie aufwachte, war es stockdunkel um sie. Ein leises Wimmern im Raum. Esra griff automatisch unter ihr Kissen. Wo war das Messer? Erst als sie den Tisch erkennen konnte, verstand sie. Sie war nicht mehr in San Pedro Sula, ihre Fenster waren nicht mehr vergittert, kein Messer lag mehr unter ihrem Kissen. Sie zwang sich, ruhig zu atmen. Alles war gut. Sie war zurück. Langsam rieb sie sich die Schläfen, in denen das Blut pochte. Nichts war gut.

Das Wimmern hielt an. Esra stand auf und schlich zur Couch, wo Magda lag, das Gesicht verzerrt. Esra wurde mulmig zumute. Sie zwang sich, durchzuatmen. Denk ans Jetzt, sagte sie sich, die Welt dreht sich weiter, du bist nur ein kleines Puzzlestück, nichts weiter. Langsam setzte sie sich auf den harten Couchrand. Ihre Hand fand den Weg auf Magdas Stirn ganz von allein. Es fühlte sich gut an. Als könnte sie tatsächlich helfen.

Sie dachte an den kleinen Jungen, an die ruhige Hand seiner Mutter auf der kleinen Stirn. Wie lange war das her? Drei Wochen? Wie sollte sie das je vergessen können? Den Blick, den ihr Camila zugeworfen hatte. Hart und unnachgiebig. Und Esra hatte nichts sagen können, nicht erklären können, warum sie dort war, sie, die reiche Europäerin mit dem Aufnahmegerät, inmitten der *capital de la muerte*, der Hauptstadt des Todes. Sie hatte bloß auf die dunkle Hand auf der kleinen bleichen Stirn gestarrt und sich gefragt, warum diese Hand nicht zitterte. Wie man das schaffte, dem eigenen Kind, das doch nur Kind hatte sein wollen, beim Sterben zuzusehen.

Magdas Wimmern hatte aufgehört, sie atmete tief und ruhig. Esra sah auf den Wecker neben dem Bett. Vier Uhr. In San Pedro Sula wäre sie jetzt schlafen gegangen. In San Pedro Sula hätte sie jetzt ab und zu Schüsse gehört, gemischt mit leiser Radiomusik aus der Küche der Nachbarn. In San Pedro Sula hätte sie jetzt an Patricia gedacht, die im Nebenzimmer zu einem Gott betete, der nie antwortete. Esra ging leise ins Bad. Im Ganzkörperspiegel sah sie so zerschunden aus, wie sie sich fühlte. Die blauen Flecken am Hals, an der Hüfte, den Beinen. Eingetrocknetes Blut von ihrer Lippe auf den Wangen. Müde Augen. Fettige Haare. Schlecht verheilte Kratzer am rechten Arm. Mehr Geist als Mensch. Schnell schloss sie die Augen.

Nachdem sie sie wieder geöffnet hatte, stieg sie in die Dusche. Brennendes Wasser auf ihrer Haut, die nicht mehr an heißes Wasser gewöhnt war. Esra unterdrückte einen Schrei und setzte sich in die Dusche, zog die Beine an. Man gewöhnt sich an alles, dachte sie, während das Brennen langsam nachließ. Sie nahm Magdas Duschschwamm in die Hand und sah ihn entgeistert an. Wer kaufte sich einen pinken Hello-Kitty-Duschschwamm?

Mit einer energischen Bewegung fuhr Esra mit dem Schwamm über ihr Bein. Sie biss die Zähne zusammen. Morgen würde sie zuallererst zu ihrer Hausärztin gehen. Sanfter rieb sie sich den ganzen Körper ab, das Wasser um sie herum färbte sich rotbräunlich. Nach der Ärztin würde sie in die Natur fahren, vielleicht an den See, wo sie in Ruhe nachdenken, sich ordnen konnte. Kurz dachte sie an Patricia. Was sie wohl gerade machte?

Esra stand vorsichtig auf und fuhr sich durch das nasse Haar. Lockenweise kam es ihr entgegen nach all den Wochen, in denen sie es nachts straff zusammengebunden hatte. *Wenn sie auch nachts kommen*, hatte Patricia gesagt an jenem ersten Tag vor zwei Monaten, *dann musst du vorbereitet sein*. Und Esra hatte stumm genickt, während sie ihre Gastgeberin voller Bewunderung betrachtet hatte. Eine Frau, die genauso alt war wie sie, aber bereits fünf Kinder hatte. Und obwohl Esra nicht verstanden hatte, wer genau in der Nacht kommen sollte, hielt sie sich an Patricias Regeln. Messer unter dem Kissen. Zusammengebundene Haare. Hässlicher Pyjama. Nur für den Fall.

Morgen nach der Ärztin und der Natur würde sie sich die Haare schneiden lassen. Und abends würde sie ihre Eltern besuchen. Einen klaren Kopf bewahren, in Bewegung bleiben, nicht stehen bleiben. Nicht zu viel in Spiegel schauen. Schließlich war alles wie immer. Die Rückkehr nach Deutschland war immer schwer, die ersten Tage waren immer ein Schweben zwischen zwei Welten. Es gab kein Medikament dagegen. Nur warten, bis die eine Welt etwas verblasste und man sie beschreiben konnte. Mit jedem Wort wurde es besser. Es war schließlich ihre Arbeit, eine Arbeit, die sie sich ausgesucht hatte.

Als Esra aus dem Bad trat, kam ihr die Stille fast schon angenehm vor. Langsam ging sie an Magda vorbei und legte sich wieder ins Bett.

Esra wurde von einem Windstoß wach. Als sie blinzelte, fiel ihr Berlins stechende Sonne direkt ins Gesicht.

»Himmel«, murrte sie, bevor sie sich aufsetzte. Magda stand in der Kochnische.

»Alles klar?«, fragte sie und Esra wunderte sich, warum sie gestern nicht gemerkt hatte, wie traurig das Mädchen wirkte, wie verloren.

»Ja, und bei dir?« Magda nickte, sagte aber nichts.

»Sag mal«, setzte Esra an, »warum bist du eigentlich ausgerechnet nach Berlin gekommen? Also, ist Wien nicht die bessere Stadt zum Leben?« Magda wich Esras Blick aus.

»Ich musste mal weg«, antwortete sie so leise, dass Esra nur hoffen konnte, sie richtig verstanden zu haben.

»Ist es dir zu eng geworden?« Magda zuckte mit den Schultern und schälte weiter die Orange in ihren Händen.

»Meine Oma ist gestorben«, sagte sie.

»Mein Beileid.« Was für ein unnötiger Satz, dachte Esra, noch während sie ihn aussprach.

»Danke. Geht schon.«

Esra stand auf, ging zu ihrem Kleiderschrank, zog ein T-Shirt heraus und stülpte es sich über den Kopf. Sie, deren Arbeit es war, auf Menschen einzugehen, ihre Ängste zu verstehen, ihrer Wut und Verzweiflung Raum zu geben, all das auf eine Tonspur und dann auf Papier zu bringen, hatte keine Ahnung, was sie dem traurigen Mädchen in ihrem Zimmer sagen sollte. Auf den Tod passte nichts.

»Ich gehe gleich zur Ärztin«, rutschte es ihr heraus, »falls du mitkommen willst.« Magda sah sie irritiert an, dann lächelte sie kurz.

»Nein, danke«, antwortete sie, »aber magst du ein Stück Orange? Ich mag das, die zu schälen, aber eigentlich vertrag ich sie nicht so gut.« Esra nickte und schämte sich dafür, das Mädchen so schnell als langweilig abgestempelt zu haben. Sie setzten sich einander gegenüber, Esra aß die erste Orange, dann die zweite. Als Magda die dritte schälte und Esra ihren Blick von den dünnen Fingern des Mädchens löste, die sich in die Schale bohrten, fragte sie noch einmal: »Also, warum Berlin?« Magda sah von der Orange auf, der Beton in ihren Augen war breit und dunkel.

»Ich … ich bin hier zur Welt gekommen. Meine Eltern, die haben damals hier gewohnt, weil es in Wien zu der Zeit keine Arbeit gegeben hat, und ich hab gedacht… vielleicht find ich hier ja was.« Esra sah sie fest an.

»Und was? Was würdest du gerne finden?«

»Keine Ahnung, ehrlich gesagt. Aber ich werd's nicht in Wien finden, das weiß ich.« Magda sah Esra ernst an. Esra nickte. Sie wusste, was das Mädchen meinte.

Die Ärztin fuhr mit beiden Daumen über Esras Fuß und dann das Bein hoch. Esra biss die Zähne zusammen und deutete auf die drei Stellen, an denen der Schmerz besonders scharf gestochen hatte. Die Ärztin sah Esra ernst an.

»Was ist Ihnen denn passiert, Frau Leven?«

»Ich bin …« Wozu lügen, dachte Esra. »Ich bin getreten worden.« Die Ärztin sah sie noch ernster an.

»Haben Sie Anzeige erstattet? Wenn nein, können wir Ihnen helfen. Wir haben …«

»Es ist okay«, unterbrach Esra sie, »es war nicht hier.«

»Nicht in Berlin?«

»Nicht in Deutschland. In Honduras war das.« Die Ärztin sah nicht glücklicher aus.

»Sind Sie sicher?«, fragte sie und Esra bejahte mit fester, professioneller Stimme.

»Ich muss Sie auf jeden Fall zum Röntgen überweisen«, sagte die Ärztin etwas entspannter, »es kann sein, dass etwas verstaucht ist.« Esra bedankte sich und stand vorsichtig auf. Warum tat jetzt alles mehr weh als noch vor einer Woche? Sie atmete tief durch, zog sich den Mantel an, nahm die Überweisung entgegen und trat aus der Praxis auf die Straße hinaus. Während sie die ersten Häuser der Kurfürstenstraße passierte, griff sie zum Handy.

»Magdalena Haslinger«, meldete sich die flüchtige Stimme.

»Magda, hier ist Esra. Ich fahre in den Wald, hast du Lust?« Esra wusste nicht, warum sie das Mädchen einlud – aus Mitleid oder aus Empathie oder weil sie den Gedanken an diese Hilflosigkeit nicht loswurde, diese Verlorenheit, die durch eine Großstadt niemals besser werden konnte.

»Ich war noch nie hier draußen, auch früher nicht«, sagte Magda, die fest in eine zu große Daunenjacke und einen Schal eingewickelt war, der fast wie ein Teppich aussah. Esra fand diese Aufmachung erst amüsant, dann beneidenswert. Sie war die Kälte nicht mehr gewohnt, nicht nach zwei Monaten Honduras, wo das Thermometer nur in den Bergen unter zehn Grad fiel.

»Wie war's bei der Ärztin?«, fragte Magda. Esra antwortete etwas Bedeutungsloses und dachte weiter an Patricia. Was würde bloß aus ihr werden? Esra wusste, dass sie trotz all der vagen Versprechungen so schnell nicht zurückkehren würde. Wozu auch? Um Mutter Teresa zu spielen, aber ohne Geld, ohne Plan, ohne Glaube? Also würde Patricia weiterhin morgens und abends ihre Kinder zählen und jeden Abend beten, dass die Zahl gleich bleiben würde. Und im Zimmer nebenan würde niemand wohnen oder vielleicht eine andere Journalistin, mit dem Auftrag in der Tasche, *das echte Leben in der Hauptstadt des Todes einzufangen*, ohne dabei selbst draufzugehen. Und vielleicht würde Patricia auch diese Journalistin verständnislos begutachten und sich fragen, was diese europäischen Idiotinnen sich dabei dachten, dort hinzureisen, wo man nur blieb, wenn man nicht anders konnte.

Sie waren am Schlachtensee angekommen. Esra atmete tief durch, Kälte und der Geruch nach Wasser und nackten Bäumen in ihren Lungen. Neben sich hörte sie Magda dasselbe tun und als Esra zu ihr hinübersah, wickelte sie sich gerade den Teppich vom Hals und band ihn an ihre Tasche.

»Viel freier so«, sagte Magda, ohne dass Esra etwas gefragt hätte. »Morgen geh ich wieder auf Jobsuche«, fügte sie hinzu, »dann ist alles mal leichter.« Esra sagte nichts. Ein wenig bereute sie es, das Mädchen eingeladen zu haben. Wäre es nicht viel schöner, sich jetzt alleine auf die Bank zu setzen und den See zu betrachten, bis das Wasser ganz nahe erscheinen würde? Sie rief sich zur Vernunft. Melancholisch und alleine am See zu sitzen, würde niemandem helfen.

»Was für einen Job suchst du denn?«, fragte sie Magda.

»Keine Ahnung, irgendwas. Vielleicht was mit Literatur, das würde zum Studium passen ...« Esra nickte. Sie konnte sich daran erinnern, dass ihr das Mädchen etwas von einem Germanistikstudium erzählt hatte. Germanistik oder Anglistik.

»Ein Freund von mir arbeitet in so einer hippen Buchhandlung, die haben ein Café dabei und brauchen ständig wen. Soll ich da mal fragen?« Magda sah sie ungläubig an.

»Das wäre ja mega!«, sagte sie.

»Okay, aber warte erst mal ab«, erwiderte Esra, freute sich aber insgeheim.

Sie gingen langsam um den See herum und redeten über Berlin, über Wien, den Winter, die Uni, dann irgendwann schwiegen sie und gingen nebeneinander her. Wie zwei alte Frauen, dachte Esra, wie zwei Zufälle.

Mit frisch geschnittenen Haaren stand Esra im Wohnzimmer der Eltern im Westen Lichtenbergs und ließ sich von ihrer Mutter begutachten.

»Nicht schlecht, ein bisschen kurz vielleicht«, sagte ihre Mutter und strich Esra über den Arm. Esra musste schmunzeln, als sie sich an den Tag vor vielen Jahren erinnerte, an dem sie sich mit ihrer damals besten Freundin die Haare zwei Millimeter kurz rasiert hatte. Ihre Mutter, die sonst immer etwas zu sagen hatte, hatte geschwiegen und dann den Kopf geschüttelt, immer und immer wieder, das ganze Abendessen lang, während Esras Vater eine Schimpftirade nach der nächsten abgelassen hatte, die Esra nicht ernst nehmen konnte, weil er sich immer wieder verhaspelte.

»Kannst du dich erinnern, als ich ganz, ganz kurze Haare hatte, *anne*?«, fragte Esra und ihre Mutter schnalzte abschätzig mit der Zunge.

»Deine schönen Haare, Kind«, murmelte sie und ging kopfschüttelnd in die Küche. Esra sah sich um. Die Fotos an der Wand waren ausgeblichen, ernste Gesichter von verstorbenen Verwandten neben dem breiten Zahnlückenlächeln einer Esra, die es auch nicht mehr gab. Dazwischen Fotografien aus der ganzen Welt, eine Ananasplantage neben einer indischen Hochzeit neben dem ernsten Gesicht einer Iranerin auf den Barrikaden. Immer wenn sie in diesem Zimmer stand, erfasste Esra eine tiefe Dankbarkeit. Ihre Eltern, die selbst so viel Unrecht gesehen und erlebt hatten, hängten tatsächlich Esras Fotografien in das Zentrum ihres Lebens. Esra fragte sich, ob Patricia auch gerne eine Fotowand hätte, aber bevor sie weiter darüber nachdenken konnte, rief ihre Mutter aus der Küche.

Esra deckte den Tisch, füllte Wasser in Gläser, holte Brot aus dem Ofen, hörte ihrer Mutter zu, wie sie sich über die dicke Nachbarin beschwerte, und freute sich über das schelmische Lächeln ihres Vaters, der im Türrahmen stand und seiner Frau beim Schimpfen zusah.

»Was sagt die Ärztin?«, fragte ihr Vater sie, kaum dass sie den ersten Bissen im Mund hatte.

»Alles gut«, log Esra. Ihr Vater nickte bedächtig, während ihre Mutter den Kopf schief legte und die Augenbrauen zusammenzog.

»Wann musst du abgeben?«, führte ihr Vater die Routine weiter, die sie gemeinsam nach jeder Rückkehr durchliefen.

»In zwei Wochen den ersten Artikel, und die lange Reportage dann in einem Monat«, antwortete Esra kauend. Ihre Mutter schwieg weiter. Esra sah sie von der Seite an.

»*Anne*, ist alles okay?«, fragte sie.

»Ich weiß nicht, Kind, sag du es mir.« Die mütterliche Stimme war ungewohnt scharf. Alle drei hörten auf zu essen.

»Was meinst du denn?«

»Wovor hast du Angst, Esra?«, fragte ihre Mutter. »Was ist passiert?« Esra schluckte. Was sollte sie schon sagen?

»Ich hab keine Angst, *anne*, du musst dir keine Sorgen machen.« Ihre Mutter stieß empört Luft aus.

»Keine Sorgen?«, sagte sie kopfschüttelnd. »Hast du dich angesehen? Wie eine Leiche siehst du aus, Augenringe bis zum Boden und einen Blick wie aus dem Grab, und du sagst, ich soll mir keine Sorgen machen? Wir haben dich besser erzogen, das weißt du so gut wie wir. Also rede, Kind. So haben wir dich noch nie gesehen, nein, so noch nie. Nicht einmal nach Mali.« Esra sah auf ihren Teller und versuchte, die Tränen im Zaum zu halten. Sie hörte ihren Vater etwas murmeln.

»Es war ein Albtraum«, sagte Esra schließlich und ihre Stimme zitterte dabei. »Es war wirklich wie im Krieg, nur ohne Militär, und … Und das Schlimmste ist, wie normal alles ist, es ist eben kein Krieg, aber trotzdem … So viele sterben, Erwachsene, Kinder, alle wegen der *maras*, aber niemand traut sich, was dagegen zu sagen, und alle … und ich … wie soll ich das denn aufschreiben, wie soll das denn gehen?« Sie starrte auf die Tischplatte, sah den Tränen beim Tropfen zu.

Ihre Eltern schwiegen lange, bis ihr Vater irgendwann sagte: »Ist doch egal, wie, Kind. Hauptsache, du erzählst es. Dann hören es andere, die es davor nicht gewusst haben. Und wer hört, der handelt.« Esra wischte sich über das Gesicht.

»Danke, *baba*.« Sie ergriff seine Hand, die neben ihrer lag, und mit der anderen die ihrer Mutter auf der rechten Seite. Sie schloss die Augen. Vielleicht hatte ihr Vater recht. Vielleicht war das Einzige, was aus all dem werden konnte, die Geschichten der Mütter von San Pedro Sula zu erzählen. Wenigstens das.

KAPITEL 4: KATJA

Die schöne Frau aus dem Wiener Café, die mit Ring am Finger, hieß Monika. Aber sie wollte Monique genannt werden, was Tilo sehr imponierte.

»Weißt du, Socke, man kann sein Schicksal in die eigene Hand nehmen, das hat sie mir echt gezeigt.« Ich antwortete nicht. »Sag doch mal was, Socke!«

»Mann, Tilo. Was willst du von mir hören?« Ich hatte das Telefon zwischen Ohr und Schulter geklemmt, während ich eine Mail an Amelie vom Accounting fertig tippte.

»Ich will gar nix von dir hören, ich will dich nur teilhaben lassen. Komm schon, freust du dich nicht?«

»Für wen? Für dich und *Monique?*« Der Tag war bisher nur schiefgelaufen, eine Deadline hatte ich schon verpasst, die zweite war in siebenundvierzig Minuten. Seit Giacomo an dem Optimierungsseminar für Führungskräfte teilgenommen hatte, pochten alle Deadlines rot im linken Bildschirmfenster. Und in einer anderen Hauptstadt saß mein großer Bruder mit seiner neuen, eigentlich verheirateten Freundin, die er doch nie wieder hatte sehen wollen.

»Was ist los, Socke? Warum klingst du denn so gehetzt?« Er war so tiefenentspannt, dass ich Lust hatte, ihm telepathisch in den Magen zu treten.

»Weil alles gerade viel ist«, fuhr ich ihn an. »Weil Jaime im Urlaub ist und alles an mir hängt, und außerdem, Tilo, außerdem, weil du's schon wieder nicht lassen konntest, obwohl ich extra nach Wien gekommen bin, um mit dir genau darüber zu reden! Keine Frauen mit Ring am Finger, hast du gesagt, du Lügner! Und dann …« Ich atmete viel Luft auf einmal ein, »und dann noch nächstes Wochenende das sinnlose Jubiläum, warum, Tilo, das wird eine Katastrophe, eine riesige Katastrophe, und …«

»Katja. Katja, hör mir zu. Hey, hör mir mal zu.« Er nannte mich nie Katja. Nur wenn er sehr schlechte oder sehr gute Neuigkeiten hatte.

»Was?« Ich hielt inne. Nein, das konnte er nicht machen, nicht das auch noch. »Nein, Tilo, bitte sag mir, dass du nicht …«

»Ich bring sie mit, Socke. Ich will, dass sie euch kennenlernt.«

»Monika?«

»*Monique*. Bitte, Socke, ich bitte dich. Sei nett zu ihr, komm schon. Sie freut sich echt schon auf euch, auf dich besonders. Und das gibt dir auch 'ne Auszeit, sieh's mal so. Die können dir ja kaum sagen, dass du nicht zur Psychiatrie-Party deiner eigenen Mutter gehen kannst, oder?« Er hatte recht. Und trotzdem.

»Tilo. Warum denn gerade die Frau?«, fragte ich. »Und was ist eigentlich mit ihrem Mann, versauert der jetzt allein in einer Wohnung am Stadtrand? Oder was macht der jetzt?«

»Keine Ahnung«, kam es zögernd aus dem Handy. Immerhin hatte er ein schlechtes Gewissen, geschah ihm recht. »Aber was soll ich denn machen, Socke, ich hab's mir ja nicht ausgesucht, die Liebe sucht man sich nicht aus, ich …« In dem Moment klopfte Giacomo an meine Glastür und tippte mit seinem Zeigefinger theatralisch auf die viel zu große Uhr.

»Ist jetzt auch egal, Tilo. Ich muss gehen«, sagte ich, dann legte ich auf, atmete durch, stand auf. Ruhe, Katja, Ruhe. Die Schultern nach hinten und unten. Das Pochen ignorieren. Atmen.

Giacomo stand vor mir wie eine dieser Marmorstatuen in Rom, die keinen Zweck hatten, außer gut auszusehen und alle ehrfürchtig zu sich aufblicken zu lassen. Ich stellte mir Giacomo als Statue vor, weiß, unbeweglich, ein bisschen Taubenscheiße auf der Schulter.

»Frau März?«, sagte er und verschränkte die Arme vor der Brust. Ich drückte die Schultern noch weiter nach unten.

»Es tut mir leid, war ein Notfall«, antwortete ich so ruhig wie möglich. *Weder Angriff noch Verteidigung,* hatte mein Coach gesagt, *Ihre Kindheit ist eine Geschichte wie ein Krieg, Angriff und Verteidigung, aber so kommen Sie nicht weiter, Frau März. Irgendwann müssen Sie sich emanzipieren von diesen Dynamiken, sonst ruinieren Sie sich. Atmen Sie durch, bleiben Sie gelassen, ruhig. Ruhe im Kopf, Ruhe im Körper.*

»Frau März?« Wie mir dieses Siezen auf die Nerven ging.

»Entschuldigung, ich … Es war nur …« Die ganze Ruhe futsch.

»Sie wissen, dass das nicht geht, Familiengespräche gehören wirklich nicht in die Firma.« Ich merkte, wie ich artig nickte. Verdammt.

»Ich wurde eingeladen, zum Psychiatrie-Jubiläum meiner Mutter«, erwiderte ich, sah ihm direkt in die Augen, nur nicht blinzeln, »deswegen das Telefonat.« Giacomo nickte langsam, löste die Arme aus der Verschränkung.

»Gut, das ist natürlich etwas anderes«, sagte er und lächelte breit. Wärme auf meinen Wangen, Freitagsbilder in meinem Kopf. Ich nickte, lächelte zurück. Giacomo trat näher an mich heran.

»Heute Abend?«, fragte er, seine Augen waren viel zu schnell viel zu nah. Ich sah zwischen sie, direkt auf die Nasenwurzel.

»Mal schauen, sind ja noch viele Deadlines«, sagte ich, bevor ich mich umdrehte und zurück zu meinem Schreibtisch ging.

Ich zählte langsam bis zwanzig, bevor ich den Türsummer drückte. Ob diese ganzen Macht-Theorien aus Ratgebern und Zeitschriften tatsächlich stimmten, keine Ahnung. Bisher hatten sie immerhin geholfen. Und jetzt stand Giacomo zum siebten Mal seit letztem Herbst vor meiner Haustür. Auch, als er an meine Wohnungstür klopfte, wartete ich, zählte.

»Katja?«, fragte er dumpf, klang schon gar nicht mehr so selbstsicher. Vielleicht aber auch nur, weil die Tür zwischen uns lag. Ich öffnete sie langsam und konzentrierte mich darauf, fest auf beiden Beinen stehen zu bleiben, nicht einzuknicken. Giacomo lächelte, kam rein, sah sich um und sagte mit alter Sicherheit: »Hast du was geändert seit letztem Mal, *bella?*« Immer diese Italien-Scheiße. Wie konnte man die Herkunft seiner Familie so unverschämt ausnutzen, ohne auch nur mit der Wimper zu zucken? Er brachte keinen geraden Satz auf Italienisch heraus, nur Schlagworte, die jeder deutsche Tourist besoffen in Bibione parat hatte.

»Ich hatte nicht das Gefühl, dass dich meine Wohnung bisher so interessiert hat«, sagte ich und ging, ohne auf seine Antwort zu warten, in die Küche. Ich holte zwei Weingläser aus dem hölzernen Schränkchen, das eine von Tilos Ex-Freundinnen selbst geschreinert und mir geschenkt hatte. Wie war ihr Name gewesen? Leila? Lila? Lena?

Hinter mir Schritte. Ich sah mich nicht um. Sein Atem an meinem Hinterkopf, sein Oberkörper an meinem Rücken. Ich entkorkte den Wein. Seine Hände auf meinen Hüften. Ich musste an den Tanzkurs im Heim denken, gesponsert von der Stadt Kassel, für die unterprivilegierten Jugendlichen vom Kleinen Bahnweg. Der Tanzlehrer hatte mich genauso an den Hüften angefasst und seine Hände dann noch tiefer gleiten lassen. Tage später hatte ich es Tilo erzählt, vor dem Essensraum im Heim. Erst hatte er mich mit großen Augen angesehen, dann in den Arm genommen. Sonst hatte er nichts gemacht, nichts dagegen unternommen, niemanden zur Rede gestellt, das Heim nicht endlich abgefackelt.

Ich schenkte fertig Wein ein, drehte mich um, drückte Giacomo ein Glas in die Hand.

»Auf dich«, sagte er und lächelte so offen, dass ich es ihm fast geglaubt hätte.

»Auf die Deadlines«, erwiderte ich, nickte ihm zu, nahm einen großen Schluck Wein, stellte das Glas ab, trat auf Giacomo zu, griff zum obersten Knopf seines Hemdes. Giacomo stellte sein Glas neben meines, fasste unter mein Kleid. Seine Hände kalt auf meinen Pobacken. Im Küchenfenster mein Gesicht, verschwommen neben seinem Hinterkopf. Ich musste an ein Bild denken, das Tilo mir irgendwann gezeigt hatte, irgendwo in einem imperialen Wiener Museum. Auf dem Bild war eine Frau grob skizziert, nur ihr Gesicht war fein gezeichnet. *Tausend Striche für das Gesicht, aber nur sieben oder acht für den Körper, das ist Kunst,* hatte Tilo gesagt.

Ich öffnete die Augen. Giacomo neben mir auf der Couch schlief so fest, dass nicht einmal mein Fluchen ihn aufweckte, als ich mit der kleinen Zehe am Couchtisch hängen blieb. Ich ging zurück in die Küche. Immer noch das Bild in meinem Kopf, das feine Frauengesicht, der grobe Frauenkörper. Wieder starrte ich in das breite Fenster, sah mich verschwommen. Welche Pose hatte die Frau auf dem Bild eingenommen? Ich hob die Arme und faltete sie auf meinem Kopf.

Irgendwann war nur noch ich im Fenster, viel zu viel von mir. Ich drehte mich um, öffnete den Kühlschrank, schloss ihn wieder, zog mir Unterhose, Kleid und Mantel an und verließ die Wohnung. Berlin lag trüb und träge vor mir, nur eine Pfandsammlerin kam mir entgegen. Als ich zwei Seitenstraßen weiter das *Philippines-Palace*-Schild leuchten sah, bog ich ein. Felipe nickte mir zu. Ich nickte zurück. Perfekte Kommunikation, man erkannte sich, war höflich zueinander, beließ es dabei. Kein anstrengender Small Talk, kein Wettergerede, keine Diskussionen über die große oder kleine Koalition. Wen interessierte irgendwas davon.

Erst als ich das Curry aufgegessen hatte und an meinem Tee nippte, sah ich auf mein Handy. Kein verpasster Anruf, keine Nachricht. Giacomo schlief also weiter. Was war sein Plan? Bleiben, bis der Morgen anbrach, und dann getrennt ins Büro gehen? Ich wählte Tilos Nummer.

»Socke?«, fragte er schläfrig nach zehnmal Klingeln.

»Hey du«, sagte ich.

»Alles klar bei dir?«

»Ja, alles klar.«

»Ist Giacomo bei dir?«

»Wieso?«

»Weil du dich so anhörst.«

»Er liegt bei mir zu Hause und pennt.« Kurzes Tilo-Kichern.

»Und wo bist du so?«

»Bei Felipe.«

»Schlaflos?«

»Wie immer.«

»Kann ich was für dich tun?«

»Nein, alles gut«, sagte ich. »Geh wieder schlafen.«

»Okay«, antwortete Tilo und legte auf. Ich lehnte mich zurück, ließ die Lider zufallen. Bilder vor meinen Augen, mein erster Tag bei der Bank, auch Winter, November oder Dezember vor sieben Jahren, ich hatte als Trainee angefangen. Giacomo war damals einfach irgendein Personaler gewesen, kein Wort zu viel, kein interessierter Blick, keine Frage, die über den standardisierten Fragebogen hinausging. Ich unterschrieb den sechsmonatigen Praktikumsvertrag, eine Geheimhaltungsklausel und dass ich keine persönlichen Gespräche mit meinem Diensthandy führen würde. Hätte mir damals jemand gesagt, dass ich sechs Jahre später mit diesem geschniegelten, glatten Italiener schlafen würde, mehrmals sogar, ich wäre wütend geworden. Eine Affäre innerhalb der Firma, niemals. Welche Frau war so blöd?

»Geht aufs Haus«, sagte Felipe. Ich riss die Augen auf. Vor mir stand ein Stück Reiskuchen auf dem Tisch.

»Danke, Felipe, aber …«

»Du kannst es brauchen.« Felipe nickte bestimmt und ging. Ich brach ein Stück ab, steckte es mir in den Mund, überall Zucker und Mandel und Butter. Er hatte recht, ich konnte es gebrauchen. Ich aß Stück um Stück, bemühte mich, nicht zu schlingen, eine alte Gewohnheit. Bei Mama war nie genug Essen für alle da gewesen oder wenn doch, dann musste ich warten. Die verdammte heilige Reihenfolge, erst Mamas aktueller Typ, dann Mama, dann Tilo, dann ich. Ihre Typen waren alle gleich, lange Haare, nebliger Blick, Tattoos von Schlangen oder Mandalas oder Tigern. Einer ließ sich Mamas Namen tätowieren und wollte Geld von ihr, als sie einen Neuen hatte. Er wartete vor der Schule auf Tilo und mich, redete auf uns ein, wir sollten ihr sagen, dass sie ihn zurücknehmen oder immerhin für sein Tattoo bezahlen solle, er habe kein Geld, kein Haus, er sei doch wie ein Vater für uns gewesen, das seien wir ihm also schuldig. Ich log, dass wir keinen Vater nötig hatten, sagte, dass er uns in Ruhe lassen solle. Tilo fügte leise hinzu, dass er bitte auch Mama in Ruhe lassen solle. Heute war der Typ wahrscheinlich tot, verdient hätte er es.

Im Kleinen Bahnweg gab es dann zwar genug Essen für uns, aber wer zu langsam war, hatte schnell nur noch Kartoffelbrei oder Linsenmatsch auf dem Teller, alles andere hatten sich fremde Gabeln gestohlen. Auch dort eine heilige Reihenfolge, aber weniger durchschaubar. Jahre dauerte es, bis wir alt genug waren, um selbst von anderen Tellern stehlen zu können. Tilo beherrschte es bis zum Ende nicht, sah immer wieder verwundert auf seinen Teller, wenn nur noch Linsen dort lagen, wo gerade noch Würstchen gewesen waren.

Ich entsperrte mein Handy, googelte den Kleinen Bahnweg. Die Beschreibung der Stadt Kassel dazu klang mehr nach einem Ferienlager als nach einem Kinder- und Jugendheim. Keine Fotos zu finden, nicht einmal von der aktuellen Leiterin. Dann suchte ich nach der Klinik Stockweide, öffnete die Bildergalerie, scrollte Jahre zurück, verwackelte Bilder, dann ein Gruppenfoto, Mama mittendrin, die Haare kurz, das Lächeln falsch, das linke Handgelenk in eine dicke Mullbinde gepackt. Ich sah auf das Datum, siebzehn, bald achtzehn Jahre her, ich war damals zehn, Tilo gerade zwölf geworden. Der wievielte Entzug war es gewesen? Der dritte? Der fünfte? Ich schloss die Bildergalerie, legte das Handy weg. Ruhe im Kopf. Ein altes Leben, weit weg.

KAPITEL 5: ÁDÁM

Der Schnee war zurückgekehrt, obwohl ganz Wien sich nichts mehr wünschte als das Ende des langen Winters. Ádám stand neben Aniko vor dem Schaufenster und sah schweigend auf das Nilpferd. Es schien ihn zu verhöhnen. *Du Versager, deine Frau verlässt sich mehr auf mich als auf dich.* Das Antiquitätengeschäft war geschlossen, wie so oft, obwohl es laut Aushängeschild geöffnet sein sollte. Aber was tat es schon zur Sache. Aniko wollte das Nilpferd ohnehin nicht kaufen. Nur anschauen wollte sie es und auf die Antwort warten. Ádám war kalt.

»*Drágám*, können wir weitergehen?«, fragte er. Aniko regte sich nicht. »Aniko?«

»Gleich. Es ist so schön, lass es mich noch ein bisschen anschauen.« Ádám nickte, obwohl er wusste, dass sie ihn nicht sah. Es ist in Ordnung, ermahnte er sich, sie ist ein freier Mensch, sie kann hier stehen, so lange sie will. Er löste sich von ihr.

»Ich gehe mal heim und fange an zu kochen, ja?«, sagte er, ohne auf eine Antwort zu warten. Er wusste nicht, was genau sie letzten Endes immer von dem Nilpferd wegbrachte, und wenn er so überlegte, war es ihm auch recht egal. Man muss nicht alles verstehen, dachte er, als er die Wohnung betrat. Er freute sich auf den Abend. Sie hatten gemeinsam eingekauft, es würde mehrere Gänge geben, Kürbissuppe und dann Risotto und zum Schluss eine ausgefeilte Nachspeise, und danach würden sie vielleicht sogar gemeinsam in die Wanne steigen, bevor morgen ein normaler Arbeitstag anbrechen würde. Ádám pfiff eine Melodie, die er nicht zuordnen konnte, und dachte dabei an Daniel, der Felix diese Woche wieder bei sich hatte und den er nicht nur, aber auch deshalb auf jeden Fall besuchen sollte. Vielleicht würde Aniko ja sogar mitkommen, auch wenn sie nicht gerne in den Chopinhof ging. Aber man konnte es nie wissen. Sie war gut drauf gewesen die ganze letzte Woche, warum, wusste Ádám nicht, aber es war ihm recht.

Vielleicht würde es ihr ja wie ihm gehen: Jedes Mal, wenn er Felix in den Armen hielt, wuchs die Wärme in seiner Brust, und er konnte Anikos und sein Kind vor sich sehen. Anikos Augen, nur in klein, die Stupsnase, das rundliche Gesicht, vielleicht seine dichten Augenbrauen. Er stellte sich ein Mädchen vor, ein kleines charmantes Energiebündel, Elisabeth würden sie es nennen, er müsste Aniko überzeugen, aber sie würde letzten Endes doch zustimmen. Elisabeth, die Kaiserin, die zwischen Ungarn und Österreich Brücken geschlagen hatte, wer konnte so einer Symbolik widerstehen. Anfangs wäre Elisabeth noch blond, mit den Jahren dann dunkelblond bis braun, wie Aniko und er eben. Sie könnte Ungarisch und Deutsch akzentfrei sprechen, wäre in Wien zu Hause und in Ungarn der Stolz ihrer Familien, *gomba* würde seine Mutter sie liebevoll nennen.

Ádám pfiff die Melodie wieder und wieder, bis Aniko nach Hause kam und das Radio aufdrehte. Während sie aßen, sah Ádám zu ihr hinüber. So vieles war in ihm, was er ihr sagen wollte, aber die richtigen Worte, die kitschlosen, originellen, die fand er nicht, also sah er sie einfach stumm an. Sie lächelte, als sie seinen Blick bemerkte.

»Felix ist diese Woche bei Daniel«, sagte er, »ich gehe ihn sicher mal besuchen, magst du mitkommen?« Aniko hielt inne und zog die Augenbrauen ein bisschen hoch, die Haut darüber schlug Falten.

»Viel zu tun diese Woche«, antwortete sie, »keine Ahnung, Ádám. Vielleicht ja, aber nur, wenn Daniel normal drauf ist.«

»Was meinst du damit?«

»Dass er die letzten Male, die ich ihn gesehen habe, immer

komisch drauf war. Als wäre sein Leben ein Misthaufen und er hätte die Mistgabel verloren.« Ádám nickte. Er wusste, was sie meinte.

»Wir können ja mal schauen«, sagte er. Aniko nickte, dann schob sie den Rest Mangocreme von sich weg.

»Ich werde noch dick, wenn wir so viel essen«, meinte sie, »ich muss wirklich ein bisschen mehr darauf achten.« Ádám schüttelte den Kopf, sagte aber nichts. Den Fehler, sich in die Diätpläne seiner Frau einzumischen, würde er nie wieder begehen. Er hatte offensichtlich kein Gespür dafür. Manchmal wünschte er sich, die ganze Energie, die sie in ihre Sorgen um Gewicht, Aussehen und die Meinung ihrer Kolleginnen steckte, bündeln und auf sich lenken zu können. Wie früher, als sie abends durch Budapest streiften und über die Welt sprachen, über Ungarn und Budapest und Wien. Über Gott, ob es ihn gab, ob es ihn geben konnte und ob er dann ein Ungar wäre. Früher, als sie von außen in teure Restaurants schauten und Aniko die Leute nachäffte, wie sie sich die Servietten in die Hemden steckten.

Aniko stand auf, streckte sich und sagte gähnend: »Ich muss ins Bett, *kedvesem*.« Ádám fragte sich, wann sie das letzte Mal dieses Kosewort in den Mund genommen hatte.

Als Ádám am nächsten Morgen zu Daniel in den Lieferwagen stieg, fühlte er sich so ausgelaugt, wie auch Daniel es zu sein schien. Er hatte kaum geschlafen, ein wirrer Traum hatte den nächsten gejagt.

»Guten Morgen«, sagte Ádám, »alles gut?« Daniel nickte, sagte nichts. Irgendwann fuhren sie langsam über den Gürtel, eingepfercht zwischen Hunderten Autos.

»Schau«, sagte Daniel irgendwann und deutete auf den Mercedes neben ihnen, »die Trottel alle miteinander.« Ádám sah in den Mercedes, in dem ein Mann Mitte oder Ende vierzig auf sein Smartphone schaute.

»Schöne neue Welt«, bestätigte Ádám seinen Freund und freute sich, dass er diesen Buchtitel auf Deutsch kannte. Buchtitel waren auf Deutsch am schwersten, weil sie sich schon auf Ungarisch in ihm eingebrannt hatten. Weil sie willkürlich in einer anderen Sprache wirkten, die Erfindung eines abgebrühten Verlagsleiters, der sich nicht für die Melodie des Titels, sondern nur für den Mehrwert des Buches interessierte.

Daniel bog vom Gürtel in den neunzehnten Bezirk ab, links, dann rechts, dann lange geradeaus, bis sie in der Paradisgasse zum Stehen kamen. Ádám konnte sich ein leises Staunen nicht verkneifen. Auch wenn sie ab und zu in den bürgerlichen Bezirken der Großstadt arbeiteten, hatte er sich bisher nicht an den vielen Stuck gewöhnen können, an die Stille, die der Großstadt widersprach. Er sah das Haus an, zu dem sie bestellt worden waren: ein Familienhaus mit breiter Auffahrt, aufwendig gestalteten Giebeln, geschnittener Hecke, ausuferndem Eingangsbereich. Alles sollte neu gemalt werden, jedes Zimmer, neun insgesamt, und dann noch die Westfassade. Wochen würde das dauern. Als Daniel anläutete, fühlte sich Ádám wie ein Eindringling.

Die Frau, die ihnen öffnete, trug ein cremefarbenes Kleid und eine schmale Kette, die zu ihren Ohrringen passte. Daniel stieg sofort in das Gespräch mit ihr ein und ging dann die Stufen hinauf. Ádám überlegte, ob er sich nicht die Schuhe ausziehen sollte, der Holzboden sah frisch gewischt aus. Er fragte sich, ob die Frau ihn wohl gewischt hatte, und verwarf den Gedanken sofort. Frauen, die solche Kleider und Ketten trugen und solche Adressen auf ihren Meldezetteln stehen hatten, wischten keine Holzböden.

»Und Sie sind …?«, fragte ihn die Frau mit einem Lächeln,

das Ádám nur aus alten ungarischen Fernsehserien kannte, in denen es immer eine Dame des Hauses gab, die alles unter Kontrolle hatte, ohne je die Stimme erheben zu müssen.

»Ádám, Ádám Király«, antwortete er und streckte ihr die Hand entgegen. Die Dame ergriff sie und schüttelte sie kurz. Wieder lächelte sie, und Ádám merkte, dass sie noch gar nicht so alt zu sein schien, vielleicht Mitte vierzig. Ob sie wohl Kinder hatte?

»Und Sie sind aus Ungarn?«, riss sie ihn aus seinen Gedanken.

»Ja, richtig. Aus Budapest«, antwortete Ádám und versuchte, ihr Lächeln nachzuahmen. Sie nickte; er wusste nicht, ob als Reaktion auf seinen Nachahmungsversuch oder auf das österreichisch ausgesprochene Budapest, mit *st* statt *scht*.

»Sehr nett«, sagte die Frau und wollte noch etwas sagen, aber von oben dröhnte Daniels »Ádám, komm jetzt einmal«, und Ádám entschuldigte sich hastig, bevor er nach oben ging.

In der Mittagspause saßen Ádám und Daniel auf einer Bank im Garten hinter dem Haus. Sie aßen schweigend, vor ihnen stand der Atem in der kalten Luft. Ádám genoss die Ruhe, die Kälte, die Klarheit. Keine quietschenden Reifen, keine orientalische Musik, die aus Handygeschäften drang, keine missmutigen Gesichter. Er sah zu Daniel hinüber, der etwas in sich hineinlöffelte, was wie ein Eintopf aus Resten aussah.

»Mh?«, fragte Daniel.

»Schon ganz anders da«, erwiderte Ádám, »ein anderes Wien.«

»Unseres ist mir lieber«, sagte Daniel kauend, »da«, er machte eine kreisende Kopfbewegung, die wohl den Garten beschreiben sollte, »da ist doch nix echt. Was wissen die vom Leben? Nix.« Ádám räusperte sich.

»Vielleicht ist das das Schöne«, meinte er, »vielleicht wissen wir ja viel zu viel vom Leben.«

»Ach, Ádám, du bist doch ein Depp. Ein Philosoph hätt'st werden sollen, kein Maler.«

»Philosophen können nicht für ihre Familien sorgen.«

»Na ja, aber wennst ein Philosoph wärst, müsstest auch nicht jeden Tag hackeln mit beiden Händen. Außerdem verdient die Aniko doch eh gut.« Daniel grinste. Ádám sagte nichts. Daniel hatte recht. Aniko verdiente gut, weitaus besser als er. Sie könnte ganz alleine für sich sorgen.

Hinter ihnen öffnete sich die Terrassentür mit einem leisen Geräusch und die Dame des Hauses trat heraus.

»Ganz schön frisch«, sagte sie und verschränkte die Arme vor der Brust.

»Wir mögen's«, erwiderte Daniel, der immer noch kaute.

»Es ist erfrischend«, sagte Ádám.

»Da haben Sie recht«, meinte die Dame, »der Mensch sitzt zu viel im Warmen und lässt sich einlullen.« Ádám räusperte sich.

»Der Mensch ist im Grunde ein wildes, entsetzliches Tier«, sagte er konzentriert.

»Schopenhauer, oder?«, fragte die Frau und löste die Verschränkung ihrer Arme. »Lange nicht gehört.« Daniel hatte aufgehört zu essen und schüttelte den Kopf.

»Jesses«, sagte er, »ich geh wieder rein.« Er stand auf, schüttelte noch einmal den Kopf und ging ins Haus.

»Entschuldigung«, sagte Ádám, »er ist nicht immer so.« Er wusste nicht, warum er das sagte, warum er es sich herausnahm, über Daniel wie über ein bockiges Kind zu sprechen. Er wusste nur, dass er sich dank dieser Frau mit ihrem feinen Lächeln nicht mehr wie ein namenloser Maler aus Ungarn fühlte, sondern wie ein Mensch mit Geschichte, mit Bedeutung.

»Bitte, keine Sorge«, erwiderte die Frau, »man begegnet doch

nicht so oft Handwerkern mit Schopenhauer-Kenntnissen.«
Sie lächelte ihm ein letztes Mal zu und ging dann auch zurück
ins Haus. Ádám blieb sitzen und starrte in den Garten.

Als Ádám nach Hause kam, merkte er, dass etwas nicht stimmte. Im Wohnzimmer saß Aniko auf der Couch, die er einmal schrecklich gefunden hatte, dann aber doch gekauft hatte, weil sie Aniko so gefallen hatte. Mittlerweile hatte er sich an die harten Kanten gewöhnt, an das grell gefärbte Leder. Ein bisschen mochte er sie sogar, weil sie jedem von Anikos Anflügen, die gesamte Wohnung umzudekorieren, trotzte.

»*Drágám*, alles klar?«, fragte er noch im Stehen. Sie sah ihn von der Seite an.

»Warum nennst du mich so? Liebste, das ist doch kein Wort.«

»Ist was passiert?« Er bemühte sich, verständnisvoll zu klingen.

»Nein. Ich bin nur müde.«

»Okay«, sagte Ádám.

»Was okay? Sag doch, was du sagen willst, Ádám, sag es doch einfach mal!« Aniko stand auf und stemmte die schmalen Arme in die Seite. Wie ein Donner, dachte Ádám und fragte sich, ob er wohl je etwas gegen eine Frau würde ausrichten können, die wie ein Donner war.

»Ich verstehe nur nicht, wieso du so drauf bist, das ist alles«, sagte er so ruhig wie möglich.

»Ach, leck mich doch, Ádám«, erwiderte Aniko, sprang vom Sofa auf, drehte sich um und knallte wenige Schritte später die Schlafzimmertür hinter sich zu. Ádám hörte, wie sich der Schlüssel im Schloss drehte. Er ließ sich auf die Couch fallen und rieb sich die Kiefermuskeln. Was war bloß passiert? Er dachte an den Morgen, die Nacht, den Abend, den vorherigen

Tag. Nichts war passiert. Ein schöner Abend sogar. Vielleicht lag es gar nicht an ihm? Er seufzte leise und sah sich um. Anikos Handy lag auf dem Couchtisch. Ádám sah zur Schlafzimmertür. Nichts. Vielleicht hatten ihre Eltern ihr geschrieben? Ihr Bruder? Ihre Chefin?

Mit einer schnellen Bewegung nahm er das Handy und wischte über den Bildschirm. Nichts. Keine Anrufe in der letzten Zeit. Er öffnete die Übersicht. Fünf neue Nachrichten auf einem Messenger, von dem er noch nie gehört hatte. Vielleicht der interne Arbeitsmessenger? Er tippte darauf. Seine Sprache, Anikos Sprache, ihre gemeinsame Sprache, leuchtete ihm entgegen. *Aniko, melde dich endlich*, stand dort auf Ungarisch. Ádám sah auf den Namen über der Nachricht. Marcell. Ádám kannte keinen Marcell. Er legte das Handy zurück auf den Couchtisch und sah wieder zur Schlafzimmertür. Immer noch keine Bewegung. Er rieb sich wieder die Kiefermuskeln, dann die Schläfen. Irgendetwas stimmte nicht. Die Dringlichkeit der Nachricht. Der vertraute Ton.

Er beugte sich nach vorne, ließ das Handy auf dem Tisch liegen und öffnete die Konversation mit Marcell. Über *Aniko melde dich endlich*, stand ein weiteres *Aniko, ruf mich an. Ich muss dich sehen*. Ádám wischte weiter nach oben. *Lass mich nicht allein, ich bitte dich*. Ádám holte tief Luft.

Er wischte weiter nach oben, hielt irgendwo in der Konversation an. Der fünfte November. Drei Monate war das her. *Morgen kann ich nicht, Ádám hat frei*, stand dort. Und Marcells Antwort: *Ich komm zu deiner Arbeit, hol dich ab. Du fehlst mir*. Und Anikos Antwort: *Gut, halb fünf, da habe ich aus.* Ádám schaltete das Handy zitternd wieder aus und lehnte sich in die Couch zurück. War das das ganze Geheimnis? Wollte sie deshalb keine Kinder mit ihm? War das Nilpferd nur eine Ausrede? Nein. Es war nicht möglich, es konnte gar nicht …

Sie kannten sich viel zu lange. Niemals. Es musste ein Missverständnis sein. Er zählte seinen Herzschlag, schloss die Augen, atmete tief durch. Er musste sie bloß fragen, dann würde sich alles klären.

»Aniko«, rief Ádám und schreckte vor seinem harschen Ton selbst zurück. Keine Antwort. Sie würde nicht ... Er stand auf und ging zur Schlafzimmertür. »Aniko, mach auf«, sagte er lauter, als er es vorgehabt hatte.

»Lass mich, verdammt!«, rief Aniko hinter der Tür.

»Aniko, mach jetzt auf!«

»Lass mich in Ruhe, Ádám. Ich will jetzt nicht reden!« Ádám holte tief Luft.

»Ich hab's gelesen, Aniko«, sagte er, »die Nachrichten.«

Stille.

»Aniko, ich habe ein Recht, das zu wissen. Wer ist Marcell?«

Stille.

»Aniko, das bist du mir schuldig. Sag, dass ... Sag mir, dass ich spinne.«

Stille. Ádám wurde schlecht. Der Schlüssel drehte sich im Schloss, dann stand Aniko vor ihm, ihr Gesicht sah grau aus, leer.

»Du bist an mein Telefon gegangen«, sagte sie kühl und viel zu leise gegen das Geschrei vor wenigen Sekunden.

»Ja, es tut mir leid«, antwortete Ádám, »aber ich hab's gesehen, und ich muss das wissen, Aniko. Dieser ... Dieser Marcell, hast du ... Wer ... Also, sag doch bitte ... Hast du ...?«

Der Blickkontakt brach ab, Aniko sah nach unten, Ádám starrte sie an. Kein Missverständnis. »Und das Nilpferd?«, fragte er leise, »war das nur ein Witz?«

»Wieso ein Witz?« Anikos Stimme klang weit weg.

»Hast du das nur vorgeschoben? Willst du einfach keine Familie mit mir haben?«

»Nein, Ádám. Ich warte auf die Antwort, das hab ich dir schon oft genug gesagt«, sagte Aniko trotzig, als ginge es in dem Moment um die Glaubwürdigkeit des Nilpferds, nicht um ihre.

»Es ist ein Nilpferd, Aniko, es kann keine Antworten geben!«, erwiderte Ádám. Anikos Augen verengten sich.

»Ich denke, es ist besser, wenn wir heute nicht in einem Zimmer schlafen«, sagte sie kühl. Ádám holte tief Luft und nahm allen Mut zusammen, den er finden konnte.

»Ich denke, es ist besser, wenn wir die nächste Zeit nicht in einer Wohnung sind«, erwiderte er.

»Gut«, sagte Aniko, und Ádám fragte sich, wie sie das alles so kalt lassen konnte.

»Ich gehe zu Daniel.«

»Gut.«

Ádám drehte sich weg, zog die Nase hoch und drehte sich wieder um.

»Warum denn, Aniko?«, fragte er seine Frau, die noch immer starr im Türrahmen stand, die Arme vor der Brust verkreuzt.

»Ich weiß es nicht«, sagte sie leise, »wirklich nicht.«

»Also ... bist du verliebt in ihn?«

Wieder Stille. Aniko zuckte mit den Schultern und Ádám fragte sich, ob ihm das alles gerade wirklich passierte, ihm, Ádám Király.

»Ich weiß es nicht, Ádám«, sagte Aniko immer noch leise und sah wieder an ihm vorbei. Ádám sog Luft ein, er hielt es nicht mehr aus, auf der Stelle zu stehen und auf etwas zu warten, also drehte er sich um, holte seine Sporttasche aus dem Wandschrank, ging ins Bad, ins Wohnzimmer, ins Schlafzimmer, nahm hier etwas in die Hand, legte da etwas in die Tasche, zog weiter in die Küche, schaute zögernd das Foto an der Wand an, nahm es in die Hand, ließ es in die Tasche fallen, holte es wieder heraus und hängte es zurück.

Als er die Wohnungstür hinter sich schloss, zog sich etwas in seinem Bauch zusammen. Er erbrach sich direkt auf die Fußmatte, sah die Sauerei an und zwang sich, zu gehen. Mit Tränen in den Augen lief er die Treppen bis in den Innenhof hinunter, wo er zu rennen anfing.

Daniel drückte ihm eine Tasse in die Hand, die nach Zimt und Alkohol roch.

»Was ist das?«, fragte Ádám.

»Trink's einfach«, antwortete Daniel und setzte sich neben ihn an den kleinen Tisch, der die schmale Küche noch schmaler wirken ließ. Ádám gehorchte und nahm einen großen Schluck. Er hustete.

»Bleib so lange, wie du magst«, sagte Daniel, »der Kleine freut sich sicher auch.« Ádám nickte und nahm noch einen Schluck. Sein Magen entspannte sich langsam. Er stellte die Tasse ab, sah sich um. Felix war nicht zu sehen, nicht zu hören. So können nur Kinder sein, dachte er, entweder unglaublich laut oder so still, als gäbe es sie gar nicht. Er dachte an das Nilpferd und ob Aniko aus Gewohnheit wohl jetzt vor dem Schaufenster stand. Oder hatte sie es gelassen, weil es jetzt sowieso sinnlos war? Weil sie aufgeflogen war, samt ihrer Ausrede? Oder vielleicht war zumindest das keine Lüge gewesen, vielleicht hatte sie tatsächlich auf die kleine Figur gesetzt. Auf die Weisheit des Nilpferds, das sie vor so vielen Jahren bei einem Wienbesuch zufällig hinter dem Schaufenster stehen gesehen hatte und das zu ihr gesprochen hatte, einfach so, an einem Dienstag im Juli. Zieh nach Wien, hatte es ihr vermittelt, alles wird besser in Wien. Die Geschichte hatte sie ihm erst erzählt, als sie schon nach Wien gezogen waren. Ádám wusste nicht mehr, ob es ihn schockiert hatte oder ob es ihm gleich gewesen war, wegen einer Nilpferdfigur sein Leben in Ungarn aufgegeben zu haben.

»Hätte ich bleiben sollen?«, fragte er Daniel.
»Nein, Alter, wofür denn?«
»Vielleicht hätte sie mir's erklärt. Warum, meine ich.«
»Hörst, lüg dich nicht an, Alter. Einen Scheiß hätt sie dir erklärt«, erwiderte Daniel kopfschüttelnd.
»Ich verstehe es nicht, Daniel«, sagte er leise, »ich verstehe es einfach nicht.« Daniel seufzte.
»Es ist hart, aber die Wahrheit ist, dass man's nie wissen kann.« Daniel hielt inne, schien nach Worten zu suchen. »Und vielleicht gibt's gar nix zum Verstehen, weil vielleicht hat sie sich einfach verschaut in den Haberer, den Marc oder wie der heißt.«
»Aber ...«
»Ádám, lass es gut sein, trink einfach zsamm.« Ádám trank die bauchige Tasse leer. Das Babyfon quäkte. Daniel seufzte wieder, stand auf und ging in das kleine Zimmer am Ende der Wohnung. Als er zurückkam, hatte er den verschlafenen Felix in den Armen. Er reichte ihn Ádám und zündete sich eine Zigarette an. Ádám schluckte und legte sich das Kind in die Arme. Felix sah ihn müde an, die dunklen Wimpern bewegten sich langsam. Ádám summte die Melodie aus der Werbung, die er auch auf der Rückfahrt vom Neusiedler See gesummt hatte, erst ganz leise, dann etwas lauter. Felix' Augen schlossen sich flatternd, der kleine Kopf rutschte ein wenig zur Seite. Ádáms Tränen tropften auf den Pyjama, der mit Dinosauriern und Elefanten gepflastert war. Wann hatte das alles passieren können, die ganze Misere? Wann hatte er nicht richtig hingeschaut? Wann hatte Aniko sich das erste Mal mit diesem Marcell getroffen? Wie oft? Was war aus dem Versprechen geworden, immer zusammenzuhalten, immer füreinander da zu sein?

Ádám kniff die Augen fest zusammen, stand vorsichtig auf, sah auf das schlafende Kind in seinen Armen und summte die

Melodie wieder und wieder. Als er Felix zurück in das Gitterbett gelegt hatte und in die Küche zurückkam, schaute Daniel ihn fordernd an.

»Du musst dich zusammenreißen jetzt«, sagte Daniel.

»Wieso? Was meinst du?«

»Weil du sonst nachgibst, du Depp. Und das hat sie nicht verdient.« Ádám nickte zögernd.

»Danke«, sagte er leise.

»Passt schon«, antwortete Daniel und sah Richtung Innenhof, wo alles dunkel war.

KAPITEL 6: ESRA

Es tutete. Esra ging nervös hin und her. Ihre Hände schwitzten. Das Handy in ihrer Hand fühlte sich heiß an.

»*Dime*«, sagte eine Stimme plötzlich durch den Hörer.

»Patricia? Ich bin's«, antwortete Esra auf Spanisch, und ihre Stimme brach. »Ich ... Esra, ich bin's. Esra.«

»Rufst du aus Deutschland an?«

»Ja.«

»Aus Berlin?«

»Ja. Aber das ist egal, Patricia, das ist ...«

»Wie geht es deiner Familie, *linda*?« Esra musste schlucken bei diesem Kosewort.

»Gut. Es geht ihnen gut. Und ... und deine?« Sie hielt die Luft an.

»*Todos vivos*«, rauschte die Stimme durch den Hörer. Alle am Leben. Esra atmete aus.

»Es ist schön, dich zu hören«, sagte sie und kam sich sehr klein dabei vor.

»*Linda*, ich muss los. Brenda hat Streichhölzer gefunden«, kam die Antwort verzögert.

»Patricia, wann kann ich dich ...?«

»Abends.«

»Und ...«

»*Que Dios te cuide.*« Was für eine Farce. Möge Gott dich beschützen.

»*Y a ti*«, sagte Esra, dich auch, während das Tuten an ihr Ohr schallte. Sie setzte sich und starrte das Sofa an, auf dem Magdas Sachen verteilt waren. *Que Dios te cuide.* Wie warm die Stimme, wie nah die Gerüche. Esra biss sich auf die Lippe. Reiß dich zusammen, ermahnte sie sich. Sie blieb sitzen und sah weiter Magdas verstreute Kleidung an. Keine Woche hatte die Ordnung gehalten. Jetzt lag alles kreuz und quer im Zimmer verteilt, Magdas Socken neben Esras Pullover. Esra starrte auf eine Unterhose, deren Rand kindliche, ausgeleierte Spitzen säumten. Dieses eigenartige Mädchen. Esra sah auf die Uhr. Gerade musste die Mittagspause angefangen haben. Sie griff wieder zum Handy.

»Esra?«, ging Magda ans Telefon.

»Hey du, hast du Mittagspause?«, fragte Esra.

»Nee, der Ahmed ist krank geworden.« Im Hintergrund das Klappern von Geschirr.

»Wann kommst du heute?«, fragte Esra. Wie schnell man sich an einen Menschen gewöhnte. Keine zwei Wochen war es her, dass sie Magda kennengelernt hatte und doch kannte sie schon ihre Routine, ihre Angewohnheiten. Das obsessive Bürsten der Haare. Das Stirnrunzeln, dessen Schatten noch Minuten danach im Gesicht blieb. Das Knacksen der Finger nach dem Aufstehen. Esra fragte sich, wie wohl Magdas Bilanz über sie ausfiel.

»Ich glaub, nach Ladenschluss«, sagte das Mädchen und klang müde. Noch acht Stunden. Auch wenn Esra ihr den Job vermittelt hatte, bedauerte sie Magda. Sie schätzte den Luxus, sich ihre Arbeit größtenteils selbst einteilen zu können. Nur Deadlines bestimmten ihr Leben, keine Zeitkarten. Außer den Redaktionssitzungen hatte sie keine regelmäßigen Verpflichtungen, sie musste nicht von neun bis fünf in ein Büro, sie musste niemandem hinterherwischen oder gut zureden, sie konnte einfach sein. Alles, solange das Ergebnis stimmte. Es reichte für keine große Wohnung, keine Eskapaden, aber es war es wert. Sie hatte sich nicht an die Wirtschaft verkauft, war nicht Werbetexterin geworden, nicht Assistentin irgendeiner Geschäftsleitung, sondern lebte für ihren Beruf.

»Ich koch was«, sagte sie und meinte, ein erleichtertes Seufzen am Ende des Hörers zu erhaschen. Wenn das Mädchen etwas nicht konnte, dann Kochen.

Zwei Absätze Einleitung waren zu viel. Esra löschte den zweiten. Nein. Sie fügte ihn wieder ein. Sie hängte die beiden Absätze aneinander. Nein, das würden sie ihr nicht abnehmen. Sie strich den Titel und schrieb Patricias Halbsatz hin. *Todos vivos.* Esra biss sich auf die Lippe und streckte sich. Aus dem Zimmerfenster sah sie auf den Gleisdreieckpark. Berlin war ihr immer noch fremd. Warum war sie nicht einfach noch in San Pedro Sula geblieben? Sie biss fester auf die Lippe. Es war richtig zu gehen, ermahnte sie sich. Am Ende hätten die Männer sie doch gekriegt und dann erschossen oder zerstückelt. Die Warnung war eindeutig gewesen. *Acá no caben las gringas.* Sie schmeckte Blut auf den Lippen und erinnerte sich an die Worte ihres Vaters. Mit einem Klick löschte sie den zweiten Absatz und fasste ihn in einem Satz zusammen. Bis Magda wiederkommen würde, wollte sie den ersten Entwurf fertig haben.

Magda sah unsäglich müde aus, als sie die Wohnung betrat.

»Na?«, fragte Esra, die eine heiße Kartoffel in der Hand hielt.

»Ich bin so was von fertig«, sagte Magda und ließ ihre Tasche auf den Boden fallen. »Und wieder drei WG-Absagen.« Sie rieb sich mit beiden Händen das blasse Gesicht.

»Egal«, erwiderte Esra, »setz dich erst mal hin. Mir fehlen nur noch drei Kartoffeln.« Das Mädchen nickte matt und gehorchte. Esra fragte sich, warum es sie nicht störte, dass Magda keine wirkliche Aussicht auf eine Bleibe hatte. Beim Essen fielen Magda fast die Augen zu.

»Du musst denen sagen, dass du nicht so viel auf einmal arbeiten kannst, Mensch«, sagte Esra.

»So einfach ist das nicht«, erwiderte Magda mit vollem Mund, »die können ja auch nix dafür, wenn Leute krank werden.«

»Aber du auch nicht.« Esra stach in ihre Kartoffel. *Todos vivos. Que Dios te cuide.* Und sie saß hier mitten in Deutschland und dachte über Arbeitnehmerinnenrechte nach.

«Wie läuft's mit dem Artikel?«, fragte Magda. Esra lächelte. Sie war stolz auf den Rohentwurf, er war gut geworden.

»Willst du ihn lesen?«, fragte sie. Magda bejahte.

Gemeinsam saßen sie auf der Couch, Esra sah Magda beim Lesen zu. Die meisten Menschen störte das, aber Magda schien es nicht einmal zu bemerken. Sie las, kniff die Augen zusammen und legte schließlich das Papier auf ihrem Schoß ab.

»Krass«, sagte sie dann. Esra erwiderte nichts. »Ist das alles passiert?« Esra nickte langsam.

»Und noch viel mehr«, sagte sie, um irgendetwas zu antworten, was dem Erlebten entsprach.

»Die Frau, von der du schreibst«, sagte das Mädchen und streckte das Kinn dabei leicht in die Höhe, »die ihre Kinder zählt jeden Abend, ist die echt?«

»Wie, ist die echt?«

»Na, hast du dir die ausgedacht, so als Kunstfigur, oder gibt's die wirklich?« Esra schluckte. Wie hätte sie sich Patricia ausdenken sollen?

»Die ist echt. Alles ist echt.« Magda atmete laut ein und aus, als sie den Artikel erneut überflog.

»Wie hast du das ausgehalten?«, fragte sie dann.

»Das geht schon«, erwiderte Esra »nicht alles ist schlecht dort, weißt du? Manche Tage sind ganz normal, wie in jeder anderen Stadt.« Sie dachte an das erste Mal, als sie Patricias Kinder in die Schule gebracht hatte. Eine kleine Hand in jeder Hand und das Herzklopfen, das in ihren Ohren tönte. Die irritierten Blicke der anderen Kinder und Mütter vor dem vergitterten Schultor. Die kleinen Hände, die sich lösten. Das leise *Gracias, Doña Esra*, das ihnen ihre Mutter eingebläut hatte. Dann die plötzliche Leere um Esra herum und ihre unsicheren Schritte hin zu der Gruppe von Müttern, die neben einer Mauer standen, beschützt von Beton. Die ersten wackeligen Worte, die ersten Erzählungen. Hier war ein Ex-Mann plötzlich verschwunden, da hatte sich ein jugendlicher Sohn der M18 verschrieben. Und daneben Kindergeschrei, Kinderlachen, alles normal, als könnte das Barrio Lempira jedes Viertel in jeder beliebigen Stadt sein.

»Wirst du noch mal hinfliegen?«, unterbrach Magda Esras Gedanken.

»Wohin?«

»Na, nach San Pedro ...«

»... Sula. Nein, ich glaube nicht. Ist ja abgeschlossen.«

Magda nickte und sagte leise: »Verstehe«, und Esra dachte, dass sie es sicher nett meinte, aber dass sie keine Ahnung hatte, keine Ahnung von nichts.

Am Morgen, nachdem Esra Magda bei ihrer chaotischen Routine zugesehen hatte, setzte sie sich ein letztes Mal an den Artikel, löschte einen Satz, schrieb das Ende um und klickte auf *Senden*. Sie atmete durch.

Keine halbe Stunde später kam die Nachricht von Richard: *Esra, du Powerfrau, das ist der Hammer, das kommt nächste Woche ganz nach vorne.* Esra grinste. Ganz nach vorne, also mindestens Seite zwei. Eine Seite, als Vorgeschmack auf die Reportage zwei Wochen später. Man wollte die Leserinnen und Leser schließlich bei der Stange halten. Sie zog sich an, kaufte eine Flasche Wein, überlegte, ihre Freundin vom Yoga anzurufen, und ließ es dann sein. Es war mitten am Tag, sicher war sie schwer beschäftigt. Esra beschloss, spazieren zu gehen und bei Magda vorbeizuschauen. Wie lange war es her, dass sie in der Buchhandlung gewesen war?

Als sie dort ankam, stellte Magda gerade ein großes Schild auf, das auf die vielen Matcha-Sorten im Café hinwies. Magda ließ das Schild beinahe fallen, als sie Esra sah.

»Was machst du denn hier?«, fragte sie außer Atem und Esra fragte sich, ob sie eigentlich eine Teilschuld an Magdas Erschöpfung trug.

»Ich wollte vorbeikommen«, meinte Esra. »Und sagen, dass ich dich dringend für den Nachmittag brauche, ein Notfall, du weißt schon.«

»Was für ein Notfall?« Das Mädchen runzelte die Stirn.

»Ein Notfall eben. Eine Krise. Was weiß ich, gehen musst du auf jeden Fall. Ich sag das denen mal«, sagte Esra grinsend, betrat das Café und verkündete, dass Magdalena leider dringend mit ihr mitgehen müsse, ein Notfall habe sich ereignet. Die Frau hinter dem Tresen, die Esra als die Chefin wiedererkannte, hob die Augenbrauen und murmelte etwas, widersprach aber nicht.

»Wo gehen wir überhaupt hin?«, fragte Magda verlegen, als sie einige Schritte vom Café entfernt waren.

»Zum Kanal«, sagte Esra und amüsierte sich über Magdas roten Kopf. »Hast du noch nie deine Chefin angelogen, oder wie?« Magda schüttelte den Kopf.

»Wer war die Frau im Artikel?«, fragte Magda Esra, als sie nebeneinander am Landwehrkanal saßen.

»Wieso fragst du?«

»Nur so … Weil du sie gut gekannt hast, oder?«

»Ja, das schon.« Esra lehnte sich ein wenig zurück, nahm einen Schluck Wein und hustete. Es war immer noch viel zu kalt, um draußen zu sitzen. »Ich habe bei ihr gewohnt, bei ihr und ihrer Familie«, sagte sie.

»Wie bist du zu denen gekommen?«

»Ach, einer aus dem Verlag kannte den Schwager oder eine Cousine des Schwagers oder so, ich weiß es gar nicht mehr.«

»Ist das normal?«

»Na ja, normal gibt es nicht wirklich, aber es ist schon üblich, dass man in Krisengebieten bei Privatpersonen unterkommt, die kennen sich besser aus.«

»Ja, also … Und … darf ich noch was fragen?« Das Mädchen sah sie von der Seite an.

»Klar«, sagte Esra und fragte sich, was jetzt wohl kommen würde. Zu viele Bilder in ihrem Kopf.

»Warum sind da nur Frauen in deinem Text?«, fragte Magda. »Wo sind denn die Männer?« Esra stieß Luft aus.

»Weg sind die.« Noch mehr Bilder im Kopf. Magda schien verstanden zu haben.

»Ich finde das jedenfalls echt gut, dass du dich das traust und so«, sagte sie. »Ich würde mich das nie trauen.« Esra sah sie an und merkte, wie ihre eigene Euphorie sich immer mehr verzog. Was hatte das mit Mut zu tun? War es mutig, wenn man wusste, dass man jederzeit wieder gehen konnte?

»Ist auch nur ein Job«, erwiderte sie leise und sah weiter dem Wasser beim trägen Fließen zu.

KAPITEL 7: KATJA

Das blaue Kleid war zu eng, obwohl ich es erst letzte Woche extra für diesen absurden Anlass gekauft hatte. Der Eingangsbereich der Klinik sah völlig anders aus, neue Farben, neue Bilder an den Wänden. Um mich herum fremde Menschen, die auch alle irgendwas mit diesem Ort zu tun hatten. Neben mir stand Mama und neben Mama stand Tilo und an Tilo lehnte Monique. Sie sah so schön aus wie an dem Tag im Café, nur etwas müder. Eine zufriedene Müdigkeit, wahrscheinlich hatten sie viel Sex.

»Seit nun fünfunddreißig Jahren hat es sich die Klinik Stockweide zur Aufgabe gemacht, all jenen zu helfen, die das Leben ins Straucheln gebracht hat«, dröhnte der glatzköpfige Klinikleiter durch ein billiges Mikrofon. Mama neben mir nickte ergriffen, ich konnte sie schlucken hören. Mir war schlecht. Warum hatte ich mich zu diesem Wahnsinn überreden lassen? Warum machte ich das für Tilo, was schuldete ich ihm? Und warum taten alle so, als wäre hier die heile Welt zu Hause? Ich räusperte mich. Tilo sah mich von der Seite an und lächelte. Verräter.

»… und wir sind Ihnen allen zu großem Dank verpflichtet, denn Sie alle haben dieses Haus der Nächstenliebe erst zu einem solchen gemacht«, sagte der Glatzkopf. Wie ein verdammter Pfarrer. Niemand war hier aus freien Stücken hergekommen, niemand hatte hier Nächstenliebe versprüht. Ich biss die Zähne fest aufeinander. Ruhe, Katja, Ruhe. Mama nahm meine Hand und mit der anderen Tilos. Als wären wir Unversehrte hier, gütige, gedächtnislose Besucher. Als wäre es nicht erst fünf Jahre her, dass Mama entlassen wurde, nach so langer Zeit.

Später am Stehtisch sah ich Monique dabei zu, wie sie langsam an ihrem Sekt Orange nippte. Nippen, Glas abstellen, einmal über den Rand fahren, Glas wieder aufnehmen, nippen. Giacomo würde sicher vor Freude hüpfen, wenn er mich hier statt im Büro sehen könnte.

»Es freut mich so«, sagte Mama ein bisschen zittrig und trank einen Schluck Orangensaft, »ach, es freut mich wirklich sehr.« Sie strich sich eine Strähne hinters Ohr. Frisch gefärbt, aufgeräumt.

»Was freut dich, Mama?«, fragte ich kühl. Monique sah mich aufmerksam an und unterbrach die Nipp-Routine.

»Na ja, du weißt schon, dass ihr hier seid, alle zusammen. Dass wir hierherkommen können, weißt du. Dass wir uns nicht schämen müssen.« Mama sah durch mich durch, wie immer. Hatte es eine Zeit gegeben, in der sie mir in die Augen geschaut hatte? Ihrem zweiten Kind, dem ungewollten Mädchen ohne die schönen Inselaugen des Bruders, des Vaters?

Monique ergriff Mamas Hand, die auf dem lieblos dekorierten Tisch lag. Ich löste mich vom Tisch und ging Richtung Toilette. Tilo kam mir entgegen, immer noch oder schon wie der mit diesem arroganten Grinsen im Gesicht.

»Komm schon«, sagte er und fasste mich am Arm, »du warst erst vor zehn Minuten auf dem Klo, willste wegrennen?« Ich sah ihn an, mein Magen ein einziger großer Knoten.

»Wie viel hast du getrunken?«, zischte ich ihn an.

»Socke, komm schon. Hör auf, immer so seltsam zu werden, wenn wir irgendwas mit Mama machen. Was willst du denn?«

»Dass du aufhörst, bei dieser Scheiße mitzumachen, das will ich. Und dass du damit aufhörst, mich mit reinzuziehen.« Das Pochen in meiner Brust eine ewige Deadline.

»Socke, jetzt komm schon, lass sie doch hier selig sein, das hat sie doch verdient, mh? Wenigstens das. Sie hat sich das alles auch nicht ausgesucht.«

»Du ...« Ich wollte ihn anschreien, dass sie es sich sehr wohl ausgesucht hatte. Dass sie uns einfach hätte abtreiben, später freiwillig weggeben oder sich zumindest beim Jugendamt darum bemühen können, dass man unseren Vater findet. Ich wollte Tilo durchschütteln und fragen, was los mit ihm war, ob er alles vergessen hatte, die Kälte und die Scherben und den Hunger und die blauen Flecken an den Armen. Ob er sich nicht erinnern konnte an die Wochen nach Mamas vielen Trennungen, in denen sie nicht mehr aus dem Bett kam und uns von Göttern und Geistern erzählte, wenn wir fragten, ob sie uns Geld geben konnte. Ob er die Verschwörungstheorien vergessen hatte, die sie uns zuflüsterte, wenn ihre Pupillen ganz groß waren.

Ob er die Wochen aus seinem Gedächtnis gestrichen hatte, in denen sie uns allein ließ, um in die Berge oder an irgendeinen See zu fahren, um mit ihrem jeweils neuen Typen die Wahrheit oder Gott oder wen auch immer zu finden. Wochen, die wir nur überstanden, weil ich gut klauen und noch schneller rennen konnte. Wochen, die immer länger wurden. Ob er vergessen hatte, warum sie irgendwann im Schnee vor uns standen. Rechts vor der Haustür zwei Polizisten, links die füllige Frau vom Jugendamt.

Wie konnte er das alles einfach so beiseiteschieben, wie konnte er sie noch immer, nach all den verdammten Jahren so in Schutz nehmen? Ich wollte etwas sagen, irgendetwas, aber da fing die Musik an und eine Frau sagte nervös in ein Mikrofon, dass man jetzt tanzen dürfe. Tilo kam auf mich zu und nahm mich fest in den Arm.

»Ich weiß doch«, sagte er leise, »aber es ist anders jetzt, wir sind alle erwachsen, wir haben es überstanden. Das ist ein altes Leben, das sagst du doch selber immer.« Ich atmete ein, atmete aus, ein altes Leben, ja. Langsam löste sich mein Magenknoten, ganz langsam.

Wir wankten nebeneinander her, Tilo, Monique und ich. Mama war noch geblieben, sie wollte mit dem Glatzkopf reden, worüber auch immer.

»Katja, ich find dich spitze«, sagte Monique. Ich wollte etwas sagen, aber die Worte schwirrten drei Meter über mir herum, ließen sich nicht sortieren.

»Ja, das ist sie, spitze, von oben bis unten«, sagte Tilo stattdessen, drückte mich an sich und lachte heiser. Ich lehnte mich gegen ihn, fiel fast um dabei.

»Socke, was machst du denn?«, fragte Tilo.

»Du, mich dreht's so ein bisschen«, meinte ich und hörte, wie sich die Worte in die Länge zogen.

»Ich vertrag auch nichts mehr«, sagte Monique, als hätte ich mit ihr geredet. Ich sah rüber zu ihr, aber mir wurde nur schummriger.

»Halt mal kurz an«, sagte ich, bevor ich mich auf den Boden gleiten ließ. Mit den Händen auf den kalten Pflastersteinen war alles klarer.

»Ich geh mal vor, Tilo, mir ist viel zu kalt«, hörte ich Monique von oben rechts. Dann Stöckelschritte, die immer leiser wurden. Tilo hatte sich neben mich gesetzt.

»Was ist denn, Socke?«, fragte er leise. »Was macht dich so wahnsinnig wütend, mh? Warum schaffst du es nicht, das abzulegen?«

»Ach, komm.«

»Socke, ich will's nur wissen. Du sagst es ja sonst auch niemandem.«

»Egal, Tilo.«

»Socke. Lass doch mal gut sein mit diesem kindischen Zorn.«

»Lass du doch.« Er stand auf. »Tilo«, sagte ich, »sorry, ich wollte nicht …«

»Alles gut, niemand geht weg«, erwiderte er von hinten. Er

rutschte an mich ran. Ich lehnte mich nach hinten, seine Beine um meine gerahmt. Ein Dach, ein Dach, was wollen wir mehr.

»Ich bin einfach nicht gern hier, Tilo. Es ist einfach alles so … präsent.«

»Ich weiß.«

»Geht dir das nicht so?«

»Ist doch egal, Socke. Es ist doch alles vorbei, sie ist raus aus der Klinik, wir sind raus aus dem Kleinen Bahnweg, sie hat sich gesammelt, wir haben ein gutes Leben, du in Berlin, ich in Wien, außerdem haben wir ihr verziehen, und …«

»Du.«

»Mh?«

»Du hast ihr verziehen. Ich sicher nicht.«

»Aber du hast es ihr gesagt. Also dass du ihr verziehen hast.«

»In der dummen Familientherapie, Tilo. Damit ihr zwei aufhört zu heulen.«

»Socke.«

»Was denn? Glaubst du ernsthaft, ich kann ihr das verzeihen?«

»Ja.«

»Das ist dann dein Problem, Tilo, nicht meins.« Immer noch saß ich an ihn angelehnt da, sein Gesicht hinter mir.

»Ich hab's dir doch auch verziehen«, sagte Tilo leise.

»Du mir?«

»Ja, Socke. Ich dir.« Ich löste mich von ihm, drehte mich sitzend um. Ein ratschendes Geräusch, entweder das Kleid oder die Strumpfhose waren kaputt, auch schon egal.

»Was willst du mir denn bitte verzeihen?«, fragte ich. Tilos Gesicht klar vor mir, kein Schwanken mehr, keine fliegenden Worte.

»Das weißt du ganz genau, Socke«, sagte er, klang wie ein fremder Mann, nicht wie mein großer feiger Bruder.

»Sag's mir. Ich will's dich sagen hören.«
»Wir sind betrunken, Katja.«
»Sag's.«
»Ich will keinen Streit mit dir, komm, gehen wir.«
»Sag jetzt, was du mir verziehen hast.« Auch meine Stimme die einer Fremden. »Dass ich uns beschützt hab, Tilo? Dass ich irgendwann endlich was getan hab, nach den ganzen Jahren? Dass ich uns Mama und ihre ganzen beschissenen Typen vom Leib gehalten hab? Was davon willst du mir verzeihen, mh?« Er stand auf, sah mich fest dabei an, Mitleid im Blick.

»Ich geh heim, Socke«, sagte er ganz ruhig. »Du willst nicht verstehen, dass es noch andere Sichtweisen gibt als deine. Ist auch okay, aber bitte lassen wir's.« Ich holte Luft, um ihm irgendwas entgegenzuschleudern, irgendwas, das an sein selbstgerechtes Gefasel herankommen könnte, aber er drehte sich einfach um und ging. Ich versuchte mich aufzurappeln, aber konnte mich nirgends festhalten. Ich zog die Knie an die Brust, legte den Kopf darauf ab, holte mein Handy aus der Handtasche. Verschwimmende Worte auf dem Display, ich kniff ein Auge zu. Keine neuen Nachrichten, kein Anruf in Abwesenheit. Ich wählte Giacomos Nummer, ließ es tuten bis zur Mailbox. Besser war es, was hätte ich ihm überhaupt erzählt.

Ich schlief kaum, nahm irgendwann noch nachts die erste Aspirin, morgens die zweite. Morgens am Küchentisch lächelte Monique mich an.

»Habt ihr noch gut gequatscht gestern?« Sie klang, als hätte sie gläserweise Lebenselixier statt billigen Sekt getrunken. Frisch und munter.

»Ja.«

»Ich mag das an Tilo, dass er offen über alles redet.« Das sagten sie alle am Anfang, wenn sie es noch glaubten. Wenn sie noch keine Ahnung davon hatten, dass er nur erzählte, was sich gut erzählen ließ.

»Gut«, sagte ich.

»Was meinst du mit gut?«

»Monique, ich hab kaum geschlafen, einen Todeskater und eine ewige Fahrt vor mir. Bitte lass uns einfach nicht reden. Bitte.« Sie nickte und sagte nichts mehr. Tilo kam die Treppen runtergetrampelt, so viele alte Bilder in meinem Kopf. Tilo, wie er vor mir die Treppe runterpolterte und nach kurzer Zeit wieder hochkam, die Inselaugen enttäuscht aufgerissen. Entweder hatte Mama die Tür von der Treppe in den Flur zugeschlossen oder sie lag auf dem Wohnzimmerboden, in Embryostellung, um sie herum Müll. Oder sie war weg, auf dem versengten Küchentisch ein Zettel mit wirren Sprüchen. Ich wartete immer oben auf der Treppe, bis ich wusste, was Sache war, was der Tag bringen würde. Aber Tilo glaubte jeden Tag wieder daran, dass sie ihr Versprechen irgendwann halten würde, dass sie am gedeckten Frühstückstisch sitzen und lächelnd auf uns warten würde. Oder dass sie ihn mitnehmen würde auf eine der Reisen in die Berge. Wenigstens ihn, ihren Jungen mit den Inselaugen.

Heute gab es die Tür zur Treppe nicht mehr, der Küchentisch hatte eine Glasplatte und der Boden im Wohnzimmer war quietschsauber. Das alte Leben versteckt, hinter den neu gestrichenen Wänden.

»Meine Damen«, sagte Tilo, der vor uns stand und sich tief verbeugte. Monique grinste, ich stand auf.

»Bleib doch sitzen, wo willst du denn hin?«, fragte Tilo und drückte mich an den Schultern sanft auf den unbequemen, biederen Stuhl zurück.

»Schauen, wo unsere Mutter ist.«

»Brötchen holen. Hat sie doch gestern gesagt«, sagte Monique. Ich konnte mich nicht erinnern.

»Wer weiß. Vielleicht kommt sie auch nie wieder.« Ich klang bitter und alt gegen Monique.

Als Mama zurückkam, hatte Monique schon neuen Kaffee aufgegossen und aus dem Garten ein paar Zweige mitgebracht, die sie in ein altes Marmeladenglas steckte. Wie musste das sein, diesem anstrengenden Frauenbild hinterherrennen zu müssen? Man bekam nichts zurück, schon gar nicht als Frau. Aber das war ihr offensichtlich völlig egal.

»Ich wollte noch etwas sagen«, sagte Mama, als ich gerade aufstand, um Zähneputzen zu gehen. Ich setzte mich wieder. Mama räusperte sich leise, ihre Unterlippe zitterte. »Ich weiß, viel ist schiefgelaufen«, fing sie an und ihre Augen wurden feucht, »aber ihr habt mir eine zweite Chance gegeben. Dafür bin ich dankbar, wirklich sehr, sehr dankbar.« Ein Kloß in meinem Hals, alles zu eng.

Was sollte dieses Gefasel von Chancen? Dachte sie wirklich, das hier war erst die zweite Chance? Hatte sie nicht verstanden, wie viele Tausend Chancen wir ihr gegeben hatten, weil sie uns wieder und wieder darum angefleht hatte? Hatten hier alle einfach kollektiv alles vergessen? Ich räusperte mich, stand auf und ging langsam nach oben. Das alte Leben in jeder verdammten Treppenstufe.

Bevor wir losfuhren, wollte Tilo unbedingt mit mir in den Keller gehen. Mama blieb oben, Monique auch, sie küsste Tilo lang, als ob sie ihn an den Keller verlieren würde. Eine alte Übelkeit in meinem Bauch, als ich hinter ihm die Treppen runterging. Was wollte Tilo da?

»Kannst du dich erinnern?«, fragte Tilo, als wir in der Waschküche standen, in der eine normale Waschmaschine so tat, als wäre dies ein normales Haus mit einer normalen Geschichte.

»Woran?«

»Vielleicht warst du noch zu klein damals.«

»Tilo, mach den Mund auf, was meinst du?«

»Hier haben wir uns geschworen, immer zusammenzubleiben«, sagte er leise und ging in die rechte hintere Ecke, wo er sich zu mir umdrehte. »Piet, der Große mit den langen Haaren, hat uns hier runter gesperrt, wenn wir ihm zu laut waren. Und ich hatte solche Angst.« Er schluckte, sah von der Waschmaschine zur Tür und wieder zur Waschmaschine. »Und du, du warst so viel kleiner, nicht einmal so hoch wie die Klinke«, er sah wieder zu Tür, »aber du hast gesagt, dass uns nichts passieren wird, weil wir immer zusammenbleiben.« Ich sah mich um. Keine Erinnerung ploppte auf, nichts. Vielleicht war es gut so.

»Keine Ahnung, Tilo«, sagte ich ungeduldig. Ich wollte Licht sehen, Sonne.

»Magst du sie?«, fragte Tilo.

»Wen, Monika?«

»Ja.«

»Weiß ich nicht, Tilo. Ich kenn sie ja kaum.«

»Aber grundsätzlich?«

»Ja, nettes Mädchen.« Er lächelte mich dankbar an. Wusste er, dass ich log, jedes Mal aufs Neue? Dass sie alle gleich waren auf ihre Art und mir damit ganz und gar fremd? Dass ich mir wünschte, seine Sucherei würde endlich ein Ende finden, damit der ganze Herzschmerz vorbei war und ich in Ruhe in Berlin bleiben konnte?

»Sie ist besonders, Socke.«

»Freut mich für euch.«

»Gib ihr mehr Chancen, bitte«, sagte er ernst. Noch mehr Chancen-Blabla, wo sollten diese Chancen alle herkommen. Er ging mir voraus nach oben, wo Monique schon auf uns wartete.

»Na, ihr?«, fragte sie. Ich nickte ihr so freundlich wie möglich zu, trotz der Müdigkeit, der Übelkeit. Aus der Küche trat Mama auf uns zu, ein Küchentuch in den Händen.

»Ihr geht schon, mh?«, sagte sie, während sie sich die Hände am Tuch abtrocknete.

»Ich muss ja arbeiten«, antwortete ich. Sie nickte, schaute durch mich durch und lächelte zaghaft. Ich hatte Lust, meine Hände um ihren Hals zu legen. Was für ein scheinheiliges Theater. Diese Angst in ihren Augen, Angst vor mir, Angst vor der Schuld. Was müsste geschehen, damit sie es aussprach? Dass es ohne mich vielleicht nie so weit gekommen wäre. Dass unser Vater vielleicht geblieben wäre. Dass sie es vielleicht früh genug herausgeschafft hätte aus dem Esoterik-Rad. Eine nette Familie mitten in Kassel. Vater, Mutter, Inselaugenkind. Keine Typen, die uns in den Keller sperrten, keine Tablettendosen, keine Geister. Kein viel zu dünnes Mädchen, das sich einfach tief in die Hand schnitt und das Jugendamt ins Haus holte. Kein Anruf, keine Klinik, kein Heim. Ein anderes Leben ohne dieses Mädchen, vielleicht wäre es ein gutes geworden.

Aber Mama sagte nichts, trat bloß auf uns zu, nahm erst Monique in den Arm, dann Tilo, dann mich. Wenn sie gekonnt hätte, hätte sie mich bestimmt nicht berührt. Ich ließ sie gegen mein Ohr atmen.

»Danke, Katja. Du weißt nicht, was mir das bedeutet«, flüsterte sie, kurz bevor sie mich losließ. Nichts als heiße Luft.

»Tschüss«, sagte ich und nickte Tilo und Monique zu. »Gehen wir, ich will den Zug nicht verpassen.« Tilo grinste in die Runde, als wäre alles sein Verdienst. Als hätte er eine Medaille verdient.

In der Straßenbahn packte ich meine Kopfhörer aus. Tilo, mir gegenüber, seine Hand mit Moniques verschränkt, schüttelte den Kopf.

»Socke. Komm schon.«

»Was?«

»Wir fahren nur 'ne halbe Stunde zusammen. Nur bis zum Hauptbahnhof.« Ich ließ die Kopfhörer sinken.

»Dann rede«, erwiderte ich und fixierte ihn, »komm, Tilo, rede. Sag alles, was du sagen willst.« Monique sah irritiert von mir zu Tilo. Tilo kniff die Augen zusammen.

»Katja.«

»Hör auf, meinen Namen zu sagen wie ein verdammter Erzieher.«

»Warum bist du so aggressiv?«, fragte Tilo und lehnte sich zurück. »Was soll das denn? Ich will doch nur Zeit mit dir verbringen, ist das so schlimm?« Er glaubte wirklich, er wäre ein Held. Ein Familienheld.

»Ach, fick dich doch.« Ich stöpselte mir die Kopfhörer in die Ohren und drehte die Musik laut auf. Als ob es darum ging, Zeit mit mir verbringen zu wollen. Als ob es je darum ging, was mit mir passierte. Als ob es nicht immer um seine Welt ging, seine Zweifel, seine Liebe, sein Erleben. Die Straßenbahn hielt an. Ich nahm meinen kleinen Koffer vom Sitz neben mir.

»Viel Spaß im fucking Paradies«, sagte ich, stand auf, stieg aus, ging langsam Richtung Wartehäuschen. Hoffentlich war ihm so übel wie mir.

KAPITEL 8: ÁDÁM

Es war vier Uhr. Ádám lag hellwach auf der Couch und starrte auf sein Handy. Keine Nachricht. Kein verpasster Anruf. Warum war er Aniko so egal? Erst einmal hatte sie ihn angerufen, vor zwei Nächten, er hatte es klingeln lassen, gegen jede klingelnde Sekunde angekämpft. Idiot, schimpfte er sich jetzt wieder. Hätte er doch nur abgehoben. Er stellte sie sich vor, wie sie allein im Bett lag, wie ihre Haare auf dem Polster lagen, wie sie die Augen zusammenkniff, wenn sie schlecht träumte. Ob sie wohl schlecht träumte?

Ádám schaltete das Licht neben sich ein und rieb sich die Augen. Stille in der Wohnung, nur das ständige Rauschen Wiens im Hintergrund, kaum hörbar, aber doch da. Seit fünf Jahren waren sie nun in Wien. Seit fünf Jahren Hintergrundlärm. Die Erinnerungen an Budapest waren verschwommen, düster, wie konnte das sein, ein ganzes Leben in einer Stadt und dann verschwamm alles zu ein paar Bildern, Gerüchen, Farben. Eingelegtes Gemüse in großen Gläsern, das sorgfältig gefärbte Haar seiner Mutter, die neongrüne Fassade der Seilfirma, in der Aniko ihre Buchhalterinnenlehre gemacht hatte. Am Ende wusste sie alles über Kordeln und Borten und Buchungsklassen. *Jetzt können wir gehen,* hatte sie in der Nacht nach der letzten Berufsschulprüfung gesagt. Ádám hatte nicht widersprochen. Was tat er schon in Budapest mit diesem Philosophie- und Linguistik-Studium, das ohnehin keine Aussicht auf Zukunft bot?

Ádám stand auf und trat an das Fenster, das hinaus auf den Innenhof des Chopinhofs ging. Dunkelheit in dem kleinen Gebäude schräg gegenüber, nur ein kleines Fenster war erleuchtet. Vielleicht war jemand auf dem Klo eingeschlafen.

Vielleicht arbeitete jemand. Vielleicht konnte jemand nicht schlafen, genau wie er. Auch die Kirche direkt gegenüber war dunkel und still. Kein Glockengeläute. Ádám seufzte und begann sich zu dehnen. Daniel hatte ihm dazu geraten an seinem ersten Arbeitstag: *Wenn du dich nicht dehnst, wirst du kaputtgehen; kaputt, verstehst du?* Und Ádám hatte nichts verstanden, aber die Übungen so gut es ging nachgemacht und zu Hause *kaputt* nachgeschlagen.

Er hatte Aniko davon erzählt und sie, die Deutsch in der Berufsschule gelernt hatte, hatte ihn ausgelacht. *Kaputt*, hatte sie gesagt, *das ist doch kein schönes Wort*. Er hatte widersprochen: *Hör mal, wie es klingt. Kaputt. Das hat doch was.* Und sie hatte wieder gelacht und ihn zärtlich in die Seite geboxt. Er hatte ihr von Daniel erzählt, sie hatte aufmerksam zugehört, ihn nicht unterbrochen, erst am Ende gesagt: *Klingt schrullig, der Typ, so ein schrulliger Österreicher*. Und Ádám hatte nicht gewusst, was er sagen sollte, wie er sein Gefühl begründen sollte, dass dieser schrullige Österreicher wichtig für ihn war oder werden würde. Wie lange das her war. Ein halbes Jahrzehnt.

Ádám legte sich zurück auf die Couch. Er sollte sich ausruhen. Nichts wurde vom Grübeln besser. Er schloss die Augen und fing an, das kleine Einmaleins durchzurechnen. Wenige Sekunden danach machte er die Augen wieder auf und starrte ins Dunkel, das auch nicht mehr wirklich dunkel war. Er versuchte, an etwas anderes zu denken als an Aniko und alles, was sie gemeinsam erlebt hatten, überwunden hatten. Es funktionierte nicht. Er kniff die Augen fest zusammen. Wie schön sie war, wenn sie aus der Dusche stieg und den schiefen Handtuchturban um den Kopf gewickelt hatte, der ihr nach wenigen Sekunden vom Kopf fiel. Wie laut sie lachte, wenn sie angetrunken war. Wie stolz sie war, wie ehrgeizig. Ich hätte es vorhersehen können, dachte Ádám, ich hätte es mir doch denken können, dass andere das auch haben wollen, diese Schönheit, dieses Strahlen.

Wenige Stunden später weckte ihn das Krähen des durch und durch ausgeschlafenen Felix. Ádám setzte sich auf der Couch auf, streckte seinen Rücken durch und gähnte. Für einen kurzen Moment war da nichts in seinem Kopf, lediglich das Gefühl einer Ordnung, bevor die Erkenntnis ihn traf: Nichts war in Ordnung. Alles, woran er sich festgehalten hatte, war verschwunden.

»Guten Morgen«, sagte Daniel, der Felix auf der Hüfte trug und sich am Kinn kratzte.

»Guten Morgen.«

»Gut geschlafen?«

»Passt schon«, log Ádám und fragte sich, ob es Aniko wohl genauso leicht gefallen war, ihn anzulügen. Er räusperte sich. Felix fing zu jammern an.

»Komm ja schon«, sagte Daniel, reichte Ádám das Kind und ging in die Küche, wo er das Frühstück vorbereitete.

Als sie zusammen am Esstisch saßen, sah Ádám erst Daniel an und dann Felix.

»Er schaut dir sehr ähnlich, weißt du das?«

»So ein Schmarrn, Ádám. Ein voller Südländer ist er, das sieht ja ein Blinder!«

»Finde ich nicht. Ich finde, er schaut wie du.«

»Er schaut aus wie ich oder er schaut drein wie ich?«

»Drein.«

»Aha.« Sie bissen gleichzeitig von ihrem Brot ab. Ádám hatte nie verstehen können, wieso die Österreicher massig Butter unter die Marmelade schmierten, und sah auch jetzt verwundert auf die dicke gelbe Schicht auf Daniels Brot. Kein Wunder, dass die Österreicher alle so käsig im Gesicht waren, egal wie viel Sport sie trieben. Aniko dagegen … Er räusperte sich.

»Warum machst du eigentlich so viel Butter auf dein Brot?«
»Wieso viel?«

»Na ja …« Beide sahen auf das Brot in Daniels Hand, dann auf Felix, der mit seinem Plastiklöffel auf den Bananen-Apfel-Brei eindrosch.

»Ein Kind müsste man sein«, sagte Daniel.

»Ein Traum«, sagte Ádám.

Die Dame des Hauses schien wie jeden Morgen nichts anderes zu tun, als auf Daniel und ihn zu warten.

»Grüß Gott, die Herren«, sagte sie, als sie ihnen öffnete. Daniel nickte kurz und ging direkt nach oben, während Ádám wie jeden Tag kurz stehen blieb und mit ihr redete. Sie hieß Beatrix, das wusste er nun. Passend, wie er fand.

»Ich habe nachgelesen, Sie hatten tatsächlich recht«, meinte sie. »Man hat die Therese-Idee von Beethoven bereits verworfen.« Ádám lächelte, Wärme im Gesicht. Sie hatte nachgelesen. Sie interessierte sich für sein Interesse.

»Alles kann man nicht wissen«, sagte er.

»Auch wahr.« Sie nickte, schien nachzudenken, sah sich im Vorraum um. »Es fehlt etwas hier, finden Sie nicht auch?« Ádám folgte ihrem Blick. Wollte sie hören, dass der neue Anstrich noch warten musste, weil die Wand des Altbaus zu porös war und der Schutzlack erst noch einziehen musste? Oder worum ging es ihr? Um die Farbe, die sie ausgesucht hatte?

»Was meinen Sie?«, fragte er.

»Ein Bild. Ein Porträt. Wissen Sie, was ich meine?« Ádám lächelte in sich hinein. Sie wollte keinen Handwerker-Rat, sie wollte seinen persönlichen Rat.

»Etwas Auffälliges«, antwortete er, »keine Landschaft, kein Stillleben.« Sie nickte.

»Vielleicht eine Fotografie?«, sagte sie.

»Ja, vielleicht.«

»Wenn Ihnen etwas einfällt, geben Sie Bescheid.« Sie sah ihn voller Ernst an.

»Gerne.« Was sollte ihm einfallen? Er kannte Kunst, ja, auch moderne, aber er war nicht der Mensch, der in Galerien ging. Mit welchem Geld? Mit welchem Selbstverständnis? Mit wem?

In der Pause saßen sie neben Beatrix am Mittagstisch. Sie hatte sie hereingebeten, draußen wehte der Schnee in Schüben durch den Garten.

»Wie sind Sie eigentlich Maler geworden?«, fragte die Frau und Ádám sah ihr eine leichte Unsicherheit an. Vermutlich kannte sie keine Handwerker persönlich.

»Also …«, fing Ádám an, aber Daniel unterbrach ihn.

»Wir haben uns das ausgesucht.« Er legte sein Brot auf den nackten Tisch und sah die Dame fest an. »Wir sind nicht arm dran oder übrig geblieben oder …«

»Nein, um Himmels willen, das wollte ich nicht …«, sagte Beatrix hastig.

»Gut.« Er hob das Brot wieder auf, biss hinein und ging nicht auf Ádáms Blick ein, sondern redete weiter, während er die letzten Bissen hinunterschluckte. »Maler sein, dafür muss man gemacht sein, das kann nicht jeder. Die Leute glauben, wir machen das, was sie eh auch könnten, aber das stimmt nicht. Wir sind ordentlich. Wir hauen nicht einfach irgendeine Farbe auf irgendeine Wand. Wir wissen, wie's dahinter ausschaut.« Er biss wieder ab. Ádám sah unruhig zwischen Daniel und Beatrix hin und her. Sie könnte sie jetzt rausschmeißen, alle beide. Nach so einer frechen Antwort in ihrem Esszimmer, in das sie sie nicht hätte einladen müssen.

»Was is'n?«, fragte Daniel, der Ádáms Blick auffing. »Magst

auch noch was sagen?« Die Dame grinste. Ádám wusste nicht, was sie lustig fand.

»Danke, passt schon«, sagte er rau, bedankte sich für die Einladung und ging so schnell wie möglich in den ersten Stock. Daniels Stimme hallte noch bis oben nach.

»Warum musst du manchmal so grob sein, so provokant?«, fragte er Daniel, als sie im Dunkeln zurückfuhren. Es schneite immer noch.

»Geh, beruhig dich, Alter, so ist Wien halt«, sagte Daniel und sah weiter auf den Gürtel.

»Sie hätte uns rausschmeißen können«, erwiderte Ádám.

»So ein Schmarrn. Warum soll die uns rausschmeißen? Die hat Glück, dass wir Deutsch können.«

»Das hat doch jetzt gar nichts mit dem Thema zu tun.«

»Wieso, Ádám, was is'n? Was ist dein Thema? Dass du sie scharf findest und nix sagen kannst, weil du wartest, dass die Aniko einmal sorry sagt und du zurückrennen kannst zu ihr? Mh?« Er sah immer noch stur geradeaus. Ádám stellte sich vor, ihm fest ins Gesicht zu schlagen, diesem groben Mann, der nichts, aber auch gar nichts verstanden hatte.

»Es geht nicht um Aniko«, sagte Ádám so beherrscht wie möglich. »Es geht darum, dass wir nicht nur, weil wir Handwerker sind, Proleten spielen müssen.«

»Was für Proleten?« Jetzt sah Daniel ihn endlich an.

»Stell dich nicht blöd.« Daniel lachte auf.

»Vielleicht stell ich mich nicht blöd, vielleicht bin ich so blöd. Wir können nicht alle so gescheit sein wie du, Herr Philosoph. Manche von uns sind einfach Arbeiter, sonst nix.« Ádám sagte nichts mehr. Daniel auch nicht, bis er vor der Wohnung von Felix' Tagesmutter zum Stehen kam.

»Holst du ihn?«, fragte er Ádám, als wäre nie etwas gewesen.

Ádám nickte und holte das Kind, das nach Banane und voller Windel stank. Felix schrie, während Ádám ihn zum Auto trug. Ádám gab sich keine Mühe, ihn zu beruhigen. Es hatte sowieso keinen Sinn.

Als Felix endlich schlief, setzte sich Daniel zu Ádám auf die Couch. Ádám legte zögernd sein Buch weg, das ihn ohnehin nur frustrierte, weil Schopenhauer auf Deutsch zwar das Original, aber so schwer zu lesen war, dass er jede Seite mindestens dreimal las und doch das meiste ohne die ungarische Übersetzung nicht verstand, die er daneben liegen hatte.

»Du«, sagte Daniel und streckte Ádám eine Flasche hin, »es tut mir leid. Ich weiß, dir geht's g'schissen und ich kann mir vorstellen, wie das ist, aber manchmal …«

»Passt schon.« Ádám nahm die Flasche entgegen. »Mir tut's auch leid. Ein bisschen recht hast du ja.« Daniel nickte und sah Richtung Fenster.

»Es macht mich einfach grantig«, sagte Daniel, »weißt, alle glauben, wir sind das Letzte, Unterschicht, unter uns sind nur noch die Sandler, aber sei ma uns ehrlich: Ohne uns, ohne die Leut wie uns, die jeden Tag hackeln, ohne uns rennt nix.« Ádám nickte. »Und was mich auch grantig macht«, sagte Daniel nach einem Schluck Bier, »früher, da wär ma wenigstens noch wer gewesen, Arbeiter, die SPÖ, das waren nur Leut wie wir. Aber heut, heut simma der Dreck. Ich mein …«

Ádám sah Daniel zum ersten Mal an diesem Tag richtig an. Sein Freund war in den Jahren, in denen er jetzt in Wien war, älter geworden. Falten um die Augen, aber nicht vom Lachen. Schlecht rasiert, hier und da Haarstreifen, die der Rasierer verpasst hatte. Augenringe. Er dachte an die ersten Arbeitstage vor fünf Jahren, an die Rückenschmerzen trotz der Dehnübungen. Daniel hatte kein Wort verloren über Ádáms

Langsamkeit, über sein Sprachdefizit. Hatte ihn nie gefragt, warum er die Umschulung zum Maler machte. Stattdessen hatte er ihn nach einer Woche auf ein Bier eingeladen, in ein Beisl in der Taborstraße, und nach drei Bier gefragt, wie es Ádám ging. *Wie geht's dir, Kollege, jetzt nach der ersten Woche?* Ádám erinnerte sich, wie überrascht er von dieser Frage gewesen war, die so gar nicht zu dem Klischee gepasst hatte, das Daniel verkörperte.

Zwei Herzen, eine Brust, dachte Ádám jetzt, vielleicht ist es das: Der Mensch ist mehr als nur seine Arbeit, mehr als seine Herkunft. Vielleicht saß er jetzt hier neben Daniel, weil es eben mehr Facetten gab, als man auf den ersten Blick vermutete, Daniel aber meistens nur eine herzeigte, die härteste, standhafteste.

Am Freitagabend kam Jacinta in den Chopinhof. Ádám fragte sich jedes Mal, wenn er sie sah, was wohl zwischen ihr und Daniel einmal geschehen sein musste – wie war es zwischen diesen beiden Menschen ohne jegliche Gemeinsamkeit zu so etwas wie Anziehung gekommen? Er hatte Jacinta erst spät kennengelernt, zwei oder zweieinhalb Jahre nach Daniel. Ein Abendessen in einer Pizzeria, zu viert an einem viel zu großen Tisch, Aniko und Jacinta waren sich gegenübergesessen, Aniko wie angesteckt von Jacintas Zurückhaltung. Ádám war nervös gewesen, er hatte sich viel von diesem Treffen versprochen. Niemand hatte geredet, also hatte Ádám angefangen zu erzählen, von einem Dokumentarfilm über Jacintas Heimat. *Heimat*, hatte Jacinta ihn irgendwann unterbrochen, *das Wort gibt es auf Spanisch nicht, wir haben nur Vaterland oder Haus, sonst nichts.* Aniko hatte strahlend gelacht, *bei uns ist es genauso, Heimat, das Wort haben wir nicht, nur haza, aber das ist anders.* Ádám hatte von Aniko zu Jacinta zu Daniel geschaut und an all die Zufälle gedacht, die ihn zu diesem Tisch mit diesen drei Menschen gebracht hatten.

Und jetzt? Von der Idylle war nichts geblieben, Jacinta wohnte allein im dreiundzwanzigsten Bezirk in einer winzigen Wohnung, Daniel vereinsamte im Chopinhof, und dazwischen Felix, der für all das nichts konnte, der noch gar nicht begriff, was es bedeutete, ein Mensch zu sein, und der doch im Mittelpunkt stand.

»Wie geht es dir?«, fragte Jacinta Ádám, als sie gemeinsam in der Tür darauf warteten, dass Daniel Felix' restliche Sachen einpackte.

»Es geht. Nicht so super«, erwiderte Ádám leise, damit Daniel ihn nicht hören konnte. Jacinta nickte und sah ihn ernst an. Sie war viel kleiner als Ádám, klein und so zierlich, dass Ádám sich wieder einmal fragte, wie in diese Frau ein Kind gepasst hatte, ohne dass sie zerbrochen war.

»Man muss sich viel Mühe geben«, sagte Jacinta. Sie strich Ádám sanft über den Oberarm, kurz nur, aber trotzdem wunderte Ádám sich, bemerkte den Kloß in seinem Hals und räusperte sich.

»Und dir?«, fragte er.

»Es geht«, wiederholte Jacinta seine Worte und lächelte wehmütig, »es ist nicht einfach mit Job und alles.« Ádám mochte ihr Deutsch, das oft so holperte wie seines. Sie sahen sich an und schwiegen und Ádám dachte, dass es schön war, mit jemandem schweigen zu können, ohne dass eine seltsame Stimmung entstand.

Als Daniel mit Felix auf dem Arm und einer kleinen Sporttasche über der Schulter zu ihnen trat, wurde Jacintas Gesicht härter, verschlossener.

»Ist alles gut gegangen?«, fragte sie. Daniel nickte bedächtig, drückte seinem Sohn einen Kuss auf die Wange und reichte ihn Jacinta. Felix fing zu jammern an, aber Jacinta sagte einige leise Worte auf Spanisch und das Kind verstummte. Ádám hörte nur das Surren der alten Klingelanlage.

»Bis nächste Woche«, sagte Jacinta und Ádám fragte sich, ob das nur Daniel gegolten hatte oder auch ihm.

KAPITEL 9: KATJA

»Tilo, hörst du mich?«, rief ich in den Hörer. Die Frau neben mir zischte etwas, schüttelte den Kopf, deutete auf das Ruheabteil-Zeichen der Bahn. Sollte sie sich doch künstlich aufregen.
»Tilo, sag mal was, bisschen lauter, Mann!«
»Wir haben uns gestritten. Richtig heftig gestritten.«
»Wie, richtig heftig?« Es rauschte.
»... eben, gestern ... sie hat mir gesagt, ... kein ..., und ich dachte ...«
»Fuck, Tilo, ich hör gar nix mehr. In zwanzig Minuten bin ich raus aus der Pampa, dann ruf ich dich an, okay?«
»Okay«, rauschte es durch den Hörer. Ich rieb mir die Schläfe, fasste in meine Manteltaschen. Keine Aspirin mehr. Die vergangenen drei Kongresstage eine Ewigkeit. Diese sinnlose Tradition, internationale Treffen in den entlegensten Käffern abzuhalten. Immer irgendwo in Bayern, möglichst weit weg von der Hauptstadt.

Ich stand auf, ging ins Bordbistro. Giacomo saß an einem Tisch, den Kopf gesenkt, und rieb sich auch die Schläfen. Hatte er nicht einmal gesagt, er würde nie die erste Klasse verlassen, weil man sonst nie seine Ruhe hatte? Ich überlegte, zurück in mein Abteil zu der zischenden Frau zu gehen. Aber der Speisewagen gehörte ihm nicht. Wenn, dann gehörte er mir und allen anderen Menschen, denen ihre Arbeitgeber nur Zweite-Klasse-Tickets gönnten.

»Na, müde?«, fragte ich ihn noch vom Anfang des Wagens. Er sah auf, kurz verwirrt.

»Du ... Frau März, was ... ich meine, was machen Sie denn hier?«

»Der Speisewagen gehört ja allen, oder?«, sagte ich. Er lächelte irritiert, sah sich um. Niemand sonst aus der Firma im Bordbistro, nur alte Männer mit Zeitungen und Bierflaschen.

»Setzen Sie sich doch. Wollen Sie etwas trinken?«

»Laden Sie mich ein?« Ich wusste selbst nicht, warum ich so redete.

»Ist alles okay?«, fragte Giacomo.

»Ja, alles okay«, antwortete ich leiser, setzte mich ihm gegenüber, fühlte mich plötzlich wahnsinnig erschöpft. Diese ganze Spielerei, dieses Hin und Her, die Heimlichtuerei, wozu das alles? Warum tat ich mir das an? Ich sah zu der Frau in dem Miniatur-Restaurant, die eine Milchpackung in den Miniatur-Mülleimer quetschen wollte.

»Fahren wir weg«, sagte Giacomo, leise, ernst. Hatte ich mich verhört?

»Was?«

»Fahren wir weg, Katja. So wie jetzt in dem Hotel war das doch … beschissen.« Was war denn mit dem los? *Beschissen*, so was sagte er doch nicht. Nicht er, der mich für jedes Fluchen, jedes vulgäre Wort zur Rechenschaft zog.

»Bei *dir* alles okay?«, fragte ich genauso leise. Er sah mich weiter ernst an.

»Fahr weg mit mir«, sagte er.

»Wohin denn?«

»Egal.«

»Sind wir jetzt im Film, oder was?« Meine Nase kribbelte. Was sollte dieser Mist?

»Katja«, sagte er. Es tat weh, meinen Namen so zu hören. Diesen Namen, den jeder Depp schon lieblich aussprechen wollte. Jede Person, die irgendwas von mir wollte, irgendwas von mir brauchte. Jedes Mal ein Schuss in den Ofen.

»Giacomo«, erwiderte ich, »hör auf, du bist müde, ich bin müde, lass es gut sein.« Er schüttelte den Kopf.

»Ich bin nicht müde«, sagte er, nahm meine Hand, drehte sie um, strich über die vernarbte Stelle, über die er nichts wusste. Was war nur los mit dieser Männerwelt? Was sollte der ganze Scheiß mit harten Schalen, weichen Kernen?

»Aber ich«, erwiderte ich, zog die Hand zurück. Er sah mich so traurig an, als gäbe es wirklich etwas zu bedauern, als wäre nicht von Anfang an klar gewesen, was das hier war, wo die Grenzen waren. Spätestens im Bordbistro, das musste er doch wissen.

»Es ist kein Blödsinn, Katja«, sagte er. »Wir können doch mal ein Wochenende wegfahren, ist ja auch egal, und dann können wir machen, was wir wollen.« Er griff wieder nach meiner Hand, ich zog sie weiter zurück. »Warst du schon mal in Wien? Ist schön dort.«

»Richtig witzig«, sagte ich.

»Was denn?«, fragte er, runzelte die Stirn. Konnte das wirklich sein? Wusste er es allen Ernstes nicht? Nein, er wusste es wirklich nicht. Obwohl ich ihm sicher zehnmal erzählt hatte, wohin ich fuhr, wenn ich Tilo besuchte. Obwohl ich schon Wiener Mannerschnitten-Bruch mit ins Büro gebracht hatte, einen ganzen Zwei-Kilo-Sack. Nichts davon hatte er sich gemerkt, vielleicht hatte er nicht einmal zugehört. Und dieses Genie wollte mit mir ein Wochenende wegfahren, als hätte irgendwas zwischen uns Bedeutung.

»Nee, lass mal.« Ich rückte aus der Sitzbank heraus und stand auf. »Genieß es noch bei den Krawattennazis in der Ersten«, sagte ich. Reue, aber nur kurz. Rausschmeißen würde er mich sowieso nicht. Nicht bei dem weichen Kern. Und schon gar nicht mit allem, was ich über ihn wusste.

»Katja, Mensch, ich dachte, du bist noch in Bayern!« Esra kam im Yogastudio auf mich zu und nahm mich in den Arm. Ich drückte sie fest, roch ihr Parfüm, strich über ihr Schulterblatt. Große, kleine Esra. Immer merkte ich erst, wie sehr sie mir gefehlt hatte, wenn sie wieder zurück war. Sie hatte mir eine E-Mail geschrieben, dass sie früher zurückkommen würde, dass alles etwas anders gekommen war als gedacht. Ich hatte ihr geantwortet, dass sie sich melden sollte, sobald sie wieder richtig angekommen war, wie jedes Mal. Eingespielte Routine.

»Schön, dass du wieder da bist, Mann«, sagte ich und sah sie genau an. Gut sah sie nicht aus. Dünner und irgendwie angeknackst. Normalerweise merkte man ihr nichts an, nicht die Bilder in ihrem Kopf, die Geschichten, gar nichts. Normalerweise stand sie einfach irgendwann wieder im Yogastudio.

»Yoga oder Kaffee?«, fragte sie jetzt.

»Kaffee.« Sie grinste breit, ganz wie immer. Zwei Minuten später stand sie vor mir, den Wintermantel fest um den Körper geschlungen, eine Mütze auf dem Kopf.

»So kalt ist es gar nicht«, sagte ich, während ich die Tür vom Yogastudio öffnete. Sie lächelte und knuffte mich in die Seite.

»Du weißt doch, dass mir ständig kalt ist. Und außerdem«, fügte sie hinzu, »vierzig Grad, das ist schon was anderes.« Fast wollte ich sagen, dass ich neidisch war. Dass ich die Tage zählte, bis die Sonne auf Berlin runterknallte, der Asphalt glühte, fast vibrierte. Wer waren diese seltsamen Menschen, die den Winter mochten, das Dunkle, Dumpfe, Deprimierte?

»Wie lange bist du schon zurück?«, fragte ich stattdessen.

»Zwei Wochen ungefähr.«

»Und das Mädchen?«

»Immer noch in meiner Wohnung.«

»Und, wie ist sie so?«

»Nett«, sagte Esra und sah nachdenklich auf das Schild, das einen Meter vor uns das Yogastudio bewarb. »Jung ist sie, Katja, richtig jung. Mir kommt es ewig vor, dass ich so jung war.«

»Gott sei Dank ist das ewig her«, erwiderte ich. Während Esra leise lachte, dachte ich an meinen Abschied vom Kleinen Bahnweg. An Tilo, der mir beim Umzug nach Berlin hatte helfen wollen und es dann doch nicht von Wien nach Kassel geschafft hatte, er hatte den Tag vergessen oder verwechselt. Es war Herbst gewesen, die Kleinen höhlten schon Kürbisse aus, und ich stand mit meinem Krempel vor der großen Eingangstür, in die schief KLEINER BAHNWEG eingraviert war. Die zwei Jahre ohne Tilo waren schnell vergangen, ich hatte gelernt wie besessen, um mit einem guten Abitur endlich wegzukommen. Wie stolz war ich gewesen, dass mich die Humboldt-Universität annahm, ohne dass ich den Kleinen Bahnweg auch nur erwähnt hatte.

Und dann der Tag, an dem ich loszog, an dem ich auf den einen gezählt hatte, der wissen musste, wie sich das anfühlte, und der trotzdem nicht kam. Alle umarmten mich der Reihe nach, Elli, Hannes, Sami. Hannes redete die ganze Zeit von seinem Cousin in Berlin, den ich unbedingt kennenlernen sollte. Elli sagte nichts, Sami schaute an mir vorbei Richtung Taxi. Der Taxifahrer, der mich zum Bahnhof fuhr, gab mir Taschentücher und eine kleine Flasche Korn, *für Notfälle,* sagte er. Die Flasche trank ich in der Zugtoilette, danach war das Herzklopfen nicht mehr so schnell. In Berlin alles riesig und weit und laut, die U-Bahn-Station verdreckt, der Weg bis zur ersten WG endlos. Tilo schickte einen Haufen Entschuldigungs-SMS und rief wieder und wieder an, aber ich drückte ihn weg, eine Woche lang.

Im Café, in das wir immer nach dem Yoga oder stattdessen gingen, setzte Esra sich komisch hin, ganz vorne auf die Stuhlkante, leicht zur Seite geneigt.

»Alles klar?«, fragte ich.

»Ja, ich hab nur bisschen was abbekommen drüben.«

»Was abbekommen?«

»Schläge.« Sie sah mir fest in die Augen, mit diesen dunklen Augen, die mir schon immer Respekt einflößten.

»Oh Scheiße«, sagte ich, »wie ist das denn passiert?«

»Ist egal, lass uns über was anderes reden«, antwortete sie und starrte auf die Karte, die wir beide auswendig kannten. Ich sah sie weiter an. Irgendwas war anders als sonst. Irgendwas war schiefgegangen.

»Esra«, sagte ich leise, »wenn du was erzählen willst, dann mach das einfach. Ich bin für dich da, das weißt du.« Esra nickte und sah auf zu mir.

»Manche Sachen, die kann ich einfach nicht so erzählen.« Ich wusste, was sie meinte. Ihre Entscheidung, ihre inneren Mauern. Nicht meine.

»War das Essen wenigstens gut?«, fragte ich. Sie lächelte.

»Ja, Mensch. Reis und Bohnen und Öl«, sagte sie. Ich konnte es mir gut vorstellen, wie sie irgendwo in einer ranzigen Küche saß und Reis mit Bohnen aß, auf diese Art, wie nur Esra das machte, wie sie die Gabel zum Mund führte und dabei kurz die Augen schloss, um der Natur zu danken. In Peru hatten ihr das irgendwelche Minenarbeiter beigebracht, dass man der Natur für jedes Essen danken müsse. Sie hatte es ernst genommen und in ihr Leben eingegliedert, gewissenhaft, wie sie war.

»Und bei dir? Wie war's bei der Feier deiner Mutter?«, fragte sie.

»Na ja, eine Farce war's. Wie zu erwarten.« Esra nickte und hob die Hand, um die Kellnerin auf uns aufmerksam zu machen.

»Und Tilo?«, fragte sie.

»Ach, 'ne Neue. Läuft aber gerade auch nicht mehr so toll. Mal sehen.«

»Der Tilo, der ist schon so ein Antiheld.« Esra schüttelte schmunzelnd ihren Kopf. Sie mochte ihn. Aber wer mochte ihn nicht.

»Und sie will Monique genannt werden, dabei heißt sie einfach Monika«, sagte ich.

»Oje.«

»Und wieder so 'ne Puppe, weißte? Wieder so viel Gefühlsduselei. Als ob sie … als ob sie irgendeine Ahnung hätte.« Esra nickte.

»Niemand versteht eure Geschichte außer euch, Katja«, sagte sie. Vielleicht sollte ich ihr irgendwann mehr erzählen. Irgendwann, wenn es gut passte.

»Mh.« Die Kellnerin kam, wir bestellten das Gleiche, Kaffee mit Honig und Kardamom.

»Erzähl mir was, Esra«, sagte ich, als wir wieder zu zweit waren.

»Was denn?«

»Keine Ahnung, irgendwas von drüben, aus Honduras, irgendwas, was dich überrascht hat.« Sie strich sich die Haare aus dem Gesicht. Normalerweise erzählte sie viel, wenn sie einmal zum Yoga zurückgekommen war, Episoden aus dem, was sie erlebt hatte. Ich mochte ihre Reportagen, schwarz auf weiß, aber noch lieber waren mir diese Einblicke.

»Irgendwas? Ich weiß nicht. Da war so viel.« Sie hielt inne und schaute Richtung Wand. »Weißt du, Katja«, sagte sie dann, »langsam glaube ich, dass nur Mütter die Welt zusammenhalten.« Sie machte eine Pause, sah weiter an mir vorbei, dann direkt in meine Augen. »Und ich weiß nicht, ob das gut ist. Vielleicht wäre es gut, wenn die Mütter aufgeben würden. Dann wäre überall Chaos, heilloses Chaos, und vielleicht hätten die Kinder dann eine Chance.« Ich wusste nicht, was sie mir damit sagen wollte.

»Auf was denn?«, fragte ich. Ich hatte schon in ihrem Artikel von den Müttern gelesen, die in diesem Albtraum-Ort jeden Tag um ihre Kinder beteten. Aber warum gingen Esra genau diese Mütter so nahe? Was unterschied sie von denen in Indien, Tschetschenien, Peru?

»Auf was Besseres«, sagte sie und klang wütend dabei, wütend und traurig. »So kämpfen die Mütter jeden Tag und sie werden immer härter, immer verbitterter, aber sie kämpfen, obwohl man ihnen die Kinder wegnimmt. Die kämpfen um jedes Lächeln, und trotzdem sind die Kinder irgendwann tot oder auch wieder verzweifelte Mütter. Oder verschwunden, und keiner weiß, wo sie sind. Auf jeden Fall eine Sackgasse. Weißt du, was ich meine?« Ich nickte. »Es ist so unfair, Katja, das geht mir nicht aus dem Kopf, weißt du, ich kann einfach in ein Flugzeug steigen und dann geh ich gemütlich zum Yoga und mit dir Kaffee trinken und auf derselben Welt fragt sich eine Mutter, ob ihre Kinder noch leben und wie alt sie wohl werden dürfen.«

Ich strich ihr über den Arm, ohne zu wissen, ob das für sie beruhigend war. Ich hatte sie noch nie so reden gehört. Wütend, ja. In Rage. Aber nicht so verzweifelt, nicht so persönlich verletzt. Sie hatte doch schon das Schlimmste gesehen, das die Menschheit zu bieten hatte, Kriege, tote Kinder am Straßenrand. Und alles für ein bescheidenes Leben in einer winzigen Einzimmerwohnung mit wenig Geld und keinem Dank. Und doch machte sie weiter, nahm jeden neuen Auftrag ihrer narzisstischen Chefin an, hatte fast nie Urlaub. Alles für das, was ihr so sehr am Herzen lag.

»Aber du machst ja immerhin was«, setzte ich an. »Du schaust ja nicht nur zu wie wir anderen. Du schreibst ja drüber, du klärst auf.«

»Aber was bringt das, Katja? Und wem?« Sie war lauter geworden, ihre Wangen rot.

»Esra, ich …«

»Stimmt doch.« Die Rothaarige kam zurück und stellte den Kaffee vor uns ab. Esra sah sie nicht einmal an.

»Haste eigentlich …«, setzte ich an, dann schwieg ich wieder.

»Mh?«

»Nee, unpassende Frage. Egal.«

»Sag einfach, geht schon wieder«, sagte Esra weicher, leiser.

»Haste eigentlich noch was mit der Holländerin, mit der großen?« Esra schüttelte den Kopf.

»Antje? Nee, das habe ich davor beendet, also vor Honduras«, sagte sie.

»Dacht' ich mir.«

»Aber …« Sie biss sich auf die Lippe, die schon ziemlich malträtiert aussah. Ich kannte Esra schon immer nur mit aufgesprungenen Lippen, aber das sah mittlerweile wie eine offene Wunde aus.

»Aber …?«, fragte ich.

»Drüben habe ich wen kennengelernt.«

»In dem Scheißort?«

»Ja.«

»Wen denn? Die Frau aus dem Artikel?«, fragte ich.

»Ja, aber … Das ist nicht so einfach, Katja. Ich weiß nicht, das war ganz anders als normalerweise.« Normalerweise, das hieß, dass sie irgendwo eine Frau kennenlernte, Spaß hatte, aber nie mehr. Ihr Leben ließ das nicht zu, sagte sie, alles andere als kurze Geschichten wären unfair für jedes Gegenüber.

»Was meinst du, ganz anders?«, fragte ich.

»Na ja, ich habe mir das nicht ausgesucht, weißt du, obwohl ich … obwohl ich mir das normalerweise ja schon aussuche. Aber Patricia … Patricia heißt sie, die … die ist … das ist einfach was ganz anderes.«

»Wieso, so viel älter oder was?«, fragte ich.

»Nein, gar nicht. Aber sie hat eben schon Kinder, Katja, und ein Leben, das ... das schon ganz früh schiefgelaufen ist. Und das wahrscheinlich auch nicht mehr besser wird.«

»Scheiße.«

»Ja, das kannst du laut sagen.« Sie rührte in ihrem Kaffee, ohne ihn zu trinken. Wie trank sie überhaupt etwas mit dieser wunden Lippe?

»Und wie ist das passiert?«, fragte ich.

»Na ja, ich hab bei ihr gewohnt, bei ihr und den Kindern, und ...«, antwortete sie zittrig. Ich musste noch mal hinschauen. Sie weinte. Esra weinte.

»Esra«, sagte ich leise, »es wird wieder ... es wird wieder gut werden, wirste schon sehen.« Ich nahm ihre Hand und dachte an Giacomo, wie er im Zug meine Hand genommen hatte, wie falsch es sich angefühlt hatte. Ich nahm meine Hand wieder weg. Esra wischte sich über die Augen.

»Scheiße«, schniefte sie, »Scheiße, Katja.«

»Ja, Mann.« Ich wusste nicht, was ich noch sagen sollte. Esra sah vom Tisch auf und mich an, als erwartete sie eine Frage, eine Antwort. Irgendetwas, auf das sie sich stürzen oder stützen konnte.

»Kann man ...«, setzte ich an, »kann man sie nicht herholen? Nach Deutschland, mein ich?«

»Wie denn?«, fragte Esra. »Heiraten kann ich sie ja wohl kaum.«

»Wieso nicht?« Noch während ich das sagte, hörte ich, wie blöd ich klang. In einem Land, in dem ausländische Journalistinnen verprügelt wurden, durften Frauen sicher keine Frauen heiraten. In so einem Land durften Frauen wahrscheinlich überhaupt herzlich wenig. Ich sagte nichts mehr, Esra auch nicht. Irgendwann nahm sie meine Hand und drückte sie, ganz warm und vertraut.

»Hast ja recht«, sagte sie leise, »das ist gut, das alles mal zu erzählen. Jemandem, der mich nicht verurteilt.«

»Wieso sollte ich dich verurteilen?«

»Weil das alles so vertrackt ist«, sagte sie.

»Wer verurteilt dich denn?«

»Alle«, antwortete Esra. »Wenn die das wüssten, meine ich. CRISIS. Meine Eltern. Keine Ahnung, Katja, alle einfach. Es ist ja ein Ding, irgendwo mal einen One-Night-Stand zu haben, aber es ist ein ganz anderes Ding, sich zu verknallen, in eine Frau mit Kindern in der Vorhölle der Welt. Weißt du, was ich meine?« Ich nickte, dann stand ich auf, ging an die Bar, bestellte Berliner Luft. Als ich zum Tisch zurückkam, lächelte Esra mich an, die Augen immer noch rot.

»Ein Dach, ein Dach, was wollen wir mehr, mh?«, sagte sie. Ich musste grinsen. Tilos und mein Spruch, wenn wir schon vormittags zu trinken anfingen. Wie viele, nein, wie wenige Leute kannten diesen Spruch?

»Dass du dich daran erinnerst ...« Ich hob das Glas. »Auf das Leben, das ausweglose.«

»Auf das Leben«, sagte Esra und kippte den Schnaps in einem Zug nach hinten.

Als ich abends nach Hause kam, fuhr ich meinen Laptop hoch und schloss mein Handy an das Aufladekabel an. Vierzehn verpasste Anrufe. Drei von Giacomos privater Nummer, elf von Tilo. Verdammt. Ich wählte.

»Tilo?«

»Socke?« Er hatte geweint. Wie viele Leute würden heute noch heulen? Es war doch Samstag, Wochenende, konnte die Welt sich nicht wenigstens dann etwas langsamer drehen?

»Ich bin da, Tilo. Was ist los?« Warum fragte ich überhaupt?

Am Ende ging es immer schnell, vom letzten Streit bis zur Trennung war es bei Tilo nie weit.

»Sie ist endgültig gegangen.«

»Monika?«

»Ja, Monika. Sie ist zurück zu ihrem Ex.« Ich seufzte. Jedes Mal dieselbe Leier. Jetzt saß er bestimmt allein in seiner Wohnung, auf einem der zwei klapprigen Stühle. Alles zugemüllt, Dosen und Bäckertüten und daneben seine neuen alten Schuhe und ein Bild von ihm und Monika, ein zynischer Altar mitten im Chaos.

»Ich komme«, sagte ich, während ich den Browser öffnete und tippte.

»Nein, Socke«, erwiderte Tilo leise, »ich pack das schon.«

»Tilo.« Jedes Mal dasselbe Spiel.

»Ich mein's ernst, du brauchst nicht extra herfahren«, sagte er so leise, dass ich ihn kaum noch hörte.

»Tu ich auch nicht, ich fliege.« Ich drückte auf Buchen. Noch mal Zugfahren konnte ich nicht ertragen.

»Socke, ich …«

»Morgen um neun Uhr fünfundzwanzig bin ich bei dir, hol mich ab«, sagte ich. Tilo schniefte leise am anderen Ende.

»Danke«, antwortete er, »echt jetzt.« Ich verabschiedete mich, legte auf und packte meinen Koffer um, der noch neben der Couch stand. Voll mit Klamotten, die nach Bayern und Giacomo rochen.

Im Flugzeug fragte mich der Mann neben mir, ob ich aus Wien sei. Ich fragte ihn, wieso.

»Sie haben so etwas … Wienerisches«, sagte er und lächelte mich dabei so an, wie man ein Kind anlächelt, das man süß und unzurechnungsfähig findet. Ich musterte ihn. Er war vielleicht fünfundvierzig, fünfzig, sein Hemd war von Hand gebügelt, nicht von der Wäscherei, der Knick am Kragen verriet ihn. Bestimmt rasierte er sich mit einem dieser elektrischen Geräte, die leise surrten und einen wahnsinnig machten. Zu Hause betrog ihn seine Frau gerade mit dem arbeitslosen Nachbarn oder seinem besten Freund. Und das hier waren die Höhepunkte seines Alltags: Flugzeuggespräche mit fremden jungen Frauen. Bestimmt fragte er jede von uns dasselbe.

»Nein«, antwortete ich.

»So, woher kommen Sie denn?« Er blinzelte unangenehm wenig.

»Aus dem Heim.« Ich bemühte mich, nicht zu grinsen.

»Bitte?«

»Kassel, Kleiner Bahnweg«, sagte ich. Er sagte nichts mehr darauf. Ich lehnte mich zurück und musste an die Clique aus dem Heim denken. Wer von ihnen wohl noch lebte? Ab und zu erzählte Tilo von Hannes, seltener von Sami. Ob es Elli noch gab? Ich konnte sie mir gut vorstellen, hinter einer Aldi-Kasse oder rauchend mit ihrem Kind auf dem Spielplatz. Ich dachte an Elvis, der im Tanzkurs mein Tanzpartner gewesen war, Elvis mit den schwitzenden Händen und dem Oberlippenflaum. Waren sie alle noch in Kassel? Hatte es irgendwer von ihnen rausgeschafft aus Hessen? Trafen sie sich noch ab und an, mal zufällig, mal geplant? Sprachen sie über das, was sie in den Kleinen Bahnweg gebracht hatte? Über Eltern, die versagt hatten, Großeltern mit brachialen Erziehungsmethoden, Erinnerungen, die eigentlich nicht wahr sein durften? Oder lebten sie einfach weiter, Tag um Tag, bis es irgendwann aufhörte, dieses sinnlose, ungewollte Leben, das uns morgens im Spiegel ins Gesicht grinste?

Als das Flugzeug zur Landung ansetzte, räusperte sich der Mann neben mir.

»Wenn Sie irgendwann genug von allem haben«, sagte er,

während er eine Visitenkarte zückte, »rufen Sie mich an, wir suchen immer Leute wie Sie, Frau März.« Ich starrte ihn an. Woher wusste er meinen Namen? Und warum saß er an einem Sonntag in meinem Flugzeug?

»Woher …?«, fragte ich, dann sah ich die Karte an. Senior Company Recruitment Consultant, Berliner Adresse, Kurfürstendamm. Ein Headhunter. Ich wusste nicht, was ich sagen sollte. Danke? Danke, nein? Danke, verpissen Sie sich jetzt bitte aus meinem Leben? Ich steckte mir die Karte in die Manteltasche, stöpselte mir einen Podcast in die Ohren. Ruhe, nur Ruhe. Nach ein paar Minuten war der Podcast vorbei, ich blieb so sitzen, die Kopfhörer in den Ohren. Der Mann sagte nichts mehr, bis er sich erhob, kaum, dass das Flugzeug ausgerollt war. Kurz hob er die Hand, zwinkerte unelegant und ging. Ich blieb sitzen, bis alle ausgestiegen waren, und fragte mich, was er mit genug meinte. Die Firma? Die Deadlines? Giacomo?

Tilo sah besser aus als normalerweise nach Trennungen. Er grinste fröhlich, als er im Schwechater Flughafengebäude vor mir stand. Als wäre ich zum Urlaubmachen hier.

»Ach, Schwesterherz«, sagte er, während er mich an sich drückte.

»Ach, Tilo«, murmelte ich, schloss kurz die Augen. Wie machte er das? Er roch immer nach Tilo, aber nicht nach einem bestimmten Parfum oder Aftershave, sondern einfach nach Tilo. Eine seiner Ex-Freundinnen hatte mal gesagt: *Wie Wäsche, die man draußen aufhängt, mitten im Sommer.* Nettes Mädchen, Carolin oder Caroline.

»Guter Flug?«, fragte Tilo. Seine Augen nicht einmal ein bisschen rot.

»Geht so. So'n Typ saß neben mir, ganz komischer Vogel.«

»Wie, komisch?«

»Am Ende hat er mir seine Karte gegeben«, sagte ich und holte sie aus der Tasche.

»Senior Company Recruiting Consultant«, las Tilo vor, runzelte die Stirn, »was soll das heißen?«

»Headhunter, glaub ich«, antwortete ich, »alles komisch. Unangenehm irgendwie.«

»Ach, Socke«, sagte Tilo. »Du wirst noch groß rauskommen, wirst schon sehen.« Ich sagte nichts darauf, fragte mich stattdessen, ob es klug war, nach Wien zu kommen. Ob ich nicht besser in Berlin geblieben wäre und mich noch mal mit Esra getroffen hätte. Wir hätten joggen gehen können oder spazieren, wenn ihr der Fuß noch wehtat.

»Esra geht's scheiße«, sagte ich.

»Oje, wieso denn?«

»Gerade aus Honduras zurückgekommen, die Arme.«

»Wieso die Arme?«, fragte Tilo. »Ist ja ihr Job, ihre Entscheidung, oder?«

»Ach so«, sagte ich, »und nur weil man sich für was entscheidet, darf man sich dann nicht beschweren, oder was?« Tilo sah mich irritiert an.

»Sorry, Socke, so meinte ich das nicht, ich …«

»Schon okay«, unterbrach ich ihn. Ich hatte keine Lust auf Streitereien. Ich war zu müde. Müde vom Flug, müde von dem komischen Typen, von der Nacht, den Träumen, der ganzen Geschichte mit Giacomo. Ich wollte einfach nur, dass die S-Bahn uns von Schwechat nach Wien fuhr, so schnell wie möglich, und wir uns mit einem Wiener Verlängerten irgendwo hinsetzen konnten, wo nicht alles in Bewegung war.

»Ist bei dir alles klar? Ist was mit Giacomo?«, fragte Tilo zögernd.

»Na ja, ist komisch. Aber auch egal.« Sollte er es einfach dabei belassen und mich schweigen lassen. Stattdessen von sich reden, von Monika, vom Herzschmerz, von was auch immer.

»Nee, erzähl doch mal«, sagte Tilo, »hört sich ja nicht mehr so wirklich toll an.« Ich schluckte. Wann hatte sich das mit Giacomo je toll angehört.

»Nee, Tilo«, sagte ich, »lass uns lieber über was anderes reden.«

»Socke.« Er sah mich warm an, strahlende Inselaugen. Ich konnte mir vorstellen, wie es den Frauen ging, die ihn kennenlernten, die ihn zum ersten Mal sahen, am Straßenrand oder in einer Bar oder am Flughafen. Die Frauen, die noch keine Ahnung hatten, was auf sie zukam. Was noch alles zum großen Tilo-Paket gehörte. Ich räusperte mich, erinnerte mich an Esra, vielleicht war es nicht schlecht, mit Tilo darüber zu reden, ihm von Giacomos dummer Wochenendtrip-Idee zu erzählen, von dem Wahnsinn, der nicht weniger wurde.

»Ich …«, setzte ich an, aber die einfahrende S-Bahn beschloss für mich, dass es besser war, mich zusammenzureißen. Wer brauchte schon Teenager-Gequatsche, während ihm selbst noch die Trennung in den Knochen steckte.

Kurz vor seiner Wohnung hielt Tilo plötzlich an. Ich stolperte fast über den Koffer, den er mir unbedingt hatte abnehmen wollen.

»Ich muss dir noch was sagen, Katja«, sagte er ruhig. Ich atmete tief aus. Was hatte er angestellt? War Monika doch wieder bei ihm? Wartete sie oben in der Wohnung auf uns? Er sagte nichts, lächelte nur verschämt.

»Komm, Tilo, jetzt mach den Mund auf!« Er lächelte noch breiter.

»Ich hab einen Hund«, sagte er endlich.

»Du hast was?«

»Einen Hund. Gestern adoptiert.«

»Was? Warum?« Nicht zu glauben.

»Weil vielleicht …« Er hielt inne. »Vielleicht ändert das was, Socke. Du meinst doch selbst immer, dass ich mich nicht jedem fremden Menschen sofort ganz öffnen soll, nicht jedem ganz ausliefern soll, also jeder Frau, die ich kennenlerne.«

»Aber deshalb brauchst du doch keinen Hund, Mann!« Ich war laut geworden. Kein Funken Ruhe mehr in diesem Körper, in diesem Kopf. Jedes verdammte Mal eine neue Überraschung, eine neue Lüge. Warum hatte er nichts gesagt? Wir hatten doch gestern Abend noch telefoniert, warum hatte er darüber kein Wort verloren?

»Eine Katze wollte ich aber nicht«, erwiderte Tilo ernst.

»Tilo!«

»Du kannst nix dagegen machen, Socke.« Er sagte es ganz ruhig. Als wäre ich die, die durchgedreht wäre. Ich holte Luft, spürte sie im Brustkorb vibrieren. Hörte den Coach irgendwo weit hinten im Kopf: *Einfach Ruhe bewahren, Ruhe im Körper, Ruhe im Kopf.* Tilos stolzes Gesicht vor mir, sag nichts, Katja, sonst sagst du alles auf einmal, sonst schmeißt du ihm ein ganzes Leben an Vorwürfen an den Kopf und das kannst du nicht mehr zurücknehmen, nie wieder.

»Komm, ich zeig ihn dir«, sagte Tilo.

Der Hund war riesig. Viel zu riesig für Tilos kleine Wohnung, viel zu riesig für eine Großstadt. Er hieß Rex, obwohl er kein Schäferhund und mit den langsamen Augen nicht ernst zu nehmen war.

»Magst du ihn?«, fragte Tilo.

»Er ist riesig, Tilo.«

»Also …?«

»Also nein.« Tilo lächelte mich selbstsicher an, während ich weiter über Rex' Kopf strich, der Geruch nach nasser Winterkleidung in der Luft. Ich streichelte das Tier weiter, Tilo setzte Kaffee auf, legte Aufbackbrötchen aufs Blech. Ich streichelte Rex, während Tilo zu pfeifen anfing. Ich schaute den Hund an, der Hund schaute zurück. Vielleicht hatte Tilo recht, vielleicht war das nicht die blödeste seiner Ideen gewesen. Vielleicht konnte ihm das guttun, ihn fernhalten von der nächsten dummen Geschichte, von der nächsten Monika.

»Und die haben dir den einfach so gegeben? Ohne Hausbesuch, ohne alles?«, fragte ich.

»Ja, schon. Eigentlich ja«, sagte Tilo, während er im Kühlschrank kramte.

»Wieso eigentlich ja?«

»Na, ich glaube schon, dass ich 'nen Vorteil hatte, weil …« Er drehte sich zu mir um, grinste verschämt wie ein Kind. Natürlich, wie sonst.

»Du hast 'n Mädchen kennengelernt dort.« Nicht zu fassen.

»Kein Mädchen, Socke, eine Frau.« Hinter ihm surrte der offene Kühlschrank.

»Mach den Kühlschrank zu«, sagte ich und wusste, dass ich wie Mama klang, Mama im alten Leben, Mama im Zorn, wenn sie allein mit uns war, wenn alle anderen gegangen waren, wenn die kleine Dose mit den Tabletten leer war. Tilo hob die Hände in die Luft, als würde ich mit einer Waffe auf ihn zielen.

»Komm mal runter«, sagte er, »ich kann nix für deine Laune«. Der Kühlschrank leuchtete weiter.

»Mach den Kühlschrank zu.«

»Jetzt entspann dich doch mal, Socke.« Er ließ die Hände sinken, »ich bin keine fünf mehr.«

»Du benimmst dich aber so.« Ich stand auf, starrte ihn an. Für wen hielt er sich? Für den besseren Menschen hier im Raum?

»Vielleicht seh ich das anders«, sagte er.

»Vielleicht«, erwiderte ich, »vielleicht siehst du das anders, aber die ganze Welt sieht das so wie ich, die ganze Welt durchschaut dich.« Wummern in meinen Ohren, in meinem ganzen Kopf. Tilo schaute zur Tür, dann zum Fenster. Einmal quer durch sein Zuhause.

»Und, wo ist sie, deine Welt, mh?«, fragte er. »Bei Esra in Honduras? Bei Giacomo im Bett? Wo denn, mh?« Genug war genug.

»Fick dich, Tilo. Fick dich und deine dummen Püppchen und deinen Hund und dein ganzes Chaos.« Das Wummern wurde immer lauter, immer schneller. Ich wollte mir einfach nur die Hände auf die Ohren legen, Reiskuchen mit viel Sirup essen und schlafen, eine Woche lang schlafen, den Kopf auf einem von Felipes Tischen, in meiner ganz eigenen Ruhe.

»Das ist alles, was du zu sagen hast?«, rief Tilo. Seine Wangen waren rot geworden.

»Was soll ich dir denn sagen, mh?« Kein Zurück mehr, nur noch ein Vorne. »Komm, erzähl's mir, Tilo, wie stellst du dir das vor, ich komm hier extra her, nachdem du durchs Telefon heulst, und dann soll ich dich dafür loben, dass du einen Hund adoptiert hast, nur um wieder mal ein Mädchen zu beeindrucken?« Verschwommene Ränder, lautes Atmen. War ich das?

»Du hättest nicht kommen müssen, ich hab's dir gesagt! Aber du machst ja sowieso einfach, was du willst! Du hörst nie auf mich, du fragst mich nicht mal richtig«, schrie Tilo. Er sah hässlich dabei aus. Das sahen sie nie, seine Frauen, dass er auch hässlich sein konnte, hässlich und nachtragend.

»Ach, wirklich?«, rief ich. »Was wäre denn geworden, wenn ich dich gefragt hätte, mh? Wo wären wir dann heute, auf dem Friedhof? Auf irgendeiner Müllhalde? Glaubst du, ich mach das gerne, mh, Tilo? Glaubst du, ich hab Lust darauf, so zu leben? Was hätte ich denn machen sollen, mh? Hätte ich in

Berlin bleiben und mir deine Jammerei am Telefon anhören sollen, und irgendwann auflegen? Einfach drauf scheißen?« Tilo sagte nichts mehr, sah mich nur noch mit den verdammten Inselaugen an. Ich hörte das Kühlschranksurren, langsam wurde alles leiser. »Tu nicht so, Tilo«, sagte ich, »du weißt doch, wie's schon immer läuft, wir wissen's beide. Aber es ist beschissen, dass du nix sagst. Dass du mir nicht von dem Hund erzählst und nicht von dem Mädchen, sondern wartest, bis ich hier bin, zwei verdammte Meter von deiner Haustür weg. Dass du mir immer noch nicht die Wahrheit sagen kannst, obwohl du weißt, dass ich dir nicht böse sein kann.«

»Socke, ich …« Tilo sah traurig aus.

»Nein, hör auf, sag einfach mal nix.« Ich fasste mir an die Schläfen. Wofür hatte ich jahrelang die Zähne zusammengebissen, erst die Uni, dann die unbezahlten Praktika und nebenher all die Scheißjobs, das Putzen, Babysitten, Kellnern. Und wofür? Um am Ende von dem Einzigen verurteilt zu werden, der hinter mir stehen sollte, der alles verstehen sollte, was mit mir schiefgelaufen war?

»Socke, bitte«, sagte Tilo kleinlaut, »bitte.« Ich sah ihn an. »Ich nehm's zurück, Socke.« Er kam auf mich zu. »Bitte, ich hab's nicht so gemeint, ich … ich hab mich nur so gefreut wegen Rex und ich dachte, du freust dich vielleicht auch, weil wir doch immer gemeinsam einen haben wollten, also… also einen Hund, mein ich.«

Lauwarme Erinnerungen in meinem Kopf. Wie viele Stunden hatten wir als Jugendliche zu zweit im Kasseler Tierheim verbracht, uns ausgemalt, wie wir irgendwann mit diesem oder jenem Hund zusammenleben würden. In einer Riesenvilla an der Ostsee, die nur uns gehören würde. *Ein Dach, ein Dach, was wollen wir mehr,* hatten wir gesungen oder gesummt oder gepfiffen. Unser eigenes Lied, das nur Tilo und mir gehörte.

Das Lied, das wir uns ausgedacht hatten nach der ersten Zeit im Kleinen Bahnweg. Als klar geworden war, dass das keine Übergangsgeschichte war, dass Mama lange in der Klinik sein würde. Als uns die Frau vom Jugendamt erklärt hatte, was Psychosen waren und dass sie nicht so schnell verschwinden würden. Dass es lange dauern würde, bis sie wieder unterscheiden würde können, was echt war und was nicht.

»Ist okay, Tilo«, sagte ich leise. Ich war müde. Alles hergegeben, verschenkt, ausgespuckt. Tilo sagte nichts, schloss nur langsam den Kühlschrank, öffnete seine Arme in einer hilflosen schlaksigen Bewegung. Tränen hinter meinen Augen, als sich seine Arme um mich schlossen. Ich schluckte, denk an was anderes, Katja, an irgendwas, was dich vom Heulen abhält. Ich dachte an die erste WG, in der ich in Berlin gewohnt hatte. Der kaputte Aufzug. Die Atemlosigkeit, wenn ich endlich im zwölften Stock ankam. Die zwei weißrussischen Mitbewohnerinnen, die kein Wort mit mir sprachen, mir nicht einmal ihre Namen nannten und irgendwann einfach weg waren. Herr Kruppka von der Wohnung nebenan mit der Fahne und der Wampe. Es funktionierte. Ich schloss die tränenlosen Augen, lehnte mich an Tilos Brust.

»Komm«, sagte er leise, »iss mal was, du bist richtig dünn geworden.« Ich stieß mich leicht ab, um wieder gerade auf beiden Beinen zu stehen.

»Ich komm schon zurecht.« Ich hörte selbst, wie unehrlich das klang. Tilo nickte nur.

»Ist okay, iss trotzdem was«, sagte er. Ich ging zu dem kleinen Tisch, den ich ihm vor einem Jahr oder zwei geschenkt hatte. Setzte mich auf einen der schiefen Stühle, betrachtete die Dellen im Tisch, während Tilo am Herd herumhantierte. Rex kam zu mir. Es fühlte sich gut an, die Finger in seinem Fell versinken zu lassen, die Wärme darunter zu spüren.

Was Giacomo wohl gerade tat? Saß er im Büro? Zu Hause? Dachte er darüber nach, wie dumm sein Vorschlag war? Ein Wochenende zu zweit wegfahren, wie stellte er sich das vor? Hatte denn niemand mehr etwas zu verlieren? Oder war es ihm einfach nicht wichtig, weil er wusste, dass er immer gewinnen würde, egal, was passierte?

Tilo stellte mir eine Tasse Kakao vor die Nase, strich mir über den Rücken.

»Sorry«, sagte er noch mal. »Wir haben dich alle nicht verdient, wirklich nicht.« Ich wusste nicht, was ich darauf sagen sollte und schwieg. Er holte seine Tasse Kakao und setzte sich neben mich. Rex legte sich auf den Boden zwischen uns, schielte kurz zu Tilo hoch, dann zu mir, blinzelte und legte dann den Kopf auf seine Vorderpfote. Hatte es sich alles gelohnt? War dieses neue Leben das beste, das es für uns gab? Hatte die kleine Katja vor knappen zwanzig Jahren das Richtige getan? War es das wirklich wert gewesen?

KAPITEL 10: ESRA

Esra kam nicht weiter. Sie stand auf, ging zum Fenster, dann wieder zurück zum Tisch, wo ihr Laptop auf sie wartete. Sie starrte das Blinken inmitten der Zeile an und fragte sich wieder, was genau sie eigentlich erzählen wollte. Sie nahm ihre Unterlippe zwischen die Zähne und zwang sich, von dem tristen digitalen Bild Abstand zu nehmen. Sie musste raus, raus aus der Wohnung, raus an die Luft. Sie brauchte Ordnung. Vor allem brauchte sie einen kühlen Kopf. Wieder ging sie zum Fenster, die Lippe noch zwischen den Zähnen. Es nieselte, in ein paar Stunden würde es dunkel sein. Sie ging zurück zum Laptop und klappte ihn schnell zu. Der Blick auf ihr Handy verriet, was sie ohnehin wusste: Natürlich hatte sich Patricia nicht gemeldet. Seit Tagen rief Esra alle paar Stunden bei ihr an, außer wenn es Nacht in Honduras war, aber niemand hob ab. Keine Patricia, keine Brenda, kein Jesús, keine Concepción, kein Luís, und Clarita war noch zu klein, um ein Handy bedienen zu können.

Esra ließ sich auf den Boden gleiten und setzte sich in den Schneidersitz. Sie kannte sich, diese Phasen waren normal. *Anpassungsblockaden*, einer von vier Typen von Schreibblockaden. Esra wusste, wie sie damit umgehen musste. Beschäftigung, aber nicht übertrieben. Kein Wachliegen um vier Uhr nachts, sondern meditative Übungen. Sie streckte ihr linkes Bein durch, dann vorsichtig das rechte. Es tat immer noch weh. Sie schloss die Augen, konzentrierte sich auf ihre Atmung und musste an Katja denken.

Sie fragte sich, wo Katja wohl gerade steckte. Vielleicht war sie wieder einmal spontan in Wien, bei Tilo, diesem Pantoffelhelden. Auf ihre SMS hatte sie bisher nicht geantwortet, das würde dafür sprechen. Esra mochte Tilo, sein Augenblitzen, seine einnehmende, aber unaufdringliche Art und den Wiener Singsang, der sich in seine Sätze schlich. Und doch hatte sie ihn jedes Mal, wenn sie ihn bisher getroffen hatte, an den Schultern packen und schütteln wollen. Nach jedem Treffen hatte sie sich vorgenommen, ihm einen Brief oder eine E-Mail zu schreiben und ihn darauf aufmerksam zu machen, dass seine kindlich verletzliche und chaotische Art seiner kleinen Schwester nie die Chance lassen würden, sorgenlos durchzuatmen. Er, der mittelmäßige Künstler, der sich mit einem Lehrauftrag auf irgendeiner Wiener Kunstuni über Wasser hielt. Zwei Bilder hatte sie gesehen, beide hingen in Katjas Wohnung. Nichts Herausragendes.

Esra verstand nicht, warum Katja alles stehen und liegen ließ, sobald es Tilo wegen einer kaputten Beziehungsgeschichte schlecht ging. Sie wusste aber auch, dass sie es nie verstehen würde. Wer konnte schon zwei Menschen verstehen, deren Mutter sie als Kinder so sehr vernachlässigt hatte, dass sie selbst in die Psychiatrie und die Kinder für den Rest ihrer Kindheit und Jugend ins Heim kamen? Esra hatte gelernt, nicht nachzuhaken, wenn es um Katjas Vergangenheit ging. Die paar Fetzen ihrer Kindheit und Jugend, die Katja an betrunkenen Abenden mit ihr geteilt hatte, zeichneten zwar kein ansatzweise vollständiges Bild, aber es reichte, um sich zu fragen, wie die beiden Geschwister es geschafft hatten, heute halbwegs funktionierende Leben zu führen und sogar die Frau, die ihnen so viel Leid zugefügt hatte, zurück in ihr Leben zu lassen. Esra war sich sicher, dass Katja das Gros all dieser Last auf ihren Schultern trug und es selbst offensichtlich nicht einmal bemerkte. Irgendwann, dachte Esra, kann sie diese übergroße Last vielleicht abschütteln.

Als Esra mit der letzten Atemübung fertig war, rappelte sie sich auf, holte tief Luft, sah wieder auf ihr Handy. Zwei verpasste Anrufe ihrer Mutter, aber sie sah sich nicht imstande, zurückzurufen. Was sollte sie erzählen? Sie legte das Handy weg und klappte den Laptop auf. *San Pedro Sula war nicht immer die Hölle auf Erden*, schrieb sie. Dann strich sie das Wort Hölle. Dann blieb sie auf der Löschtaste, bis der ganze Satz verschwunden war. *Chiquita*, konnte sie Patricias Stimme in ihrem Kopf hören, *du musst aufhören zu glauben, dass du die Welt rettest. Diese Welt ist nicht zu retten.* Esra wusste nicht, was schlimmer war: dass Patricia mit ihr wie mit einem Kind gesprochen oder dass sie recht hatte. Wozu saß sie hier herum und plagte sich mit ansprechend klingenden Adjektiven? Damit sie eine Reportage schreiben konnte, die zwar ihre Miete bezahlte, aber für Patricia und ihre Kinder nichts änderte?

Niemand interessierte sich für die Mütter oder die Kinder im Westen und Norden San Pedro Sulas. Keine deutsche Politikerin, kein UNO-Generalsekretär. Unnütze verbrannte Erde ließ die Deutschen erstaunlich kalt, und wenn Drogen im Spiel waren, schwang zusätzlich die Anklage mit, die Menschen seien doch selbst schuld an ihrer Misere. Als ob Patricia je Drogen anfassen würde. Als ob die Menschen, die versuchten, irgendwie den Alltag zu überleben, Schuld an den *maras* trugen. Was sollte Esras Reportage daran ändern? Esra fuhr sich durch die Haare und sah auf die Uhr. Wo Magda wohl steckte? Es war ein Montag, sie musste nicht arbeiten, hatte aber schon in aller Herrgottsfrühe die Wohnung verlassen. Esra hatte ihr eine SMS geschrieben. Keine Antwort.

Esra rieb sich das Gesicht. In weniger als vierundzwanzig Stunden hatte sie den Termin in der Redaktion und sollte vor Gina und Richard einen groben Entwurf für die Reportage präsentieren. Sie sah wieder auf die Uhr. Seit drei Stunden hatte sie Patricia schon nicht mehr angerufen. Sie nahm das Handy in die Hand und drückte die Wahlwiederholung. Es tutete siebzehnmal, dann legte sie auf. Sie krampfte die Hand um das Handy, dann steckte sie es schnell in die Jogginghosentasche. Sie sah sich um. Kleidung überall, daneben unangetastete Kerzen, Bücher, ein Schreibblock. Wie hatte es ohne Magda ausgesehen in dieser Wohnung? Esra konnte sich kaum daran erinnern.

Kurzerhand schnappte sie sich den Mantel und schlüpfte in die Stiefel, steckte einen Geldschein, das Handy und den Schlüssel ein und warf die Wohnungstür hinter sich zu. Sie humpelte die Treppen hinunter und als sie atemlos unten ankam, schüttelte sie den Kopf über sich selbst. Was war nur in sie gefahren, seit sie Honduras verlassen hatte? Oder hatte das schon vorher angefangen, diese innere Verschiebung? Sie stülpte sich die Mütze über den Kopf und verließ das Haus. Bei dem Späti gegenüber kaufte sie sich ein Bier.

Langsam ging sie die Straße hinunter, sah mit Bedacht in jedes Fenster und sagte sich vor jedem neuen: Alles okay, alles normal. Beim fünften oder sechsten Fenster war es Patricias Stimme, die die ihre ersetzt hatte: *Cálmate, mi nena, cálmate ya, que ya no pasa nada, cálmate.* Esra schämte sich dafür, so ungefragt in Patricias Leben eingedrungen zu sein. Schon am dritten Abend in San Pedro Sula hatte sie die Grenzen überschritten. Sie hatte Clarita, die schon minutenlang neben dem Esstisch stand und schrie, auf den Arm genommen, einfach so, ungebeten, und ihr über den kleinen Rücken gestrichen. Das Mädchen, keine zwei Jahre alt, hatte die Augen aufgerissen und aufgehört zu schreien. Patricia war aus dem Nebenzimmer gekommen, mit Concepción auf der Hüfte, und hatte Esra samt Clarita gemustert, als hätte sie genau auf diesen Moment gewartet. Esra hatte den Blick nicht deuten können, doch bevor sie etwas sagen konnte, holte das Mädchen auf ihrem Arm tief Luft und schrie wie am Spieß, noch lauter als davor. Patricia hatte Concepción auf den Boden gleiten lassen und Esra das Mädchen abgenommen. *Cálmate, mi nena, cálmate ya,* hatte sie gesagt, immer und immer wieder, *ya no pasa nada, cálmate,* immer wieder, bis Clarita sich beruhigte. Warum habe ich nichts gemerkt, fragte sich Esra jetzt. Sie trank das Bier aus und fröstelte. Es war zu kalt in diesem Land. Kein Frühling in Sicht.

Irgendwann kam sie am Landwehrkanal an, wo selbst zu dieser Jahreszeit viel zu viel los war. Dicke Touristen mit Bauchbeuteln watschelten neben wippenden Fitnessfrauen. Väter, die wie Großväter aussahen, schoben schicke Kinderwagen vor sich her und telefonierten dabei. Esra ließ sich auf eine Bank fallen und sah dem Treiben zu. Auf dem Wasser paddelte eine Frau vorbei, die so aussah, wie Esra sich ihre Mutter als Jugendliche vorstellte: ein Gesicht wie aus einem Gemälde, der lange Hals, der ernste, aufrechte Blick. Kurz überlegte sie, ob sie spontan zu ihren Eltern fahren sollte. Nein, sie würden sich bloß in ihren Sorgen bestätigt fühlen. Esra fragte sich, warum man noch Kinder bekam, wenn das auf alle Zeit ein Leben in Sorge bedeutete.

Wieder musste sie an Patricia denken, die abends erschöpft und schweigend am Tisch saß. *Qué pasa,* hatte Esra sie an einem Abend gefragt, was ist los, aber Patricia hatte sich weiter in Schweigen gehüllt. Esra hatte sich ein Herz gefasst, in ihrem Kopf die richtigen Worte gesammelt und dann so ruhig wie möglich gefragt: *¿Por qué tantos hijos?* Patricia hatte aufgesehen, sich gerade hingesetzt und Esra gemustert. Dann hatte sie erklärt, dass viele Frauen hier in San Pedro Sula nicht selbst entschieden, wie viele Kinder sie bekamen. Dass das meistens *cosa de hombres* sei, Männersache. Dass ihr eigener Mann eben oft frustriert gewesen sei, und dass sie nichts dagegen tun konnte, es sei ihr Ehemann gewesen, dem sie sich verpflichtet hatte, in guten wie in schlechten Zeiten. Esra waren Hunderte Antworten eingefallen, aber Patricia war ihr zuvorgekommen und sagte: *Al menos murió después de cinco.* Keine von Esras Antworten hatte auf dieses *Wenigstens ist er nach den fünf gestorben* gepasst. Sie hatte Patricias Hand, die auf dem Tisch lag, fest gedrückt. Patricia hatte es geschehen lassen.

Esra zog das Handy aus der Manteltasche. Die Frau auf dem Wasser, die wie ihre Mutter aussah, war schon weit weg. Als Esra die Wahlwiederholung suchte, sah sie, wie ihre Finger leicht zitterten. Schnell drückte sie auf das grüne Telefon-Symbol. Nach dreimaligem Tuten klickte es.

»*¿Quién es?*«, fragte eine Kinderstimme, wer spricht?

»*Brenda, mi amor, está tu mamá?*«, sagte Esra, ist deine Mama da? Sie wunderte sich, wie seltsam ihre Stimme auf Spanisch klang.

»*¿Quién es?*«, fragte Brenda am anderen Ende. Esra stiegen die Tränen in die Augen, viel zu schnell.

»*No importa*«, antwortete sie leise, ist egal, dann legte sie schnell auf. Das Schluchzen kam von tief unten und ließ sich nicht aufhalten. Das Handy rutschte ihr aus der Hand und schlitterte auf der Bank dahin, bis es das Gleichgewicht verlor und zwischen den Bankstreben zu Boden fiel. Esra sah es an, wie es dort lag und vor ihren Augen verschwamm. Brenda hatte sie nicht erkannt. Die süße kleine Brenda, die Esra jeden Morgen geweckt hatte, obwohl Patricia ihr jeden Morgen aufs Neue dafür Prügel angedroht hatte.

Esra wischte sich über die Augen und drückte ihre Fingernägel fest in die Handinnenflächen. Sie musste sich beruhigen. Es musste vorwärtsgehen, weil die Welt auf niemanden wartete, während sie sich weiterdrehte. Sie war Krisenjournalistin, kein Promi irgendwo in Afrika. Sie hatte gewusst, was kommen würde. Nicht alle Details, nein, die wusste man nie, aber es war von Anfang an klar gewesen, wohin sie fliegen würde. Außerdem hatte sie schon viel Schlimmeres gesehen, gehört, aufgeschrieben. Der Tsunami vor ein paar Jahren, ihr zweiter Auftrag, den niemand außer ihr haben wollte. Die Verschüttung in der Mine letztes Jahr. So viele leblose Körper nebeneinander. Es gibt keinen Grund für dieses Drama, sagte sich Esra.

Vorsichtig griff sie durch die Bankstreben und holte das Handy herauf. Als sie die Anrufprotokolle öffnete, musste sie blinzeln. Alle paar Stunden ein Anruf nach Honduras. Dazwischen ein Anruf aus der Redaktion. Dann wieder Anrufe nach Honduras. Wer war sie bloß geworden? Eine Stalkerin? Eine Besessene?

Schnell stand sie von der Bank auf und ging zur nächsten Brücke. Sie nahm den Bus, dann die U-Bahn, dann war sie zu Hause. Im Aufzugsspiegel sah sie sich fest in die Augen. *Cálmate*, sagte sie sich, beruhig dich. Als sie die Wohnungstür aufschloss, kam es ihr vor, als hätte sie die Wohnung nie verlassen, als säße sie noch am Tisch, die alte Esra, ohne innere Verschiebung, eine Tasse Tee in der Hand, den Blick konzentriert auf den Laptop gerichtet. Ordentlich hängte sie den Mantel auf den Kleiderständer, dann streckte sie den Rücken knacksend durch und klappte den Laptop auf. *Cálmate*.

Gerade als Esra sich die Creme von der Hausärztin auf die Lippen auftrug, ging die Wohnungstür mit einem Knall auf.

»Du glaubst es nicht!«, rief Magda.

»Hier«, rief Esra, sie hörte Schritte, dann stand Magda im Bad.

»Du glaubst es nicht«, wiederholte sie sich und Esra sah im Spiegel die Aufregung, die Magda ins Gesicht geschrieben stand. »Ich war unterwegs«, sagte Magda schnell, »und dann hat mich einer angequatscht, einfach so, und …«

»Wer, einer?«, unterbrach Esra sie und folgte ihr ins Wohnzimmer, wo Magda sich den Teppichschal vom Hals wickelte.

»So ein Mann eben«, sagte Magda »der ist mir entgegengekommen, ich hab gar nicht auf ihn geachtet, aber der hat sich mir quasi in den Weg gestellt und dann hat er mir seine Karte gegeben und ...«

»Ein Wildfremder?«, fragte Esra und wunderte sich im gleichen Atemzug über ihren Tonfall. Magda war vielleicht blutjung, aber deshalb noch lange nicht dumm.

»Ja, ich kenn den nicht«, antwortete Magda und schien sich nicht an Esras Skepsis zu stören. »Aber er war richtig nett, Esra, und er hat gesagt, ich passe genau zu seiner Modelagentur und dass ich zum Casting kommen soll, noch heute Nachmittag, kannst du dir das vorstellen?« Esra sah ihn vor sich, einen schmierigen, mittelalten weißen Mann in falscher Markenkleidung, der Magda von oben bis unten musterte, als sie auf ihn zukam. Sie kannte diese Männer. Diese Männer gab es überall auf der Welt, egal wie arm oder reich eine Region war. Immer waren es junge Frauen, die angelockt wurden. Immer waren es schmierige Männer, die die Lockvögel spielten.

»Magda, ich weiß nicht«, sagte Esra, »das hört sich schon nicht so einladend an.«

»Dacht' ich auch«, erwiderte das Mädchen, »aber ich hab schon recherchiert, das ist eine große Firma, kein Kellerloch mit Nacktfotos.« Esra räusperte sich.

»Sag ruhig«, meinte Magda, »was willst du sagen?« Esra wollte tief Luft holen und sagen, dass nichts besser werden würde, solange junge Frauen alten Männern hinterherrannten, immer dünner wurden und am Ende scheinwerferbeleuchtet dem Abgrund entgegenstöckelten. Sie wollte das Mädchen zur Vernunft bringen können, mit ein paar Worten, das musste sie doch können, sie, deren Welt auf Worten aufbaute. Stattdessen sagte sie: »Ich mag keine Mode«, was Magda einfach so stehen ließ, diese offensichtliche Lüge.

»Esra«, meinte Magda irgendwann.

»Mh?« Esra verschränkte die Arme.

»Ich kann nichts für deinen Zorn.« Esra wusste nicht, was sie darauf antworten sollte. Ich weiß? Es tut mir leid? So bin ich nicht immer? »Ich weiß nicht, wie sich das anfühlt«, sagte Magda, »wie das sein muss, wenn man zurückkommt und alles fällt zusammen und die Person, die du liebst, geht nicht ans Telefon. Aber ich kann nix dafür.« Esra schluckte.

»Es tut mir leid, Magda«, erwiderte sie leise. Das Mädchen kam auf sie zu und blieb erst stehen, als es ganz nah bei ihr stand. Esra konnte die langen Wimpern sehen, die Betonaugen, den Anflug von Sommersprossen, die breiten Nasenflügel, die so gar nicht in dieses schmale Gesicht passten. Sie wollte etwas sagen, die Situation auflösen. Aber Magda nahm sie in den Arm, fester, als Esra ihr es zugetraut hätte, und flüsterte etwas, was Esra nicht verstehen konnte. Esra ließ ihren Kopf langsam auf die Schulter des Mädchens sinken, ihre Nase sank durch den Vorhang aus Haaren, der über Magdas Schultern lag. Sie atmete ein und merkte, wie sich ein Kloß in ihrem Hals bildete.

»Es wird schon«, sagte Magda ganz leise und strich ihr über den Rücken. Esra schloss die Augen und atmete aus. Sie wusste nicht, wie lange sie so dort stand, an Magda angelehnt, die einfach weiter über ihren Rücken strich. Irgendwann löste sie sich und wischte sich über die Wangen, obwohl sie nicht nass waren.

»Danke«, sagte Esra und räusperte sich, »und sorry.« Magda strich sich die Haare mit einer schlaksigen Bewegung hinter die Ohren.

»Wird schon«, wiederholte sie und kurz hoffte Esra, dass Magda vielleicht recht hatte.

Schon das Verlagsgebäude konnte Esra nicht ausstehen. Die graue Fassade war von neongrünen Splittern durchsetzt, was laut Richard an einen surrealen Kriegsschauplatz erinnern sollte, aber Esra fand das nur beschämend. Wer brüstete sich damit, sinnlose Zerstörung interpretieren zu wollen? Sie strich den leicht zerknitterten Blazer glatt und trat durch die Eingangstür, die vor ihr aufgeglitten war. Esra hatte mit vielen Verlagen, Zeitungen und Zeitschriften gearbeitet, seit sie mit fünfzehn das erste Zeitungspraktikum ergattert hatte. Aber kein Verlag kam diesem gleich. Sie zählte nach. Seit bald drei Jahren arbeitete sie für CRISIS. Wahrscheinlich die drei bewegendsten Jahre ihres beruflichen Lebens, denn CRISIS beschäftige sich ausschließlich mit Krisengebieten, die eine stetig hohe Auflage garantierten. Die Online-Ausgabe war wichtiger als das Printmagazin, Gina brüstete sich mit der Reichweite, dem *Impact*.

Aber es waren auch die drei anstrengendsten Jahre gewesen, für jeden Auftrag gingen Tage mit Diskussionen drauf, ob das Thema wirklich relevant sei, und damit war eigentlich gemeint, ob es jemanden in Deutschland interessieren würde. Esra ermüdeten diese Treffen. Sie konnte nicht so argumentieren wie Gina und Richard, keine Kriege miteinander vergleichen oder die Zerstörung durch einen Tsunami gegen die durch ein Erdbeben abwägen. Cholera oder Maschinengewehre. Boko Haram oder Monsun. Irgendwann stand das Thema dann fest. Gina rief Esra dann an und sagte etwas wie *So, jetzt haben wir's, biste dabei?* Immer hatte Esra bisher noch zugestimmt, auch vor einem halben Jahr hatte sie genickt, als Gina ihr das Thema *Die Hauptstadt des Todes: San Pedro Sula* geschildert hatte. Jetzt erschien Esra der Gedanke an einen nächsten Auftrag weit weg. Sie beruhigte sich: Schritt für Schritt. Der Artikel von letzter Woche war gut angekommen, mehrere Menschen hatten darauf reagiert, in den Online-Kommentaren, per Mail.

Zweihundertsiebenmal war der Artikel auf Facebook geteilt worden. Alles im Rahmen.

Auf dem Weg in den siebten Stock dachte Esra: Unglückszahl. Sie schritt den teppichbelegten Boden ab, bis sie wenige Schritte vor dem Konferenzzimmer stand, das den Namen *Kabul* trug. *Wir treffen uns im Kabul*, hatte Richard am Telefon gesagt und wie jedes Mal hatte Esra sich gefragt, ob ihm die Geschmacklosigkeit an diesen Namensgebungen auffiel oder ob er sie akzeptierte, so wie man einen rassistischen Onkel am Festtagstisch akzeptierte. Esra sah auf die Uhr. Zwei Minuten zu früh. Wie es Gina gefiel. Sie räusperte sich möglichst unauffällig und ging die letzten Schritte bis zur Glastür. Sie sah Gina am Tischende sitzen, klopfte an. Gina hob den Kopf und nickte. Esra trat ein und setzte ein Lächeln auf.

»Gina«, sagte sie.

»Esra, *dear*«, erwiderte Gina, die umwerfend aussah in dem Hosenanzug, den Esra sich an niemandem sonst vorstellen konnte. Gina war kleiner als Esra und sicher doppelt so breit, aber sie war die eleganteste Frau, die Esra kannte. Keine Botschafterin, keine UNHCR-Gesandte, keine Schauspielerin konnte mithalten, was sie zu wissen schien. Sie strahlte Esra an und warf die roten Haare zurück. Esra wusste nicht, wie alt sie war, vierzig, fünfzig, sechzig? Zeitlos, dachte sie.

»Und Richard?«, fragte Esra, nachdem sie sich links und rechts auf die Wangen geküsst hatten.

»Der wird schon noch kommen.« Esra dachte, dass nicht einmal Gina so gut lügen konnte. Irgendetwas stimmte nicht.

»Bitte«, sagte Gina und wies auf den Stuhl, auf dem Esra immer saß. Esra setzte sich und fragte sich, warum Designermöbel immer so unbequem sein mussten.

»Also«, meinte Gina und sah nicht einmal auf das Tablet, das vor ihr lag und wahrscheinlich das bisher Geschriebene zu San

Pedro Sula enthielt. Esra konzentrierte sich darauf, gerade zu sitzen, und räusperte sich. Kopf hoch, sagte sie sich, zieh das Ding einfach durch.

»Ich habe ein Konzept, Gina«, sagte sie. Gina lächelte.

»Lass mich raten, ja?«, fragte sie, bevor Esra weiterreden konnte. »Es wird weiter um diese Mütter gehen, oder? Ich kann's dir ansehen, mh, das hat dich beeindruckt, und ich sage auch nicht, dass es nicht beeindruckend ist, aber lass mich ehrlich sein.« Sie hielt kurz inne, legte ihre Hände flach auf den Tisch, betrachtete sie, dann hob sie den Blick wieder und sah Esra unverwandt an. »Du kennst die Policy, Esra. Du weißt, wie der Hase läuft. Du bist schon länger dabei. Und du weißt, dass wir nicht zweimal über das gleiche sentimentale Thema schreiben. Und bei aller Liebe, Esra, das musst du doch selbst sehen: Die Mütter geben nicht mehr so viel her. Also …«

»Wieso geben sie nicht mehr viel her?«, unterbrach Esra sie und rückte auf dem unbequemen Stuhl ganz nach vorne. »Wie kommst du darauf?«

»Esra«, sagte Gina und sah Esra mitleidig an, »komm schon, ich weiß, wie schwer es ist, eine Story loszulassen, wirklich. Aber der Fokus war ein anderer, ich bin dir doch sowieso schon entgegengekommen mit der ersten Geschichte, in der es auch schon nur um diese Mütter ging. Wir haben dich nicht nach Honduras geschickt, um traurige Mamas zu interviewen.« Sie machte eine Pause und schaute wieder auf ihre Hände. »Du weißt, dass da noch viel mehr rauszuholen ist, Esra.«

Esra hörte ihr Herz schlagen. Die ganze Argumentationsstrategie war verloren. Und was noch schlimmer wog: Sie hatte sich vertan. Sie, die andere Journalistinnen und Journalisten bei CRISIS kommen und gehen gesehen hatte. Sie, die überzeugt davon gewesen war, dass diese anderen einfach keine Ahnung davon hatten, dass Krisenjournalismus nicht daraus bestand, heldenhafte Fotos irgendwo an der Front aufzunehmen, sondern langsam den Kontext einer Krise aufzurollen. Sie, Esra, sollte nun zu den Verblendeten gehören. Sie atmete durch und dachte an Patricia. An ihr Schweigen. An ihren wachen Blick, wenn eine Sirene ging, wenn die Schüsse zu nah waren oder zu anhaltend. Nein, verblendet war Esra nicht. Sie dachte an den Rat, den Katja ihr irgendwann gegeben hatte: *Wenn alles einstürzt und deine Beine wackeln, dann denk nur ans Atmen. Sag's dir selbst: Atmen, einfach atmen.* Die Spannung in ihrem Nacken ließ nach. Atmen, einfach atmen.

»An den Müttern entwickelt sich alles andere, Gina«, sagte sie ruhig und sah Gina fest in die Augen. »Es ist eine Argumentationsstrategie, die alles andere mitträgt.« Gina kniff die Augen leicht zusammen. Esra zwang sich, den Blick nicht abzuwenden. Sie wusste, dass Gina nicht nachgeben würde, nicht einfach so. Sie musste ihr entgegenkommen.

»Ich kann den Fokus davon ausgehend auf etwas anderes richten«, meinte Esra, »auf die *maras*, die Kinder rekrutieren, kleine Jungs, zehn Jahre alt.« Gina bewegte sich nicht. Esra zählte stumm die verstreichenden Sekunden und fragte sich, ob das in klassischen Männerwelten auch so funktionierte. Stille Machtkämpfe um Deutungshoheiten, von denen der Rest der Welt nie etwas erfuhr. Sie fragte sich, in wie vielen dieser Kämpfe Katja schon gesteckt hatte. Wie viele sie wohl verloren hatte.

»Gut«, sagte Gina irgendwann und löste mit einem einzigen Lächeln die Spannung zwischen ihnen auf. »Morgen will ich den Entwurf, der den neuen Fokus inkludiert. Und in sechs Tagen spätestens die Reportage, *ready to go, ready to print*«. Kurz hielt sie inne und sah auf das Tablet, dann zurück zu Esra. »Und lüg mich bitte nicht an, Esra, ein Fokus ist ein Fokus. Ich zähle auf dich«, fügte sie hinzu, ganz ohne Lächeln. Esra nickte gewissenhaft.

»Du kannst immer auf mich zählen«, antwortete sie und merkte schon, während sie es sagte, wie kitschig das klang. Gina stand auf und gab ihr die Hand.

»Sehr gut«, sagte sie. Da erkannte Esra, dass Gina und Patricia sich ähnelten, auf die Weise, wie sie sprachen, wie fest sie auf beiden Beinen standen. Esra hörte sich selbst nicht mehr, während sie sich von Gina verabschiedete. Sie dachte nur noch an Patricia und dass diese Welt es Patricia niemals ermöglichen würde, eine Gina zu werden.

Esra sah dem Wasser zu, wie es am Rand ausfranste. Sie erinnerte sich an die endlosen Sommer am Schlachtensee, jedes Jahr aufs Neue hatte sie ihre Mutter dazu überredet, an dieses eine Stück Wasser zu fahren, egal ob die Sonne schien oder nicht. Erst sehr viel später hatte Esra erkannt, wie schwierig es gewesen sein musste für die Frau mit dem Kopftuch, zwischen all den anderen Müttern in ihren knappen Badeanzügen zu sitzen und sich ihrer Tochter gegenüber nichts anmerken zu lassen, nichts von der Scham, nichts von dem Drang, einfach alles einzupacken und nach Hause zu fahren.

Esra fischte ihr Handy aus der Manteltasche und öffnete ihre digitale Bildergalerie. Sie sah sich von Patricias Kindern umringt, dann Patricias Rücken vor dem vergitterten Fenster. Schnell schloss sie die Galerie wieder und sah zurück auf den See. Niemand sonst war hier, sie hörte nur irgendwo einen Hund bellen. Sie rieb sich die Augen und fragte sich, ob es nicht vielleicht ohnehin besser war, dass Patricia nichts mehr mit ihr zu tun haben wollte, nun, da die Mütter ihre Berichte verlassen mussten. Esra wusste, dass Gina ihrem vagen Vorschlag mit der Fokusausrichtung nur zugestimmt hatte, um Kompromissbereitschaft zu zeigen. Aber letztendlich würde sie sich durchsetzen, wie immer. Esra wusste, dass sie verloren hatte. Gina wollte keine Mütter mehr, also würde es keine Mütter mehr geben.

Wieder tippte sie auf ihr Handy. Es war der zwanzigste Februar. Schon seit drei Wochen war sie wieder in Deutschland. Drei Wochen, die sie genauso gut in einem Flugzeug hätte verbringen können. In einer Kantine. In einem Gefängnis. Drei Wochen, die sich verloren anfühlten. Sie fragte sich, was sie getan hatte in diesen zwanzig Tagen. *Y si muero mañana*, klang Patricias Stimme in ihrem Ohr, *qué van a hacer, quién los va a cuidar.* Was hatte sie geantwortet auf diese Frage danach, wer auf die Kinder aufpassen würde, wenn Patricia sterben würde? Dass sie morgen nicht sterben würde? Dass ihre Kinder sicherer lebten als viele Kinder in San Pedro Sula? Esra schüttelte den Kopf über sich selbst. Wie arrogant hatte sie dieser Frau gegenübergestanden und gemeint, ihr etwas vom Leben erzählen zu können. Und jetzt, dachte Esra, erwarte ich noch von ihr, dass sie zurückruft, dass sie so tut, als wäre die Welt in Ordnung. Nach allem, was passiert ist. Ich bin wahnsinnig, dachte sie, völlig wahnsinnig. Sie biss sich auf die Lippen, genau dort, wo die Haut sofort nachgab.

»Esra, was ist passiert?«, fragte Magda erschrocken, als Esra durch die Tür trat.

»Mh?«, sagte Esra, die kurz überrascht war, Magda in der Wohnung zu sehen. Sie blinzelte den Nebel vor ihren Augen weg und versuchte zu lächeln. Der Schmerz, als die aufgerissene Haut ihrer Lippen sich dehnte, ließ sie scharf einatmen.

»Esra, was ist denn los?«, fragte Magda wieder und kam auf sie zu. »Was ist passiert, warst du bei CRISIS?« Esra nickte, während sie sich mit steifen Händen ihren Mantel auszog. »Und, was ist los? Hast du sie ...?«

»Ich muss alles ändern«, sagte Esra, »Gina will die Mütter nicht mehr haben.«

»Die Mütter?«, fragte Magda empört. »Was hat sie gegen die Mütter?«

»Sie will einen anderen Fokus.«

»Was für einen Fokus?« Magda setzte sich zu Esra an den Tisch. »Die Mütter sind doch schon der Fokus, wo ist denn da das Problem?«

»Die Mütter sind das Problem, Magda, sie sind ihr nicht aussagekräftig genug.«

»Aber die machen das Ganze doch erst richtig ... menschlich, oder?«

»Aber menschlich muss es nicht sein, nur erschütternd und wahr«, sagte Esra und dachte sich, dass Gina genauso redete. Große Wörter, mächtige Wörter. Aber welche Wahrheit kannte Gina? Und war ihr die Wahrheit nicht eigentlich völlig egal?

»Und was machst du jetzt?«, fragte Magda.

»Was meinst du?«

»Na ja, du wirst ja kaum einfach so nachgeben, oder? Ich mein ...« Magda hielt inne und sah Esra fest ins Gesicht.

»Es ist egal, Magda«, sagte Esra mehr zu sich als zu dem Mädchen, »es gibt genug anderes zu erzählen.« Magda nickte langsam.

»Magst du einen Tee?«, fragte sie. Esra nickte und schmeckte Blut auf ihren Lippen. Was musste dieses Mädchen nur von ihr denken?

»Magda«, sagte Esra, während sie sich an den Tisch setzte und Magda dabei zusah, wie sie Wasser aufsetzte. »Was denkst du eigentlich von mir?«

»Mh?«, fragte Magda, ohne sich zu Esra umzudrehen.

»Glaubst du, ich bin verrückt?« Jetzt erst drehte Magda sich um, einen baumelnden Teebeutel in der Hand.

»Wie kommst du da drauf?« Ihre Augenbrauen zogen sich leicht zusammen.

»Na, glaubst du, ich bin verrückt? Oder dass ich es langsam werde?« Magdas Züge blieben angespannt. Sie legte den Teebeutel auf die kleine Anrichte und setzte sich wieder zu Esra an den Tisch.

»Ist noch was passiert?«, fragte sie und Esra fragte sich, wann sich die Vorzeichen umgekehrt hatten, wann Magda die Erwachsene im Raum geworden war.

»Nein, ich habe nur ...«

»Zweifel«, sagte Magda und nickte verständnisvoll. »Ist doch okay, das gehört doch auch dazu, also vor allem zu deinem Beruf, mh?« Esra wusste nicht, was sie erwidern sollte. »Erzähl einfach genau das, was du für richtig hältst«, meinte Magda, »so wie über die Beschneidung in Mali, da hast du doch bestimmt auch genau das erzählt, was du wolltest, oder?« Esra blinzelte.

»Du hast was von mir gelesen? Die Mali-Reportage?«

»Ja sicher«, antwortete Magda ernst, »ich wollte ja wissen, wer du bist, wie du so drauf bist.« Esra sagte lange nichts.

»Esra«, fing Magda wieder an, »du ... du hast doch genug erlebt in Honduras. Du bist doch nicht umsonst gleich zu der Ärztin gegangen, als du zurückgekommen bist. Und ...« Sie sah Esra unsicher an, »und ich hab dich doch gesehen, irgendwas ist dir passiert, das kannst du doch erzählen, das interessiert CRISIS doch bestimmt.«

»Du weißt nicht, wovon du redest«, sagte Esra schnell und so kalt, dass sie über sich selbst erschrak. Was war nur los mit ihr? Was konnte denn das Mädchen dafür?

»Kann sein«, erwiderte Magda, ohne sich etwas anmerken zu lassen, »ich mein ja nur. Nur weil sie dir die Mütter wegnehmen, war doch nicht alles umsonst.« Esra holte Luft. Sie kann nichts dafür, sagte sie sich. Niemand kann was dafür. *Acá no caben las gringas.* Niemand außer diesen Männern.

»Magda, es ist okay«, meinte sie leise, »danke dir. Es wird schon wieder. Das ist nicht das erste Mal, dass mir Gina eine Geschichte umdreht.« Magda machte keine Anstalten, wieder aufzustehen. »Es wird schon wieder«, sagte Esra noch mal. Magda rührte sich nicht.

»Du kannst es mir erzählen«, sagte sie, »ich sag's niemandem.«

»Bitte?«

»Du musst das doch wem erzählen, Esra. Das, was dir passiert ist, mein ich.«

»Magda, ich …«

»Das ist doch Folter, wenn du das nicht erzählst. Ich halt das aus.«

»Magdalena.« Es fühlte sich komisch an, Magdas vollen Namen zu benutzen. Wie eine Grenzüberschreitung, die nur ihren Eltern zustand.

»Esra.« Sie meinte es ernst. Die junge Frau mit den Betonaugen, die sich irgendwie von Esras Wohnung in ihr Leben geschlichen hatte, dachte wirklich, sie wollte sich das anhören. Esra kannte den Blick auf Magdas Gesicht, den Blick von Journalistinnen, der zwischen Neugierde, sachlichem Interesse und einem Funken Angst hin und her hüpfte. Angst vor dem, was man zu hören bekommen würde. Davor, das Gehörte nie wieder ungehört machen zu können.

»Gut«, sagte Esra, räusperte sich und lächelte angesichts dieser verqueren Situation gequält, »ich erzähl's dir.« Magda nickte wieder. Esra räusperte sich erneut und versuchte, die Bilder hinter ihren Augen zum Stillstand zu bringen. Alle Schubladen aufgerissen. Atmen, einfach atmen.

»Also, ich war gerade zwei Monate in Honduras und … und ich habe gedacht, jetzt verstehe ich die Lage. Es ist schrecklich, aber Alltag. Diese angsterfüllte Routine, die alle führen, alle, die in bestimmten Vierteln in San Pedro Sula wohnen zumindest. Aber ich hatte eigentlich keine Ahnung. Null, verstehst du? Null. Ich habe gedacht, das ist der pure Wahnsinn, wie können die Leute nur mit dieser ständigen Angst ganz normal weiterleben. Jede Nacht Schüsse. So viele Beerdigungen, dass man gar nicht mehr mitkommt. Die gekaufte Polizei. Kein Justizsystem. Aber ...« Esra schluckte. »Aber irgendwie habe ich es auch schon gekannt, aus Mali, aus Tschetschenien, überall, wo es eben normal geworden ist, dass junge Männer aufeinander schießen. Und ... Und ich habe Geschichten aufgenommen und aufgeschrieben, mit zehn, zwanzig Frauen, alle Mütter von Kindern, die mit Patricias Kindern in die Schule gehen, und immer habe ich gedacht: Was für ein Leben. Wie können diese Frauen noch Kinder bekommen. Aber ich habe gar nichts begriffen, bis dann ... Bis ...« Esra merkte, wie sich Tränen in ihren Augen sammelten. Sie schluckte den Kloß in ihrem Hals hinunter. Atmen, einfach atmen. Magda sah sie an, immer noch mit diesem festen Blick. Esra war ihr dankbar, dass sie nichts sagte.

»Irgendwann waren wir auf dem Heimweg von der Schule, die Kinder und ich, kurz vor der Siedlung waren wir und vor uns ist Camila mit ihren drei Kleinen gelaufen, den Kleinsten hat sie an der Hand gehabt, und auf einmal ...« Sie atmete ein, biss sich kurz auf die Lippe, atmete aus. »Auf einmal rast ein Auto um die Ecke und Reifen quietschen, wie in einem schlechten Film, und einer im Auto zieht eine Pistole raus, und neben Camila, direkt im Haus neben ihr schießt jemand aus dem Fenster raus, schießt auf das Auto, und der im Auto schießt zurück und ... und auf einmal schreit sie, ganz laut, und währenddessen quietschen die Reifen und das Auto ist weg und ich ... ich bin losgerannt, Magda, einfach hingerannt, ich hab Patricias Kinder stehen lassen oder sind sie weggerannt, ich weiß es nicht, es war alles auf einmal nicht mehr wichtig, weil sie den Kleinen getroffen haben, fünf Jahre alt, direkt in den Bauch, und überall war Blut, und … und Camila war voller Blut und hat sich hingekniet und hat beide Hände auf die Wunde gepresst, ich neben sie hin, ich hab seine Hand genommen, keine Ahnung warum, aber er war so klein und es hat nichts gebracht, nichts hat irgendwas gebracht. Und da hat sie … also Camila einfach aufgehört mit dem Pressen und hat ihre Hand auf seine Stirn gelegt, ganz ruhig.« Esra spürte die Tränen auf ihren Wangen.

»Er war einfach tot, Magda, ein fünfjähriges Kind, das nichts für diesen Wahnsinn konnte, er wollte einfach nur … ich weiß nicht, groß werden … keine Ahnung, Mechaniker werden oder Arzt, aber sicher wollte er nicht sterben, mitten auf der Straße, am helllichten Tag. Das ist doch … Das geht doch nicht, so eine Welt, in der das passiert, das …« Sie sah Magda an. Magda schüttelte den Kopf und wischte sich über ihr Gesicht. Esra tat es ihr nach. Mit einem Mal war eine Ruhe in ihr, eine angenehme Leere. Sie atmete ein und wieder aus.

»Und was hast du danach gemacht?«, fragte Magda irgendwann mit belegter Stimme.

»Wie?«

»Na, die blauen Flecken und so.«

»Ach so, ja, stimmt.« Esra zog die Nase hoch, hob das Kinn. »Ich bin hingegangen, einen Tag später, zur gleichen Stelle. Ich habe die Kamera mitgehabt und Fotos gemacht, vom Blut, vom Asphalt, von allem. Niemand hat das weggewischt, weißt du? Wer auch.«

»Wieso denn?«, fragte Magda irritiert.

»Wieso was?«

»Wieso bist du da noch mal hin, das war doch sicher megagefährlich, oder?«

»Ich konnte nicht anders, Magda«, sagte Esra, »ich musste hin. Ich musste was tun, irgendwas, wenigstens Fotos machen. Einfach irgendwas.«

»Aber …«

»Ja, klar war das dumm, jetzt im Nachhinein betrachtet. Aber in dem Moment … Ich hab gar nicht weiter drüber nachgedacht, ich bin einfach hingegangen. Niemand war da, ich war ganz allein auf der Straße, wie ausgestorben war das, und ich hab noch daran gedacht, dass ich diese Fotos gleich am selben Abend nach Deutschland schicken muss, an CRISIS oder an Jenna von VICE oder an die SZ, an irgendwen einfach. Und … Und dann sind sie gekommen. Gerade, als ich wieder zurückgegangen bin, waren sie auf einmal da.« Esra schloss die Augen und öffnete sie gleich wieder. Zu viele Bilder, zu viele grelle Farben im Kopf. »Drei oder vier, ich weiß es gar nicht mehr. Einer hat mir in die Kniekehle getreten, da bin ich hingefallen. Ich habe versucht, mich zu wehren, wofür denn die ganzen Selbstverteidigungskurse, aber es hat nichts gebracht, ich bin nicht hochgekommen, immer wieder hat der eine zugetreten. Da hab ich gedacht, das war's jetzt.« Ihre Stimme klang seltsam weit weg, als erzählte nicht sie die Geschichte, sondern eine Stimme aus dem Off.

»Sie haben zugetreten, weiter und weiter, ich hab gekotzt, direkt auf den Asphalt, und an meine Mama gedacht und an meinen Papa und an Patricia und dann … dann haben sie plötzlich aufgehört und einer hat gesagt: *Acá no caben las gringas. Despégate ya, o te va a pasar algo peor.* Nur diese zwei Sätze, sonst nichts.« Magda sah sie fragend an. »Hier ist kein Platz für *gringas*, also für Amis oder … Fremde eigentlich. Ja, Fremde. Verpiss dich, sonst passiert was Schlimmeres«, übersetzte Esra und senkte den Blick auf die Tischplatte.

»Und dann haben sie dich gehen lassen?«, fragte Magda noch leiser.

»Nein«, schüttelte Esra ihren Kopf, »bewusstlos getreten haben sie mich.« Magdas Stirn legte sich in Falten.

»Wie …?«

»Eine Frau hat mich gefunden und erkannt. War wohl nicht so schwer, schätze ich. Sie hat Patricia angerufen und die ist mit den Kindern gekommen, mit allen Kindern im Schlepptau, und gemeinsam haben sie mich nach Hause gebracht.«

»Warum bist du nicht ins Krankenhaus?«, fragte Magda. Esra lächelte müde und schüttelte den Kopf. Magda schien zu verstehen. »Scheiße«, sagte Magda.

»Mh.« Esra strich sich die nassen Haare aus dem Gesicht.

»Hast du's deinen Eltern erzählt?«, fragte Magda.

»Nur dir«, antwortete Esra, »deshalb kann ich das auch nicht aufschreiben. Ich kann das nicht, Magda.« Magda rutschte näher an sie heran und nahm Esras Hände in ihre eigenen.

»Ich sag's niemandem«, sagte Magda.

»Es ist nur …«, fing Esra an, aber wusste nicht, was sie noch sagen sollte.

»Vielleicht legst du dich einfach hin.« Esras Blick wanderte durch die kleine Wohnung.

»Vielleicht, ja.«

»Morgen schaut die Welt schon anders aus«, sagte Magda und Esra wollte etwas zu diesem bescheuerten Kalenderspruch sagen, nickte aber nur folgsam. Als sie in ihrem Bett lag, fragte sie sich, wie es jetzt weitergehen sollte. Sie schloss die Augen, spürte dem Brennen hinter den Lidern nach und wartete auf den Schlaf.

KAPITEL 11: ÁDÁM

Ádám sah auf den Kalender. Donnerstag, der vorletzte Tag, den sie bei Beatrix verbringen würden, war gerade angebrochen, und schon hatte er den Mut verloren. Er bewegte sich im Dunkeln durch Daniels Wohnung, den Blick fest auf den Boden geheftet, um nicht auf Holzklötze oder Plastikautos zu treten. Erst als er im Bad stand, drückte er auf den Lichtschalter. Er wusch sich das Gesicht, trat einen Schritt zurück, hielt ganz still, blinzelte nicht. Das Spiel hatte ihm schon als kleinem Buben große Freude bereitet: Wie lange konnte man sich selbst im Spiegel ansehen, bis man sich vollständig von sich selbst entfernt hatte? Viele Bücher waren darüber geschrieben worden, Essays, Erziehungsratgeber. Menschen, Delfine und Affen erkannten sich im Spiegel, andere Tiere nicht. War das ein Vorteil oder letztlich doch ein Nachteil? Ádám blinzelte und dachte an Aniko, die das Spiel nicht verstanden hatte. *Gruselig ist das*, hatte sie gesagt, *es könnte irgendwer im Spiegel sein, irgendeine fremde Frau*. Ádám hatte es aufgegeben, nicht an Aniko zu denken. Sie war überall und nicht loszuwerden, nicht durch Arbeit, Alkohol, Schlaf. Sie war da, immer in seinem Kopf.

Während er sich in dem kleinen Bad umsah, fragte er sich, wie lange er hier noch bleiben konnte. Nie würde Daniel etwas sagen, aber die Zeit lief ab, das merkte Ádám. Die Wohnung war zu klein, sein Rücken tat von der Couch jeden Tag ein bisschen mehr weh und vor allem konnte die Zwischenlösung nie mehr werden als genau das.

Als er zurück ins Wohnzimmer ging, das irgendwie auch sein Zimmer geworden war, und aus dem Fenster sah, direkt in die Dunkelheit im Innenhof des Chopinhofs, fragte er sich, wohin er gehen sollte. Eine eigene Wohnung suchen? Allein der Gedanke daran ermüdete ihn. Zurückgehen, wohin er niemals hatte zurückgehen wollen? *Nie wieder Ungarn*, das hatten sie sich doch geschworen, Aniko und er. Oder war das nur Aniko gewesen, die dem alten Leben den Rücken kehren musste, die diesen Drang hatte, zu fliehen. Ihre Worte, die er übernommen hatte. Ihren Weg, den er mitgegangen war, ohne ihn infrage zu stellen.

Ungarn ist dunkel, hatte er erst vor wenigen Tagen zu Beatrix gesagt. Sie hatte genickt, als hätte sie verstanden, aber keine Österreicherin konnte das je verstehen. Kein fremder Mensch verstand die Dunkelheit der ungarischen Seele, das Schweigen, das ermüdende Niederschlagen der Wimpern. Ein Land im Dunkeln. Und Budapest? *Wie eine Kerze, die um das letzte bisschen Luft kämpft*, hatte Ádám gesagt und sich dabei sehr poetisch und melancholisch gefühlt. Aber war das ungarische Dunkel so viel schlimmer als das Wiener Dunkel, das seit Wochen Tag für Tag vor ihm lag?

Am Frühstückstisch sah Daniel ihn prüfend an.

»Is was?«, fragte er.

»Was meinst du?«, sagte Ádám, während er versuchte, Felix den nächsten Löffel Brei in den Mund zu schieben.

»Ja, is was? Du schaust so komisch drein.« Felix spitzte die kleinen Lippen und der Brei rann das Kinn hinunter bis zum Hals. Ádám wischte die Spuren weg und fing von vorne an.

»Nichts, ich bin nur am Überlegen«, antwortete er, ohne den Blick vom Brei abzuwenden.

»Ein Wunder«, sagte Daniel, »worüber denn dieses Mal?«

»Alles Mögliche.« Ádám schämte sich seiner Lüge, seiner Feigheit. Vielleicht war es an der Zeit anzuerkennen, dass sein Wiener Traum genau das gewesen war, ein Traum, und ein fremder noch dazu. Ein Traum, der zu einer Frau gehörte, die irgendwie nicht mehr zu ihm gehörte. Oder die zumindest nicht den Anschein erweckte, je wieder zu ihm gehören zu wollen.

»Wenn die Jacinta den Kleinen holt, fahr ma raus«, sagte Daniel.

»Wo raus?«

»Egal. Hauptsache, raus aus Wien. Excalibur City oder so. Man wird ja depressiv bei dem g'schissenen Wetter.« Ádám folgte Daniels Blick. Die Dunkelheit hatte einem Grau stattgegeben, das sich schon die ganze Woche in Wien hielt. Ádám sah zurück zu Daniel.

»Hört sich gut an«, sagte er, »morgen am Abend oder am Samstag in der Früh?«

»Mir wurscht«, antwortete Daniel und gähnte, »werd ma schon sehen. Sind ja eh nur wir zwei.«

»Mh.«

»Oder willst wen mitnehmen?«

»Wen denn?«, fragte Ádám und runzelte die Stirn.

»Die Alte aus dem Neunzehnten könntest ja fragen, die hat doch eh einen Stand auf dich, mh?« Daniel grinste breit.

»Daniel.«

»Was, Alter, komm schon, es wird Zeit, dass du wieder lachen lernst, das ist ja zum Davonrennen mit dir!«

»Ich …«

»Na, nix, aus, basta«, sagte Daniel, schüttelte den Kopf und legte das Brot ab, »jetzt ist gut mit der ganzen Suderei. Der Aniko ist es ja anscheinend wurscht, was mit dir ist, und außerdem, du bist auch vor ihr wer gewesen, ein Kerl mit Hirnkastel und einem großen Herz, genau so einer, wie ihn hundert Frauen wollen, also komm, wo ist das Problem, du musst das akzeptieren, he, dass es weitergehen muss, weil es muss immer irgendwie weitergehen, da hilft auch das ganze Sudern nix.«

Ádám erwiderte nichts, sah nur abwechselnd zwischen Daniel und Felix hin und her und fragte sich, wie lange Daniel wohl gewartet hatte, um diese Worte auszusprechen. Er fühlte sich ertappt, in seinem Selbstmitleid, in seiner Bewegungslosigkeit.

»Aber, was soll ich denn machen?«, fragte er. »Also ohne …?«

»Leben, Alter«, antwortete Daniel und lächelte triumphierend, »du hast kein Kind, keinen Hund, keine Geldsorgen, du kannst überall hin! Heut kannst beim Markus kündigen, einfach so, wenn's dich freut, und morgen kannst in die Karibik fliegen oder nach Grönland oder was weiß ich. Was du magst, verstehst?« Ádám nickte langsam, obwohl er nicht verstand. Was sollte er in der Karibik? In Grönland? »Jetzt fahr ma erst einmal fort«, sagte Daniel ruhiger, »und dann überleg ma uns was für dich. Und wenn uns nix einfällt, kannst immer noch den Felix nehmen für zwei Wochen und ich flieg ans Meer und sauf mich an, bis ich nix mehr reden kann.«

»Und Jacinta?«, fragte Ádám.

»Wie, Jacinta?«

»Die hätte nix dagegen?«

»Das war ein Scherz, Ádám, ich straf dich doch nicht mit einer Woche Kind, spinnst?« Daniel schüttelte den Kopf. Felix brabbelte etwas und Ádám wischte ihm mit dem Lätzchen die letzten Breireste vom Mund. Er stellte sich vor, eine Woche allein für Felix verantwortlich zu sein. Eine oder sogar zwei.

Beatrix trug das gleiche Kleid, das sie am allerersten Tag getragen hatte. Ádám fragte sich wieder, wo wohl ihr Mann geblieben war. Am zweiten oder dritten Tag hatte sie erklärt, ihr Mann sei viel unterwegs, ohne dass Ádám oder Daniel sie danach gefragt hätten. Aufgetaucht war er nie, zumindest nie, während Ádám im Haus gewesen war.

»Vorletzter Tag«, sagte sie, als Ádám sich die Schuhe abstreifte, während Daniel schon nach hinten ins Wohnzimmer gegangen war.

»Ja, die Zeit fliegt«, antwortete Ádám und dachte an Aniko.

»Was wird Ihre nächste Station sein?«

»Das wissen wir wahrscheinlich erst morgen.« Ádám schämte sich für die Kälte in seiner Stimme, für die Distanz, für die Beatrix nichts konnte. Nur er konnte etwas für die Gemütsschwankungen. Er und Aniko. Aniko und er. *Aniko und Ádám*, hörte er den zwanzigjährigen Ádám sagen, *das passt doch wunderbar zusammen, oder?* Und Aniko hatte ihn an sich gezogen, *wunderbarer geht's nicht,* hatte sie gesagt und ihn geküsst, *wir zwei, wir halten zusammen, Aniko und Ádám.* Ádám räusperte sich. »Aber so schön wie hier wird es so schnell nicht wieder sein«, sagte er und lächelte bemüht.

»Ach, bitte«, erwiderte Beatrix, »schön ist es erst so wirklich, seit Sie neue Farbe hereingebracht haben.« Ádám wich ihrem Blick aus und sah auf die Wand hinter ihr, die immer noch kahl war.

»Wissen Sie schon, was Sie aufhängen werden?«, fragte er. Sie drehte ihren Kopf.

»Nein, noch nicht. Manchmal muss man einfach Geduld haben.«

»Aber vielleicht muss man manchmal auch einfach etwas wagen, oder?« Ádáms Stimme zitterte ein wenig. »Den nächsten Schritt gehen, weitergehen, also, es muss ja weitergehen, denke ich ...«

»Ja, vielleicht«, sagte sie, »vielleicht schon. Vielleicht sollte ich einfach etwas aussuchen.« Ádám räusperte sich. Frag sie einfach, sagte er sich, du hast nichts, aber auch wirklich gar nichts mehr zu verlieren.

»Glauben Sie, es ist eine gute Idee, zurück nach Ungarn zu gehen?«, fragte er. Seine Stimme bebte nun.

»Für Sie?«, sagte die Dame, ohne sich ihre Überraschung anmerken zu lassen. Falls sie überhaupt überrascht war.

»Ja«, antwortete Ádám.

»Das kommt auf die Umstände an, würde ich sagen.«

»Welche Umstände meinen Sie?«

»Na, treibt Sie etwas fort oder zieht etwas an Ihnen? Das muss man wissen, sonst bereut man es am Ende vielleicht.« Sie sah ihn ernst an. Ádám nickte, obwohl er nicht recht wusste, was er damit anfangen sollte.

»Verstehe.« Er merkte, wie er errötete. »Entschuldigen Sie«, sagte er, dann ging er schnell nach hinten ins Wohnzimmer, das nach frischer Farbe und Klebestreifen roch.

Mittags fuhr Daniel zum Supermarkt. Ádám blieb im Wohnzimmer sitzen und starrte die verhüllten Möbelstücke an. Er fragte sich, ob es Beatrix' Mann wohl überhaupt gab oder ob sie ihn sich ausgedacht hatte, um von der Einsamkeit abzulenken. Er dachte über ihre Worte nach. Zog ihn etwas nach Ungarn zurück? Die Leichtigkeit, immer für alles Worte zu haben, dachte er. Etwas anderes arbeiten zu können, zu dürfen. Aber reichte das? Oder war die Frage sowieso ganz falsch gestellt, weil es im Grunde klar war, dass er weggedrückt statt angezogen wurde? Wie sollte er weiter in Wien leben, in Anikos Stadt, ohne an sie zu denken? An sie und alles, was sie tat. An alles, was sie getan hatte. Aber würde das nicht in Budapest ähnlich sein? Auch dort konnte er nicht mehr in die Bars gehen, in die sie früher gemeinsam gegangen waren. Zwei Städte, die Aniko gehörten, in denen kein Platz mehr für ihn war.

Und doch, dachte Ádám, könnte es anders werden in Budapest: Er könnte zurück an die Uni gehen, vielleicht eine Hilfsstelle annehmen, fürs Bücherlesen bezahlt werden, für das Lektorat langer Artikel, die in Monatszeitschriften mit wichtigen Titeln erscheinen würden, für das Korrigieren von Ideen ambitionierter Studentinnen. Er könnte neue Bars suchen, könnte genau diese Studentinnen fragen, wo sie denn gerne hingingen, er könnte tanzen gehen und vielleicht würde eine der Studentinnen … Er schüttelte den Kopf und kam sich kindisch in seiner rahmenlosen Träumerei vor.

»Entschuldigen Sie, Ádám«, erschreckte ihn Beatrix, die unbemerkt zu ihm ins Zimmer gekommen war, »ich hoffe, ich störe Sie nicht in der Pause.« Ádám rappelte sich auf und stellte die Jausenbox neben sich auf den Fenstersims.

»Nein, nein, es ist ja Ihr Haus«, sagte er und merkte, wie müde er war. Müde bis auf die Knochen, bis hinter die Knochen sogar, falls es das gab.

»Ist alles in Ordnung bei Ihnen?«, fragte Beatrix, die ihn besorgt ansah.

»Alles in Ordnung, ja.«

»Treibt Ungarn Sie noch um?« Ádám räusperte sich.

»Ein bisschen, ja.«

»Was genau beschäftigt Sie?«, fragte sie. »Woher kommt denn Ihr Zweifel überhaupt?« Ádám überlegte.

»Kennen Sie dieses Gefühl«, sagte er dann, »wenn man aufwacht, von einem Traum, und man ist sich nicht sicher, ob es überhaupt der eigene war?«

»Ich weiß nicht. Wie meinen Sie das?« Ádám konzentrierte sich, sammelte die Wörter in seinem Kopf.

»Meine Frau«, sagte er und musste schlucken, »meine Frau und ich sind gemeinsam hergekommen, von Budapest nach Wien, meine ich. Es war ein gemeinsamer Traum, aber jetzt ist er … kaputt, also … und ich frage mich … Ich frage mich, was jetzt noch kommen kann. Oder kommen soll.« Er atmete aus. Beatrix sah ihn fest an.

»Haben Sie denn mit Ihrer Frau darüber gesprochen?«, fragte sie.

»Nein, das … das ist etwas schwierig, ich …«

»Bevor Sie etwas entscheiden, wäre das vielleicht wichtig«, sagte Beatrix entschlossen und Ádám schluckte seine Erklärung herunter, die ihm nun ohnehin notdürftig vorkam.

»Das ist nicht so einfach«, erwiderte er. »Die Situation …« Er wusste nicht, was er sagen sollte. Die Situation war schwierig? Ausweglos?

»Wenn ich etwas gelernt habe«, sagte Beatrix, »dann dass die Menschen, die einem am nächsten stehen, immer sehr viel Einfluss auf eigene Entscheidungen haben. Selbst wenn man sie nicht fragt.« Sie sah auf ihre Arme, zog einen Kleidärmel zurecht. »Meine Mutter ist schon vor ein paar Jahren gestorben«, führte sie fort, »aber trotzdem beeinflusst sie meine Handlungen, sogar aus dem Grab heraus.« Sie lächelte wehmütig und Ádám fragte sich, wie ihre Kindheit wohl ausgesehen hatte. Er konnte sich nur eine bürgerliche Kindheit vorstellen, die wie im Film aussah, einem Film mit Orangenmarmelade und bunten Ballons.

»Danke«, antwortete er, »ich … Danke.« Die Dame nickte und sah sich im Zimmer um.

»Unglaublich«, sagte sie dann, »alles neu, wie ein frischer Luftzug.«

»Die Farbe?«, fragte Ádám.

»Die Farbe«, bestätigte sie, »und alles, was sie mit sich bringt.« Wieder lächelte sie schmal, dann nickte sie ihm zu. »Viel Erfolg«, sagte sie, drehte sich um und verließ den Raum. Ádám sah die Wände an, der Reihenfolge nach, in der er sie angemalt hatte, und wusste, dass Beatrix recht hatte. Was immer er auch tat: Ohne mit Aniko zu sprechen, würde alles sinnlos sein. Er drückte die Schultern zurück, wie es ihm in der Schule beigebracht worden war, nahm die Jausenbox vom Fenstersims, packte sie zurück in seinen Rucksack, ergriff den Korrekturpinsel, der daneben lag, schaute auf die Uhr und machte sich an die Arbeit.

Er spürte sein Herz in den Ohren klopfen, als er klingelte.
»Hallo, wer ist da?«, drang Anikos Stimme durch die Gegensprechanlage. Ádám holte Luft, brachte kein Wort heraus.
»Hallo?«, fragte sie noch einmal.
»Aniko«, sagte Ádám auf Ungarisch, »ich bin's, Ádám.« Er hatte sich auf dem Weg zur Wohnung hundert Sätze zurechtgelegt, aber jetzt fiel ihm kein einziger ein.
»Wieso läutest du?«, fragte Anikos Stimme.
»Ich wollte nicht …«, stammelte Ádám, aber da summte die Tür und die Gegensprechanlage verstummte. Er ging durch den Innenhof und fragte sich, wie oft Aniko in den letzten Wochen dieselbe Strecke gegangen war. Wie oft er sie nicht gegangen war. Vor der Treppe hielt er kurz inne, dann ging er los. Oben angekommen klopfte er mit zitternder Hand. Was wollte er hier?

Die Tür öffnete sich und da stand Aniko, die Haare offen und glatt, nicht auf dem Kopf zusammengeknotet, wie Ádám es sich vorgestellt hatte. Ihr Gesicht war das seiner Frau, mit den gleichen winzigen Fältchen, der gleichen Stupsnase, den gleichen hellen Wimpern. Und doch war es nicht die Aniko, die er vor weniger als einem Monat in genau dieser Wohnung hatte stehen lassen. Sie sah älter aus, müder. Er räusperte sich.
»Hallo«, sagte er. Aniko hielt einfach weiter die Tür fest, dann veränderte sich ihr Gesicht, wurde mit einem einzigen Blinzeln ganz weich. Ihre Nase kräuselte sich und ihre Lippen pressten sich zusammen. Ádám wusste nicht, was er tun sollte, ob er etwas sagen sollte, aber diese Weichheit, die er schon so

lange nicht mehr an ihr gesehen hatte, ließ seinen Hals enger werden.

»Aniko, ich ... ich bin, ich bin jetzt ..., also wir können ...« Alles, was sich vorher in seinem Kopf so passend angehört hatte, jeder schneidende Kommentar über ihre Sturheit, jeder Vorwurf des Verrats, alles war fort. Er sah sie einfach an, die Frau, die er schon kannte, seit sie in der Schule das d und das b durcheinandergebracht hatte. Die Frau, mit der er sich ein neues Leben zusammengeschustert hatte. Die Frau, ohne die es ein Leben im Gleichgewicht nicht gab, nicht geben konnte.

Er starrte sie an und fragte sich, wieso er nicht gleich, vor all den Wochen oder vielleicht schon Monaten den Fehler erkannt hatte: dass sie sich hart gemacht hatte, mit dem Nilpferd, wegen der Lücke zwischen seinem und ihrem Wunsch. Alles Weiche hatte sie irgendwo in sich eingeschlossen und er hatte nichts dagegen unternommen, oder vielleicht zu wenig.

Er trat einen Schritt nach vorne, hielt die Luft an. Aniko ließ die Tür los. Als Ádám ausatmete, umarmten seine Arme Anikos Rücken und Anikos Arme seinen. Er konnte ihr Shampoo riechen, ihre Gesichtscreme, die sie immer noch aus Ungarn bestellte.

»Aniko«, sagte er.

»Hm?« Sie löste ihr Gesicht von seiner Schulter, sah ihn an.

»Ich habe überlegt ...«

»Es ist weg, Ádám«, unterbrach sie ihn kaum hörbar.

»Was ist weg?«

»Das Nilpferd.«

»Wie, weg?«

»Verkauft, vorgestern.« Er konnte es nicht glauben. Konnte es wahr sein? Log sie ihn nicht einfach nur an, weil sie wusste, wie verzweifelt ihn das Nilpferd gemacht hatte? Hatte sie es einfach selbst gekauft, um es näher bei sich zu haben? Stand die Figur jetzt irgendwo in der Wohnung, um ihn aus nächster Nähe zu verhöhnen? Ádám sah Aniko an. Nein, sie log nicht. Das Nilpferd war wirklich fort. Was hieß das jetzt für ihn, für Aniko, für sie beide? War das das Zeichen, auf das Aniko gewartet hatte? Er holte Luft.

»Aniko, ich …«, setzte er an.

»Komm nach Hause, Ádám, bitte, ich …, komm nach Hause, ja?«, sagte sie, die Augen rot, die Nase rot, der Atem flach.

»Ich habe überlegt …« Ádám hielt inne. *Komm nach Hause.* Aniko ließ ihn langsam los, sah ihm in die Augen.

»Ádám«, sagte sie und ihre Stimme kam ihm trauriger als sonst vor, »ich weiß nicht, was mit mir passiert ist, wirklich, ich weiß es nicht, irgendwann ist das alles aus dem Ruder gelaufen.« Sie redete immer schneller. »Verstehst du, ich wollte dir wirklich nie was Böses, nie, Ádám, ich hab nur … ich weiß nicht, in mir war diese … Unzu… oder vielleicht nicht Unzufriedenheit, sondern einfach ein … Nein, auch kein Unwohlsein, aber du hast es ja gemerkt, oder, also, das soll jetzt keine Ausrede sein, ich meine nur, ich musste da selbst viel drüber nach… also ich hab viel nachgedacht, pausenlos eigentlich und ich … ich weiß nicht, Ádám, ich weiß es einfach nicht, also was da passiert ist mit dir oder uns, ich … vielleicht hast du's ja gewusst, aber ich nicht, und dann dieser ganze Mist, dieser Typ, also …« Sie holte laut Luft.

Ádám schloss kurz die Augen. Er wusste nicht, was er denken sollte. Viel hatte er erwartet, als er sich auf den Weg hierher gemacht hatte, Dutzende Szenarien waren durch seinen Kopf geschwirrt, aber keines davon passte auf das, was gerade geschah. Bilder vor seinem inneren Auge, die Autobahnauffahrt kurz nach Budapest, Anikos Lachen am Hochzeitstag, Beatrix vor der leeren Wand, die Stille nach dem hundertsten Streit, *Woher soll ich das wissen, ob ich ein Kind will, Ádám, was willst du mit einem Kind, das kann man nicht einfach zurückgeben, wir haben nicht einmal einen Hund,* Daniel mit Felix auf dem Arm, Jacintas ernstes Gesicht.

Der Gang war ihm zu eng, als er die Augen wieder aufmachte. Die Wände schienen kaum einen Meter voneinander weg zu sein. Er blinzelte mehrmals. Aniko sah ihn an, aufmerksam, tränenlos.

»Gehen wir raus?«, fragte er, seine Stimme klang matt in seinen Ohren, verbraucht.

»Ja«, sagte Aniko ohne zu zögern, schlüpfte barfuß in ihre braunen Stiefel, während sie mit einer Hand den Mantel von der Garderobe löste. Ádám sah zu Boden, als er merkte, wie sein Blick an ihr haften blieb. Sie zog die Tür zu. Schweigend setzte er sich in Bewegung, die Stufen hinunter, hörte Aniko hinter sich. Jede Stufe, auf die er trat, jedes Auftreten schien ihm gleichzeitig ein Tritt ins Leere zu sein. Das Nilpferd war fort.

Ádám wusste nicht, was richtig war, was falsch war, was wehtat und was wehtun sollte, aber er wusste, wohin sie gehen würden. Als sie im Innenhof ankamen, blieb er stehen und sah nach hinten, sah sie an, sagte ihren Namen in seinem Kopf, Aniko, Aniko, Aniko. Sie erwiderte seinen Blick und er wusste nicht, wie lange sie da so standen, drei Sekunden oder drei Minuten. Irgendwann nickte sie und setzte sich in Bewegung, sodass sie nebeneinander gingen. Er hielt ihr die Tür auf die Straße auf, sie sagte nichts, und es kam Ádám kurz so vor, als wäre alles wie immer, als wäre nie etwas passiert, als hätte er nie seine Tasche gepackt, als hätte es diese Wochen nicht gegeben, die voller Daniel und Felix und Beatrix waren, aber ohne Aniko.

Sie gingen nah nebeneinander her, aber ohne sich zu berühren, auch wenn Ádám kurz daran dachte, einfach ihre Hand zu nehmen. Es kam ihm töricht vor, unfair. Sich selbst oder Aniko gegenüber, er wusste es nicht. Sie sagten nichts und Ádám fiel wieder auf, wie laut Wien war, selbst zu dieser Jahreszeit, selbst zu dieser Uhrzeit. Ein ständiges Rauschen, das nicht abriss, das über allem lag. Dann waren sie da. Aniko blieb einen Schritt vor ihm stehen, mit viel Abstand zum Schaufenster. Ádám blieb auch stehen und ging dann einen Schritt zurück, direkt neben sie.

Das Schaufenster sah aus wie sonst auch, das Pferd aus Porzellan, der Teddybär mit den Knopfaugen, das gravierte Messer. Aber zwischen Pferd und Messer war nilpferdförmige Leere. Ádám sah lange auf diesen Fleck, dachte an das Nilpferd, das dort gestanden war, seit Aniko es ihm das erste Mal gezeigt hatte, in ihrer ersten Woche in Wien. Das Nilpferd, das nie einen anderen Platz hatte, immer nur diesen. Ádám wandte den Blick von der Leere ab und schaute zu Aniko.

»Aniko, ich …«

»Es ist komisch, oder«, unterbrach sie ihn und starrte weiter auf das Schaufenster, »komisch und lächerlich.«

»Ich …«, fing er an.

»Es ist nur ein Nilpferd«, unterbrach Aniko ihn tonlos.

»Es ist nicht nur ein Nilpferd«, sagte Ádám so leise wie sie und dachte sich, dass Gott, wenn es ihn denn gab, über diese Umkehrung des Schicksals schallend lachen musste. Aniko schaute ihm plötzlich viel zu fest in die Augen und ihm wurde in der Wiener Kälte warm. Was sollte er noch sagen, da gab es so viel zu sagen, aber es tat nichts mehr zur Sache. Das Nilpferd war fort. Sie legte ihm eine Hand auf die Wange und streckte sich ein wenig hoch. Erst legte er nur seine Lippen auf ihre, spürte die Wärme. Anikos Hand rutschte weg von seiner Wange, legte sich in seinen Nacken, seine Hände legten sich um ihre Taille, alles automatisch, tausendfach geübt.

»Gehen wir«, sagte er ganz leise, um nichts kaputtzumachen. Anikos Hand löste sich von seinem Nacken. Ádám fröstelte.

»Ádám«, erwiderte Aniko, ohne sich vom Fleck zu rühren, »kommst du heim?«

»Ja«, sagte Ádám ruhig. Kein Lärm mehr um ihn oder in ihm. Aniko nickte ernst, dann nahm sie seine kalte Hand und setzte sich langsam in Bewegung. Ádám überlegte, sie zu fragen, was aus dem Nilpferd in ihrem Kopf geworden war, jetzt, da das echte weg war. Aber er sagte nichts.

Als er den Schlüssel im Schloss drehte, fragte sich Ádám, ob er nicht besser geklopft hätte. Er wohnte nicht hier, der Schlüssel war immer als Provisorium gedacht gewesen. Oder nicht? Er schüttelte den Gedanken ab. Auf ewig zusammen mit Daniel und Felix hier im Chopinhof zu leben war irrwitzig. Während er die Tür aufdrückte, klopfte er und kam sich noch dämlicher vor.

»Ádám?«, fragte Daniel von einem Hinterzimmer aus. Keine Felixgeräusche. Jacintas Woche.

»Ja, ich bin's«, rief Ádám und rief sich zur Vernunft. Sie waren erwachsen, alle beide. Erwachsene hatten Verständnis, zeigten Empathie. Daniel kam aus dem Schlafzimmer. Ádám lächelte ungelenk, als Daniel auf ihn zukam und ihn musterte.

»Was is'n mit dir passiert, Kollege?«, fragte Daniel.

»Wie meinst du?«

»Wo warst'n du?«

»Ich …« Ádám holte Luft. »Ich hab die Aniko getroffen.«

»Ah?« Daniel verschränkte die Arme. Obwohl es Vormittag war, war es halbdunkel in der Wohnung.

»Ich … Danke, Daniel«, sagte Ádám und dachte darüber nach, wie er die nächsten Worte anordnen sollte. »Danke, dass ich da sein konnte, bei dir, also, bei euch, bei … Aber …«

»Na, du verarschst mich, oder?«, unterbrach Daniel ihn und löste seine Arme aus der Verschränkung. »Im Ernst, Alter? Du gehst zurück?«

»Ich ... Es ...«, stammelte Ádám.

»Na, Alter, na, fix nicht. Du ruinierst dich, hör mir zu, Ádám, wirklich, das ist die schlechteste Idee, die du überhaupt irgendwann gehabt hast, denk einmal nach, komm, das ist doch zum Speiben, alles, was die Aniko ...«

»Ich habe es ihr verziehen«, sagte Ádám so ruhig er konnte.

»Aha, von heut auf morgen, oder wie?« Daniel schüttelte den Kopf.

»Nein, ich habe nachgedacht, das hast du doch gemerkt, also ...«

»Ádám, du bist ein Koffer, ein so ein Trottel, ich kann's nicht glauben.« Daniels Stimme war lauter geworden und Ádám fragte sich, was genau ihn so wütend machte. Es war doch sein Leben, seine Entscheidung, nicht Daniels.

»Wieso macht dir das so viel aus?«, fragte Ádám.

»Mir? Mir kann das wurscht sein, Alter, kannst es eh probieren, wenn du magst, aber eins kann ich dir jetzt schon sagen, hundert Prozent: Das wird nix, sie wird dich wieder rausschmeißen, Alter, was weiß ich, in einem Monat, in einem Jahr, in zehn. Egal, was sie dir erzählt hat, die kriegt keine Kinder mit dir. Und dann stehst wieder da bei mir auf der Matt'n, das seh ich doch. Du ...«

»Du kennst sie doch gar nicht richtig«, sagte Ádám. Auch er war lauter geworden.

»Brauch ich auch nicht«, erwiderte Daniel und grinste zynisch, »was glaubst'n du, dass du der erste Depp bist, dem so was passiert? Glaubst, mir ist das anders gegangen? Was glaubst du, warum ich dir das alles erzählt hab, mit der Jacinta und dem ganzen Dreck? Ich hab ein Kind, Ádám! Verstehst, so weit geht man, wenn man ein Trottel ist, wenn man's nicht sehen will, dass man verloren hat, dass man besser aufhören sollt. Glaubst, ich find das super, da in der Wohnung, in dem Loch? Mit einem Kind, von dem die eine Hälfte immer woanders ist? Mit einer Ex, von der ich mich nicht scheiden lassen kann, weil sie's dann vielleicht abschieben?« Er atmete laut. »Scheiße, Ádám, denk einmal nach, bevor du ihr nachrennst, im Ernst.«

Ádáms Hände zitterten, er ballte die Fäuste, damit Daniel das Zittern nicht sehen konnte.

»Das habe ich nicht …«, setzte er an, dann holte er tief Luft, »ich habe das nicht gewusst, Daniel, dass es dir so damit geht, mit Felix und Jacinta.«

»Eh«, sagte Daniel leiser, »ist auch wurscht.«

»Ist es nicht.«

»Ádám, lenk nicht ab, jetzt geht's um was anderes.«

»Ich … Daniel, ich … Ich weiß nicht, was ich dir sagen soll.«

»Dass du's dir überlegst, Alter.«

»Ich hab's mir überlegt.« Ádám zwang sich, Daniels Blick standzuhalten.

»Und es ist dir wurscht, was sie gemacht hat?«

»Natürlich nicht.«

»Und?«

»Und … ich weiß es nicht«, sagte Ádám. Ihm kam vor, als ob es nicht genug Luft in dieser Wohnung gäbe, als ob er bei jedem Atemzug weniger Sauerstoff bekäme. Er sagte nichts mehr, starrte nur weiter Daniel an, der ihm in diesem luftlosen Wohnzimmer gegenüberstand, als wäre das ein Duell, als ginge es darum, zu verlieren oder zu gewinnen. Kurz dachte Ádám, dass es vielleicht sogar stimmte, ein Duell darum, wer recht hatte, wer Aniko besser einschätzen konnte. Daniel schüttelte den Kopf und kratzte sich an der Brust.

»Und jetzt?«, fragte Daniel in die Stille.

»Wir sind ja trotzdem noch Kollegen und ... und Freunde«, antwortete Ádám unbeholfen und schämte sich für diesen dummen Satz. Er räusperte sich.

»Mh«, sagte Daniel und ließ den Blick schweifen. Ádám folgte seinem Blick, der auf das Sofa fiel, auf dem er sich den Rücken schief gelegen hatte, den fleckigen Beistelltisch, auf dem drei seiner Bücher lagen, die Sporttasche daneben, die er vor ein paar Wochen oder einem halben Leben hektisch vollgestopft hatte. Ádám sah zurück zu Daniel.

»Es tut mir leid«, sagte Ádám, »ich fühle mich wie ...« Der Ausdruck fiel ihm nicht ein. »Wie eingezwickt.«

»Wie in einer Zwickmühle«, korrigierte Daniel ihn, sah ihn an, prüfend, als müsste er abwägen, ob Ádám es wert war.

»Dann komm«, sagte Daniel, »trink noch ein Bier mit mir, bevor du gehst.« Ádám sah verstohlen auf die Uhr. Er hatte Aniko gesagt, dass es bestimmt nicht länger als eine Stunde dauern würde. Dann sah er zurück zu Daniel, der schon zum Kühlschrank gegangen war. Seis drum, dachte Ádám, zumindest das eine Bier bin ich ihm schuldig.

KAPITEL 12: ESRA

Esra wartete. Sie sah aus dem Fenster. Der Park, die Bäume, die Bänke, es tat sich nichts. Esra blickte auf die Uhr auf dem Bildschirm. Elf Uhr. Sie seufzte, raffte sich auf, schloss den Laptop an den Drucker an und druckte die Reportage aus. Sieben Seiten, aus denen sechs werden mussten. Sieben Seiten, zu denen später Fotos passen sollten. Hochglanzfotos von glanzlosen Leben, dachte sie, während sie die Seiten zerschnitt. Jeder Absatz eine kleine Seite. Sie breitete die Absätze vor sich aus, eine alte Technik. Wer hatte sie ihr beigebracht?

Sie ordnete die Absätze neu, schob sie hin und her, der ganze Tisch war voller Papier. Kurz hielt sie inne, schloss einen Moment lang die Augen. Seit Tagen diese Müdigkeit in ihrem Kopf, wie sollte man damit irgendetwas geschafft bekommen? Sie ließ die Schnipsel liegen und ging zum Fenster, öffnete es, atmete ein. Übermorgen, dachte sie, übermorgen um zwölf Uhr. Sie streckte den Rücken durch, es knackste. Sie ging zurück zum Tisch, biss sich auf die Lippe, merkte es und befahl sich, endlich damit aufzuhören. Welcher Absatz stach hervor? Sieben zu sechs, dachte sie, das ist nicht viel, mach's einfach.

Sie nahm einen Schnipsel, starrte den ersten Satz an und fragte sich, ob wirklich sie ihn geschrieben hatte. Als sie zum Korrekturstift griff, erinnerte sie sich. *Irgendwann kommt immer der Moment, wenn Ihnen alles schlecht geschrieben oder unnötig vorkommt, jedes Wort. Sie würden alles streichen, wenn man Sie ließe. Das ist normal, da sind Sie nichts Besonderes.* Ihr Tutor in der Hochschule, wie hatte er noch geheißen? Esra legte den Stift zurück. Nein, so würde sie nicht weiterkommen.

Sie wandte sich vom Tisch ab, nahm den Laptop und setzte sich damit auf ihr Bett. Als sie das Bein anwinkelte, spürte sie kurz ein Ziehen im Unterschenkel. Kaum mehr spürbar, bald schon weg, dachte sie. Sie schüttelte die Gedanken ab, öffnete den Browser, tippte *San Pedro Sula* ein. Die Suchergebnisse: Werbung für den städtischen Wasserpark, das anthropologische Museum, den *parque central*. Esra lächelte unwillkürlich. Nichts ist schwarz-weiß, dachte sie, nicht einmal San Pedro Sula. In Teilen war San Pedro Sula eine völlig normale Stadt in Zentralamerika. Eine Million Menschen lebten dort, von denen viele nur im Fernsehen sahen, was am anderen Ende der Stadt passierte. Esra scrollte durch den Wikipedia-Artikel der Stadt, der die Geschichte schilderte, die Sehenswürdigkeiten aufzählte, die wichtigen Persönlichkeiten. Eine Handvoll Fußballer, ein Bischof.

Aber kein Wort dazu, was es hieß, im falschen Viertel geboren zu sein und bleiben zu müssen, dachte Esra, im Barrio Concepción, im Barrio Suyapa. Im Barrio Lempira, in dem alles passiert war, was Esra den Schlaf raubte. Wieso ziehst du nicht weg, hatte sie Patricia gefragt, als diese ihr von den *maras* erzählt hatte, die sich um das Viertel rissen. Patricia hatte aufgelacht und gefragt, woher das Geld dafür kommen sollte. Esra hatte das Thema gewechselt, schnell und unelegant, die Schamesröte war ihr noch Sätze später im Gesicht gestanden.

Zurück bei den Browserergebnissen klickte Esra auf einen Artikel einer britischen Zeitschrift. *San Pedro Sula – A Lost City Governed by Drugs*, stand dort. Esra nahm ihre Unterlippe zwischen die Zähne und fing an zu lesen. Immer wieder schüttelte sie den Kopf, dann reichte es ihr. Sie schloss den Artikel und sah wieder zum Fenster. Sie wusste, dass sie genau so eine Reportage schreiben sollte, dass Gina exakt diesen Stil, dieses Genre erwartete. Hintergrundwissen im Hintergrund, Tragik im Vordergrund. Einen Titel, der die Leserinnen und Leser einfing und nicht losließ. Esra wusste, dass sie schon viele solcher Reportagen geschrieben hatte. Wenn die Zeit oder der Platz knapp wurde oder der Alltag der Menschen, über die sie geschrieben hatte, doch nicht ereignisreich genug war. Wie oft hatte sie nur die Zitate verwendet, die zu dem passten, was sie sagen wollte? Sie ließ ihre Lippe los, fasste sich in die Haare, löste den Zopf und zog an einer Strähne, bis sie lang und glatt war. Sie fragte sich, ob es alles eine Illusion gewesen war. Bin ich genau wie die anderen, dachte sie, oder sogar noch schlimmer, weil ich auch noch so tue, als wäre ich eine bessere Journalistin, eine fairere, ehrlichere?

Sie wollte gerade ihre virtuelle San-Pedro-Sula-Suche wieder aufnehmen, als das Handy neben ihr vibrierte. Magdas Name leuchtete vor einem Bild von ihr auf, das Esra vor einer oder zwei Wochen von ihr gemacht hatte: Magda schlief darauf wie ein Faultier, Beine und Arme von sich gestreckt, in einer Hand hielt sie ihre Haarbürste.

»Magda?«, ging Esra ans Telefon.

»Hey du, na?« Magda klang beschwingt, herzlich.

»Na?«

»Magst gemeinsam Mittag essen, hier in der Gegend?«, fragte Magda, und Esra meinte, einen Staubsauger oder Föhn im Hintergrund zu hören.

»Wann?«

»So um eins, in einer halben Stunde? Passt perfekt, wenn du jetzt losgehst.«

»Okay, bis gleich«, sagte Esra und fragte sich, ob es das wirklich wert war, eine halbe Stunde hin, dann eine halbe Stunde essen, dann wieder eine halbe Stunde zurück. Andererseits hatte sie sonst nichts zu tun. Katja hatte erst morgen Zeit für ein Treffen, bis dahin war es nur die Reportage, die zurechtgeschnitten werden musste. Die Reportage und die Deadline. Übermorgen, Freitag, der sechsundzwanzigste Februar um zwölf Uhr Mittag, Mitteleuropäische Zeit. Normalerweise war Esra weit vor der Deadline fertig, nie hatte je jemand auf ihre Arbeit warten müssen, nie hatte Christa, die Redakteurin von CRISIS, je einen Samstag für die Korrektur von Esras Artikeln oder Reportagen verschwenden müssen. Normalerweise.

Als sie im Bus Richtung Stadtmitte saß, kam ihr der Vormittag wie ein Traum vor. Hatte sie wirklich einfach San Pedro Sula gegoogelt? Sie teilte sich einen Vierersitz mit einer jungen Mutter samt Kleinkind und einem jungen Mann, der verloren schien. Bei jeder Station reckte er das Kinn, sah hinaus auf die Straße, dann auf sein Handy.

»Wo müssen Sie denn hin?«, fragte Esra nach der vierten Station. Warum war es ihr so schwergefallen, ihn überhaupt anzusprechen? Zu viel Zeit in der Wohnung verbracht, dachte sie.

»Potsdamer Platz«, antwortete der Mann, dessen hohe Stimme Esra an einen Jugendlichen erinnerte.

»Keine Sorge, bald sind wir da.« Esra lächelte ihn voller Mitgefühl an. Bestimmt war er noch nicht lange in diesem Labyrinth Berlin und hatte sich schon etliche Male verfahren.

Esra musste an Katja denken, die sie genau so vor bald zwölf Jahren kennengelernt hatte: eine junge Frau in einer Straßenbahn, die nervös den großen Streckennetzplan an der Decke der Bahn studiert hatte. Esra hatte sie angesprochen. Sie erinnerte sich an den gehetzten Blick auf Katjas Gesicht, an die Anspannung in ihrem dünnen Körper. Als müsste sie jederzeit mit einem Angriff rechnen. Nachdem sich herausgestellt hatte, dass Katja nicht nur in der falschen Bahn, sondern auch in die falsche Richtung fuhr, stieg Esra mit ihr aus und brachte sie zur richtigen Station. Wo hatte Katja damals hingewollt? Zur Uni? Zu einem ihrer ersten schlecht bezahlten Jobs? Esra wusste es nicht mehr. Sie hatte Katja ihre Nummer gegeben und Katja hatte sich noch am selben Abend gemeldet. Ob Esra Lust auf ein Bier habe oder einen Schnaps. Esra hatte sich gewundert und gefreut zugleich.

Sie hatten sich irgendwo im Berliner Nirgendwo getroffen, in der Nähe von Katjas erster WG. Esra hatte Fragen gestellt und Katja hatte erst wenig erzählt, dann aber immer mehr. Davon, dass sie und ihr Bruder fast die Einzigen aus dem Jugendheim waren, die das Abitur geschafft hatten. Davon, dass sie nie in einer so großen Stadt gelebt hatte, dass sie seit zwei Wochen in Berlin war und immer noch nicht verstand, warum es so viele verschiedene Transportmittel geben musste, U-Bahn, S-Bahn, Regionalbahn, Ringbahn, Straßenbahn, Bus. Davon, dass alle, die mit ihr in den Vorlesungen saßen, reich aussahen, reich und eingebildet. Esra hatte gefragt, warum Katja sich für ein Wirtschaftsstudium entschieden hatte. Katja hatte sie verständnislos angesehen und dann todernst geantwortet, dass sie für alles andere zu dumm oder zu arm wäre und dass man ihr in der Berufsberatung zu einem praktischen Studium geraten hätte.

Dann erst hatte Katja gefragt, was Esra denn eigentlich so machte. Esra hatte ihr von der Reportage über berufstätige Rentnerinnen in Ostdeutschland berichtet, für die sie einen Preis bekommen hatte. Katja hatte sie irritiert angesehen und gefragt, wen das interessiere und ob die Welt nicht größere Probleme habe als ein paar verlotterte Omis in Sachsen. Esra hatte gelacht, zum einen über Katjas Wortwahl, zum anderen, um nicht erzählen zu müssen, dass sie eigentlich genau die gleiche Meinung hatte. Dass sie seit Monaten versuchte, weg von den deutschen Alltagsnachrichten und hin in den Krisenjournalismus oder zumindest in die Auslandsberichterstattung vorzudringen, aber bisher wenig Erfolg gehabt hatte.

»Hier?«, riss der Mann Esra aus ihren Gedanken. Esra blinzelte und sah nach draußen. Glastürme neben Glastürmen.

»Ja, sorry«, sagte sie. Der Mann stand ungelenk auf, hastete zur Tür und stieg aus. Während der Bus weiterfuhr, sah Esra ihm nach. Wie er nach oben schaute. Die Türme helfen dir nicht, dachte Esra, die helfen niemandem. Dann dachte sie wieder an Katja, die in genau so einem Turm saß, siebzehnter Stock, mehr wusste Esra nicht. Sie sprachen nicht viel über Katjas Arbeit, nur über diesen Giacomo, ihren eingebildeten Chef, mit dem sie aus irgendeinem Grund immer wieder schlief.

Esra stieg bei der Station Französische Straße aus. Sie ging Richtung Jägerstraße, einmal ums Eck und dann stand sie vor dem Hauseingang, wo in breiten Lettern *Larimar International Models* angeschrieben stand. Sie fragte sich, ob sie klingeln sollte, hatte aber eigentlich weder Energie noch Interesse, das Innere einer Modelagentur zu sehen, also rief sie Magda an.

»Magda, ich bin da«, sagte sie leise.

»Warum flüsterst du?«, rief Magda am anderen Ende. Musik im Hintergrund, Pop, Siebziger, Achtziger, Esra konnte es nicht festmachen.

»Komm mal runter, ich bin da!«, rief Esra zurück und dachte, dass sie auf ihre innere Stimme hören und zu Hause bleiben hätte sollen. Aber jetzt war sie hier, in einem Berlin, das so gar nichts mit ihrem eigenen Berlin zu tun hatte. Ein Berlin, das elegant war, sauber, reich. Ein Berlin, das Englisch sprach.

»Komme!«, rief Magda, dann legte sie auf. Esra sah nach oben, über den Hochhäusern blauer Himmel. Sie dachte an San Pedro Sula und erinnerte sich an Magdas Frage, ob sie wohl noch einmal hinfliegen würde. Warum nicht, dachte Esra, was hält mich davon ab, ich kann den nächsten Auftrag einfach ablehnen, Urlaub nehmen, Gina muss nicht wissen, wo ich meine Freizeit verbringe. Sie stellte sich ein Wiedersehen mit Patricia und den Kindern vor. Wie das Taxi vor dem Häuschen halten würde. Wie der Taxifahrer fragen würde, ob sie sich sicher sei, wie hinter den Gittern ein Gesichtchen zu sehen sein und eine Stimme ihre Ankunft ankündigen würde: *Mamá, mamá, ven, Doña Esra volvió!* Die Tür, die sich einen Spalt öffnen würde, und alles …

»Hey, sorry«, unterbrach Magda Esras Gedanken. Esra blinzelte die Bilder weg. Magda sah nicht wie die Magda aus, die am frühen Morgen die Wohnung verlassen hatte. Ihre Haare waren länger und blonder. Blauer Schimmer um die Augen, pinker Lippenstift auf den Lippen, lange Wimpern, mit Glitzer versetzt. Alles anders, außer der Kleidung auf Magdas Körper. Die gleiche ausgeblichene Jeans wie am Morgen, der gleiche Mantel, der gleiche Teppichschal um den Hals.

»Hey«, sagte Esra. Sie wusste nicht, was sie sprachloser machte: wie Magda aussah oder dass ihr eigener Kopf so in den Wolken gewesen war, dass sie sich nicht einmal kurz vorgestellt hatte, wie Magda sie wohl bei ihrer neuen Arbeit empfangen würde. Ihr Blick kehrte zu den langen Haaren zurück.

»Wahnsinn, oder?«, grinste Magda und strich eine Strähne glatt, »da will man gar nicht wissen, wo die her sind, mh?« Esra sagte nichts. »Komm, schau nicht so, gehen wir«, meinte Magda und ging los. Esra folgte ihr, fragte, wohin sie wollte. Magda sagte einen Namen, wohl ein Restaurant, und Esra dachte, während sie Magda einholte, dass dieses Mädchen wirklich alles verkörperte, was sich auf einem Werbeplakat für die Stadt Berlin gut anpreisen ließ. *Gekommen, um den Traum zu finden. Geblieben, um ihn zu leben*. Daneben Magdas schmales Gesicht, die pinken Lippen zum Kussmund verzogen. Im Hintergrund die Berliner Skyline-Silhouette.

»Woran denkst du?«, fragte Magda und erinnerte Esra dabei kurz an das Mädchen, das noch vor ein paar Wochen grau und verloren vor ihr gestanden war. Was war von diesem Mädchen geblieben, außer das Chaos in der Wohnung?

»Ach«, sagte Esra, »nichts Besonderes. Nur, wie … wie anders dein Job ist.«

»Anders als das Café?«

»Anders als alle Jobs, die ich so kenne.«

»Na ja, ich arbeite für Geld, genau wie du«, sagte Magda und sah zufrieden dabei aus, als wäre genau das ihr Ziel gewesen, als sie aus einer Hauptstadt in die nächste geflohen war.

»Aber …«, setzte Esra an.

»Ja, klar ist das nix Traditionelles«, unterbrach Magda sie, »aber das macht's doch spannender, oder? Ich mein, wer hätte mir das geglaubt, vor einem Jahr oder so, dass ich heute hier bin. Das ist doch mal was, find ich.« Sie lächelte Esra offen an.

»Sind die denn nett?«

»Wer?«, fragte Magda, während sie einer Frau mit Kinderwagen auswich.

»Deine … Kolleginnen«, sagte Esra. Bisher hatten sie wenig über Magdas neue Arbeit gesprochen, nur am ersten Abend vor einer Woche hatte Magda von dem Studio erzählt, der netten Fotografin, den hohen Schuhen, die ihr nicht ganz geheuer waren. Davon, dass sie im Café gekündigt hatte. Esra hatte nicht weiter nachgefragt und sich gesagt, dass es Magdas Leben war.

»Ach, ganz unterschiedlich«, sagte Magda und drehte sich nach links, »wir sind da.« Esra trat hinter ihr in das Restaurant ein, das mehr eine Bar war, in der sich viel zu viele Menschen aufhielten. Esra ging Magda hinterher, jemand lachte, jemand anderes bestellte auf Englisch einen Rotwein. Esra quetschte sich neben Magda an einen winzigen Ecktisch.

»Warst du hier schon mal?«, fragte Esra.

»Ja, der Didi kommt hier anscheinend immer her.« Magda

band die langen Haare, die nicht ihre waren, zu einem Dutt zusammen.

»Der wer?«

»Der Didi, der Chef von der Agentur, der, der …«

»Weiß schon«, sagte Esra. Ich gehöre hier nicht her, dachte sie, während sie sich unauffällig umsah. Aber wo gehörte sie noch hin.

»Bist weitergekommen?«, fragte Magda.

»Bitte?«

»Mit der Reportage«, sagte Magda lauter.

»Geht so«, antwortete Esra jetzt auch lauter. Magda nickte und strich Esra über die Schulter. Esra fragte sich, was Magda ihren Kolleginnen wohl über ihre Mitbewohnerin erzählte.

»Na ja, bald ist's ja vorbei, dann musst du dich nicht mehr damit quälen«, sagte Magda.

»Übermorgen.« Esra merkte, wie müde sie war. Alles war zu laut, zu aufgedreht, auch Magda mit den pinken Lippen. Kurz wünschte sie sich die traurige Ruhe des Mädchens zurück, als das sie Magda kennengelernt hatte. Sie spürte Magdas prüfenden Blick auf der Haut.

»Alles klar?«, fragte Magda.

»Wird schon werden«, sagte Esra und dachte, dass es definitiv ein Fehler gewesen war, das Haus zu verlassen.

Als Esra am nächsten Tag aufwachte, war Magda schon nicht mehr in der Wohnung. Esra fühlte sich verkatert, obwohl sie am vorigen Abend bloß ein Bier am Kanal getrunken hatte. Sie raufte ihre Haare zusammen, ließ sie dann wieder auf ihre Schultern fallen und sah sich im Zimmer um. Die Frage, wie lange Magda wohl noch bleiben würde, schob sie auf die Seite.

Nachdem sie Kaffee gekocht hatte, setzte sie sich wieder an den Laptop. Die Papierschnipsel hatte sie noch abends in den

Müll geworfen, eine andere Strategie musste her. Sie öffnete ihre Bildergalerie. Alle Bilder, die sie in Honduras geschossen hatte, waren in einem Ordner, der genau so aussah wie jeder andere Bilderordner ihrer Karriere. Klar betitelt, sauber geordnet. Sie klickte darauf, öffnete das erste Bild, der Flughafen, die Ankunftshalle, dann Bilder von der Hauptstadt Tegucigalpa. Das Parlament, die Busstation, der Bus nach San Pedro Sula, erst von außen, dann von innen fotografiert. Esra klickte sich durch verschwommene Landschaftsaufnahmen, durch Bilder von Obstständen am Rand der Straße, ein überfahrener Hund, noch mehr Obststände. Und dann Bilder von zerschossenen Häuserfronten. Esra erinnerte sich an das Unwohlsein der ersten Tage, an die Orientierungslosigkeit, an Patricias fragenden Blick.

Sie übersprang einige Bilder, bis sie bei dem angekommen war, das sie so oft auf ihrem Handy angesehen hatte: Patricia mit den Kindern im Bad, an einem Morgen vor der Schule. Ein Wuseln und dazwischen Patricia, die genau in dem Moment von Brendas Flechtzopf aufgesehen hatte, genau in die Kamera. Es war der erste Tag gewesen, an dem Esra die Kinder zur Schule bringen sollte, weil sie ohnehin für ein Interview mit einem engagierten Lehrer verabredet war. Noch jetzt spürte sie die Nervosität durch das Foto. Warum hatte Patricia zugestimmt? War es ihr wirklich recht gewesen, dass eine fremde Frau kurzzeitig die Verantwortung für ihre Kinder übernehmen würde?

Esra dachte an das Google-Ergebnis des vorigen Tages. Nichts war schwarz oder weiß. Weder San Pedro Sula noch Patricia noch sie selbst. Vielleicht war es ihr einfach recht, dachte Esra, vielleicht war ich eine willkommene Abwechslung, vielleicht wollte sie einfach ihre Ruhe haben, von den lärmenden Kindern oder von mir oder beiden. Vielleicht wollte sie Zeit mit Clarita, der Kleinsten, haben. Je länger Esra das Bild ansah, desto unbekannter erschien ihr diese Frau mit den großen Händen, die in den Haaren ihrer Tochter vergraben waren. Was wusste sie schon? Vielleicht war alles nur Einbildung, dachte sie, und da war nie mehr. Konnte das sein? Konnte sie sich in allem getäuscht haben?

Sie holte ihr Handy heraus und wählte Patricias Nummer. Es tutete scheppernd, einmal, zweimal, dreimal. Dann hob ein Mann ab, dessen Stimme so schepperte, wie das Tuten davor. Esra fragte nach Patricia.

»*Quién es Patricia?*«, fragte die Männerstimme, wer ist Patricia?

»*Una amiga*«, antwortete Esra, eine Freundin. Sie verstand nicht, mit wem sie sprach. Der Mann behauptete, Patricia nicht zu kennen, obwohl er ihr Handy hatte. Dann fragte er, ob sie Hilfe mit elektronischen Geräten brauche, das sei schließlich sein Geschäft, auch wenn er keine Patricia kenne. Esra stammelte die Frage durch den Hörer, woher er denn dieses Telefon hatte.

»*La tarjeta SIM la compré hace unos días*«, antwortete der Mann geschäftig. Esra verstand es nicht. Wieso erzählte ihr dieser Fremde, er habe vor einigen Tagen Patricias SIM-Card gekauft? War ihr etwas zugestoßen? War sie ausgeraubt worden? Sie hatte keine andere Nummer, nur diese eine.

»*Entonces no ocupa mi ayuda?*«, fragte der Mann, also benötigen Sie meine Hilfe nicht?

»*No, gracias*«, sagte Esra, nein danke, und legte auf. Was sollte sie tun? Sie überlegte kurz, dann öffnete sie den Browser und direkt Facebook. Patricia hatte zwar keinen Account, aber Camila, ja, Camila hatte doch ... Esra hielt inne, als Camilas Profilfoto groß ihren Bildschirm erhellte. Das Bild des Kleinen in einer Collage aus Kreuzen, Engeln, daneben ein Spruch. *Él solamente es mi roca y mi salvación; Es mi refugio, no resbalaré mucho. Psalm 62,* stand klein darunter.

Esra konnte den Blick nicht von diesem digitalen Schrein abwenden, diesem kitschigen katholischen Tamtam, das überdecken sollte, dass niemand verstand, warum der Kleine sterben musste, warum die Kugel genau ihn getroffen hatte, warum genau er in diesem Viertel dieser Stadt aufwachsen musste. Esra sah das Foto inmitten der Collage an, der Kleine mit breitem Grinsen und wachen Augen. Sein Name, dachte sie, wieso fällt mir sein Name nicht mehr ein? Sie zwang sich, das Bild zu ignorieren, und öffnete das Chat-Fenster, tippte erst langsam, dann immer hektischer. Bitte, dachte sie, bitte, lass Patricia nichts zugestoßen sein. Nicht ihr. Sie sah auf die Uhr. In Honduras war es mitten in der Nacht. Camila würde ihr so schnell nicht antworten, wenn überhaupt. Esra biss sich auf die Lippe und ließ sie wieder los. Dann sah sie zurück auf die Uhr und erschrak. In fünfzehn Minuten wollte sie sich schon mit Katja treffen. Schnell tippte sie eine SMS an Katja, dann klappte sie den Laptop zu und eilte ins Bad.

Als Esra das Café betrat, saß Katja schon an dem Ecktisch, an dem sie auch letztes Mal gesessen waren.

»Na so was«, sagte Katja, als sie aufstand und Esra umarmte, »du zu spät, ich pünktlich, wer hätte das gedacht!« Sie setzten sich und Esra dachte, dass sie sich gerne einfach auf eine Bank oder den Boden legen und die Augen schließen würde. Warum war sie bloß so müde?

»Erzähl«, sagte Katja und lehnte sich nach vorne, »wie läuft's, wann kommt sie raus, deine Reportage?« Katja machte keinen Hehl daraus, dass sie ihr CRISIS-Abo nur wegen Esras Beiträgen Monat für Monat bezahlte. Jedes Mal, wenn einer erschien, setzte sich Katja voll für sie ein, teilte den Link auf allen sozialen Medien und rief Esra an, um inhaltliche Einzelheiten mit ihr zu besprechen, obwohl Esra sie nie darum gebeten hatte.

»Morgen ist Deadline«, antwortete Esra.

»Wie, Deadline?«, fragte Katja »Haste den Entwurf nicht …?« Sie sah verwundert aus. Esra schluckte.

»Nee, ich bin ein bisschen spät dran dieses Mal. Es ist …« Sie räusperte sich. »Es holpert, das ist das Problem.«

»Was holpert?« Katja zog konzentriert die akkurat gezupften Augenbrauen zusammen. Esra seufzte.

»Ist egal. Lass uns über was anderes reden, ja?« Katja nickte und schien nachzudenken.

»Tilo hat 'ne Neue«, sagte sie, »hab ich dir erzählt, oder?« Esra erinnerte sich.

»Ja, die, von der er den Hund hat, oder? Hast du sie schon getroffen?«

»Nee«, sagte Katja, »aber morgen fahr ich hin.« Esra wollte fragen, ob das nicht viel zu anstrengend war, das ganze Hin und Her, Berlin–Wien, Wien–Berlin, die Fahrten, die Flüge, die Hektik. Aber sie sagte nichts. Wer war sie schon, um eine solche Liebe zu bewerten. Wer war sie überhaupt, um irgendeine Art Liebe infrage zu stellen.

»Und was hältst du so davon?«, fragte sie stattdessen, »bist du gespannt oder eher …«, sie hielt inne, suchte das passende Wort, »skeptisch?«

»Ich glaub, dieses Mal ist es echt anders, Esra.« Esra konnte nicht glauben, dass diese Worte, Tilos Worte, über die sich Katja schon so oft aufgeregt hatte, ernsthaft aus Katjas Mund kamen.

»Wieso glaubst du das?«, fragte Esra.

»Keine Ahnung«, sagte Katja, »gute Frage eigentlich.« Sie wollte noch etwas hinzufügen, aber da kam die Kellnerin. Esra fragte sich, ob sie letztes Mal wohl auch schon da gewesen war.

Sie wäre ihr aufgefallen, die roten Haare, der spöttische Zug um den Mund. Esra lächelte sie freundlich an, ließ erst Katja bestellen und bestellte dann das Gleiche, fragte nach Kuchen, obwohl sie eigentlich keine Lust auf etwas Süßes hatte. Während sie der Kellnerin zuhörte, fiel ihr Katjas Blick auf sich auf. War etwas? Sie sah zurück zur Kellnerin, bestellte einen Muffin, lächelte wieder, die Kellnerin lächelte zurück.

»Süß, oder?«, sagte Katja leise, als die Kellnerin wieder hinter der Bar stand.

»Mh?«, fragte Esra.

»Die Kleine.« Esra verstand.

»Katja, Mensch.«

»Was denn, die könnte nicht noch mehr dein Typ sein, ich kenn dich doch.« Esra sah noch mal unauffällig zu der Kellnerin hin.

»Hast ja recht.« Katja grinste.

»Na bitte«, sagte sie, »dann mach was, Mann!«

»Nee, das ist zu künstlich«, erwiderte Esra, »aber nächstes Mal vielleicht.« Sie dachte nach. Worüber hatten sie gerade geredet? Tilo.

»Wieso ist es anders als sonst?«, nahm sie den Faden wieder auf, »also mit Tilo und seiner ... Neuen.«

»Weißte, ich glaub, es liegt einfach an ihr«, sagte Katja, »die ist nicht neunzehn und glaubt, die Welt ist rosa und aus Watte, sondern...« Sie hielt inne, wirkte plötzlich ganz aufgeregt. »Sie ist aus Honduras, Esra, jetzt check ich's erst!«, rief sie.

»Tilos Freundin?«, fragte Esra ungläubig.

»Ja, Mann, Jacinta, so heißt sie, die kommt aus der Hauptstadt, aus ...«

»Tegucigalpa«, sagten sie beide gleichzeitig. Esra wusste nicht, was sie denken sollte. War das ein Zufall? Ein blöder Scherz des Schicksals?

»Ich …, was …«, setzte sie an.

»Komm mit nach Wien, Esra«, unterbrach Katja sie und griff nach ihren Händen.

»Ich …«, setzte Esra erneut an, aber Katja ließ sie wieder nicht zu Wort kommen.

»Komm schon«, sagte sie, »das wäre doch lässig, du und ich, wir fahren nach Wien, und du kannst aus diesem Loch rauskommen, bisschen quatschen, die weiß ja, wovon du redest, die versteht dich, Esra.« Esra dachte, dass sie nichts über Tegucigalpa wusste außer Wikipedia-Informationen. Dass Tilos Freundin vielleicht aus der Oberschicht kam oder nie in San Pedro Sula gewesen war. Was hatte das für einen Sinn?

»Ich weiß nicht«, antwortete sie und merkte, wie ihre Stimme zitterte, »was soll ich denn mit der besprechen, ich kenne die ja nicht einmal und sie war vielleicht noch nie …«

»Esra«, sagte Katja plötzlich ganz ernst, »sie ist nicht Patricia.« Esra musste schlucken. »Überleg's dir, ja?«, fragte Katja. Dann kam die Kellnerin. Esra senkte den Blick und überließ Katja die Konversation.

»Okay, ich überleg's mir«, sagte Esra, als sie wieder zu zweit waren. Sie sah auf, bestimmt sagte Katja gleich etwas zu dieser Frau, Jacinta, oder zu Patricia, oder zu Honduras. Das schaffe ich nicht, dachte Esra. Themenwechsel, irgendwas. »Was ist eigentlich mit Giacomo?«, fragte sie schnell.

»Wieso?«

»Na ja, ich … Du hast lange nichts erzählt, deswegen«, sagte Esra. Katja blieb angespannt.

»Keine Ahnung«, sagte sie dann, »nicht so einfach.« Was war je einfach, dachte Esra.

»Mh. Seht ihr euch noch?«

»Esra, er ist mein Chef.«

»Ich meine außerhalb der Arbeit.«

»Selten«, antwortete Katja und Esra konnte sich für einen kurzen Moment vorstellen, wie es wäre, Katjas Kollegin zu sein.

»Wir müssen nicht darüber reden«, versuchte Esra die Anspannung zu lösen. Katja blieb unverändert, die Arme verschränkt, den Blick starr auf die Tasse vor sich gerichtet.

»Ist schon okay«, meinte sie dann, »fällt mir nur nicht leicht, weißte.«

»Ach, wir zwei«, sagte Esra, »immer das Gleiche.« Katja hob den Blick und grinste.

»Menschen«, sagte sie, »immer wieder diese Menschen, die einem wichtig sind. Die versauen's einem gründlich.«

»Immer wieder diese Menschen«, pflichtete Esra ihr bei und dachte an Patricia und die Kinder. Katja dachte bestimmt an Giacomo. Und an Tilo. Esra stellte sich vor, wie sie gemeinsam durch Wien schlendern würden, Tilo, seine Freundin, Katja und sie selbst. Es war Jahre her, dass sie in Wien gewesen war, für eine Konferenz zur Medienfreiheit in den Visegrád-Staaten. Sie sah das Zentrum, den ersten Bezirk, noch vor sich. Den Stuck, das Gold, die Kutschen, die Kirchen. Eine Stadt, die krampfhaft versuchte, das Gestern am Leben zu halten. Sie stellte sich vor, wie sie neben Tilos Freundin hergehen würde, ein zwangloses Gespräch, leitfadenlos. *Denkst du noch oft an Honduras*, könnte sie fragen. *Fehlt es dir, das Leben dort. Wenn ja, warum. Wenn nein, warum nicht.* Sie könnte ihr schlafendes Spanisch aufwecken, Worte suchen. *Lamentablemente*, leider. Ein kleines Wort. *Impunidad*, Straflosigkeit. Ein großes Wort. Sie könnte …

»Esra?«, fragte Katja. Esra blinzelte, sah in Katjas sorgenvolles Gesicht.

»Sorry«, sagte sie, »alles …?«

»Du blutest«, unterbrach Katja sie und hielt ihr eine Serviette hin. Esra nahm sie und presste sie auf ihre Lippe. *Labios sangrados*, dachte sie. Blutige Lippen.

»Ich komme mit«, sagte sie.

Esra betrachtete den Koffer, der vor ihr auf dem Bett lag, und fragte sich, wie es sein konnte, dass sie mit nur zwei Koffern für mehrere Monate nach Honduras geflogen war und es jetzt nicht hinbekam, für ein Wochenende in Wien zu packen. Magda saß am Tisch und aß Tomatensalat.

»Geh raus in die Weinberge«, sagte sie kauend, »da ist es am schönsten.«

»Es ist nur ein Wochenende«, erwiderte Esra und sah vom Koffer zu Magda. »Und ich fahr da ja nicht wegen Wien hin, also …«

»Mit wem genau fährst du denn eigentlich hin?« Esra hatte Magda nur vage berichtet, dass sie die Begleitung einer Freundin war. Von Jacinta hatte sie nichts erzählt.

»Mit Katja, meiner Freundin vom Yoga.«

»Und die macht Urlaub in Wien, oder wie?«

»Nein, nein, ihr Bruder wohnt dort. Und die beiden, die haben …« Esra hielt inne. Wer war sie, Magda irgendetwas von Katjas und Tilos Beziehung zu erzählen?

»Die haben was?«, fragte Magda.

»Die stehen sich sehr nahe und ich war schon lange nicht mehr mit ihr unterwegs, also mit Katja. Und jetzt bietet es sich an.«

»Eh super«, sagte Magda und legte die Gabel ab, »aber irgendwann fahren wir trotzdem gemeinsam hin und dann zeig ich dir alles.« Esra musste schmunzeln, als sie sich neben Magda, der Wienerin, in einer Wiener Straßenbahn sitzen sah.

»Das wäre schön, ja.« Esra nahm zwei Bücher aus dem Koffer heraus. Was hatte sie sich dabei gedacht, als sie drei Bücher eingepackt hatte? Eines reichte völlig. Seit sie der Reise zugestimmt hatte, konnte sie sich sowieso nicht mehr konzentrieren, nur an das denken, was sie Tilos Freundin fragen würde. Mittlerweile war sie sich sicher, dass es genau das Richtige war. Sollte Gina doch die Reportage nach ihrem Geschmack haben. Für die Leser und Leserinnen war es immer noch wichtig zu erfahren, wie klein die Welt in San Pedro Sula sein konnte, wie gefährlich und ausweglos. Die Mütter kämen nur am Rande vor, aber immerhin würden sie überhaupt vorkommen. Es war nicht der erste Kompromiss, den sie einging, und es würde nicht der letzte sein. Besser sechs Seiten als keine. Und für sie, Esra, würde Honduras nicht mit der Reportage aufhören. Der rote Faden würde von einer neuen Person aufgenommen werden, von der sie nicht einmal ein Foto kannte. Es wäre das nächste Kapitel und vielleicht, dachte Esra, vielleicht wäre es das erste gesunde. Sie könnte mit Distanz über San Pedro Sula reden und trotzdem verstanden werden.

»Ich geh dann mal, magst du sicher nicht mit?«, fragte Magda und stand vom Tisch auf. Esra sah sie kurz verwirrt an, dann erinnerte sie sich. Irgendeine Party, irgendwo in Kreuzberg, Magda war Feuer und Flamme, seit sie von ihren Kolleginnen eingeladen worden war.

»Nee du, sorry, ich will das noch abschicken heute Abend, ich fahre ja morgen schon«, antwortete Esra. Magda lächelte und Esra fragte sich, wie lange sie ihr scheues Magda-Lächeln wohl noch behalten durfte. Sie hatte sich durch die Fotos von *Larimar International Models* geklickt, die online zu sehen waren. Magda war dabei, groß und blond und ernst. Kein Vergleich zu dem Mädchen, das sich gerade mit den Fingern die letzten Tomatenstücke in den Mund schob und dabei zu lachen anfing.

»Du in Wien«, sagte Magda mit vollem Mund, »irgendwie eine komische Vorstellung.«

»Wieso?«, fragte Esra. Magda kaute, schluckte.

»Weil ich dich nur hier kenn, hier in Berlin. Und Wien … Wien ist anders.«

»Mh.« Esra fragte sich, ob Magda wohl in Wien auch Model geworden wäre. Vielleicht. Wer wusste das schon.

»Sehen wir uns noch, bevor du gehst?«, fragte Magda.

»Ich wache sicher auf, wenn du heimkommst«, antwortete Esra, die um Magdas Lautstärke wusste. Vor allem wenn sie getrunken hatte. Magda stand auf, ging ins Bad, Esra hörte Plätschern und dann die Klospülung.

»Also«, sagte Magda, die aus dem Bad kam und einen von zwei glitzernden hohen Schuhen in der Hand hielt, »viel Erfolg dir.«

»Dir auch.« Magda holte den zweiten Schuh unter einem Rucksack hervor und zog sich beide im Stehen an. Esra wollte zu ihr gehen und sie festhalten, blieb aber vor dem Bett und dem Koffer stehen.

»Bussi, Bussi«, sagte Magda, bevor sie die Tür zuzog. Noch durch die Tür hörte Esra das Klackern der High Heels. Sie atmete ein, hielt die Luft an, atmete aus. Dann ließ sie den Koffer Koffer sein, nahm den Laptop aus der Tasche und setzte sich an den Tisch. Zeit, fertigzuwerden, dachte sie.

Esra schreckte auf, ihre Hand glitt unter das Kissen. Immer noch passierte ihr das, nach all den Wochen. Im Gang war Lärm. War das Magda? Esra griff nach dem T-Shirt neben dem Bett, zog es sich über und ging zur Tür. Keine Magda, nur ein paar Jugendliche, die auf den Aufzug warteten. Esra ging zurück in die Wohnung und sah auf die Uhr. Erst Mitternacht.

Sie machte das Licht an und streckte sich. Die Schulter knackste, die Knie auch. Sie wiederholte die Bewegung, bis es nicht mehr wehtat. Dann setzte sie sich an den Tisch, auf dem noch der Laptop stand. Sie konnte stolz auf sich sein. In weniger als einer Stunde hatte sie es von sieben auf sechs Seiten geschafft und vor zwei Stunden alles an Christa geschickt. Vielleicht hatte die Redakteurin sich schon gemeldet, sie arbeitete gerne nachts. *Da ist Stille, innen und außen, überall Stille,* hatte sie Esra erklärt.

Esra fuhr den Laptop hoch. Zwei neue E-Mails von CRISIS. Eine von Christa, eine von Gina. Esra öffnete Christas Mail, die zuerst geschickt worden war. *Esra, danke dir, aber irgendwas stimmt nicht,* stand dort, *ich kann die Endversion nicht abgeben. Gina, gab es Änderungen?* Esra sah, dass die E-Mail auch an Gina gegangen war.

Was war da los? CRISIS hatte eine solide digitale Infrastruktur, Probleme gab es fast nie. Esra klickte auf die zweite E-Mail, Ginas Antwort. Sie blinzelte. Las die E-Mail noch mal. Schloss das E-Mail-Programm. Klappte den Laptop zu. Sah den Koffer neben dem Bett an. Wie konnte Gina nur. Wie konnte sie ihr das antun. Esra wollte ins Bett, einfach nur in die Horizontale und sofort in den Tiefschlaf fallen. Aber kein Teil ihres Körpers gehorchten.

Sie fuhr den Laptop wieder hoch, öffnete das Programm, dann erneut Ginas E-Mail. Dreiundzwanzig Uhr siebzehn. *Christa*, stand da, *danke für deine Arbeit. Esra: Reportage kommt gekürzt, 1,5 S. Andrey im Hauptteil. Ruf mich an.* Anderthalb Seiten, dachte Esra, all das für anderthalb Seiten. Und warum sollte Andrey den Hauptteil bekommen? War der überhaupt fertig mit der Ukraine-Story? War er nicht noch dort, irgendwo in den Bergen? Alles nur, um es mir heimzuzahlen, dachte Esra. Alles nur, damit Gina klargemacht hat, wer die Macht hat.

Sie schüttelte den Kopf, hörte ihr Herz in den Ohren pochen. Anderthalb Seiten. Davon eine halbe ein Foto. Eine Seite Text, das blieb übrig. Zwei Monate Honduras, und alles, was blieb, war der eine Artikel nach zwei Wochen, der Teaser, und dann die anderthalb Seiten. Es ergab keinen Sinn, so viel Stolz konnte selbst Gina sich nicht leisten, die Spesen waren doch lange bezahlt, das Akonto für die Reportage auch, anderthalb Seiten konnten sich nicht rechnen, sie musste …

Esra stand auf, zu schnell, kurz wurde ihr schwarz vor Augen. Sie blinzelte, das Handy lag noch auf dem Bett, ein verpasster Anruf von Gina. Sie meint es nicht ernst, dachte Esra, sie wollte nur angeben, vor Christa, vor mir, aber eigentlich war es nie ernst gemeint, kann es gar nicht sein. Sie drückte die Rückruftaste, holte Luft. Ein Machtspiel, sonst nichts, dachte sie.

»Esra, schön, dass du anrufst«, hob Gina ab.

»Du …«, setzte Esra an.

»Ich weiß, es ist spät, aber ich kenne dich ja«, unterbrach Gina sie, »auf dich kann ich zählen.«

»Deine E-Mail«, sagte Esra und konzentrierte sich darauf, nicht zu schnell zu reden, nicht aufgeregt zu klingen, »ich muss sagen, das hat mich doch sehr überrascht, Gina.« Atmen, einfach atmen.

»Ja, Mensch, was soll ich sagen«, meinte Gina, »so ist das in der Branche, Esra, das weißt du doch. Änderungen passieren, *on a daily basis*, das muss ich dir nicht erklären. Es ist aber ja nichts umsonst geschrieben, das Material behalten wir natürlich im Hinterkopf.«

»Aber es ist fertig, Gina, ich habe es dir runtergebrochen, sechs Seiten, wie du das wolltest.«

»Esra, hör mir zu«, sagte Gina und Esra dachte, dass sie dabei leicht genervt klang, wie eine Mutter, die ihrem Kind zum zehnten Mal die Regeln erklärte. »Es hat nichts mit dir zu tun, nichts mit deinem Artikel, auch wenn wir unsere Differenzen hatten. Es gab nur eine inhaltliche Anpassung, Esra. Honduras ist nicht akut, nicht in dem Ausmaß, nicht …«

»Akut?«, fragte Esra.

»Esra, es ist schon entschieden«, sagte Gina, »wir müssen uns an den Lesern orientieren, das weißt du, deshalb kommt Andrey in den Hauptteil, das ist jetzt dringend. Russland, Ukraine, das brennt den Leuten unter den Nägeln. Honduras können wir später immer noch bringen, da ändert sich ja so schnell nichts. Wir haben ja noch einige Ausgaben dieses Jahr.«

»Aber ...«, setzte Esra an.

»Und dein Honorar bekommst du natürlich trotzdem, etwas gekürzt natürlich«, unterbrach Gina sie. Etwas gekürzt, dachte Esra, natürlich. Was blieb jetzt noch zu sagen?

»Ich ...« Sie hatte nichts zu entscheiden.

»Esra, du bist eine unserer Besten«, sagte Gina und Esra fragte sich, was das jetzt sollte. Honig ums Maul schmieren, damit sie nicht absprang? »Deshalb habe ich dich auch gebeten, mich anzurufen«, fuhr Gina fort, »Richard und ich haben was für dich, was Großes.«

»Was meinst du?«

»Syrien«, sagte Gina triumphierend, »das kannst du, Esra, du warst schon dort, du kennst dich aus, du kannst die Sprache, und jetzt, mit den neuen Kämpfen, den neuen Playern vor Ort, bist du genau die Richtige für den Job.«

»Syrien?«, fragte Esra ungläubig.

»Ja«, sagte Gina, »was sagst du? Bist du dabei?«

»Ich ... lass es mich überlegen, ja?«

»Wie lange brauchst du?«

»Ich fahre über das Wochenende nach Wien, danach melde ich mich, ja?«, brachte Esra über die Lippen.

»Je früher, desto besser«, antwortete Gina und Esra fragte sich, wie es wohl im Herzen dieser Frau aussah. Ob sie je Reue spürte, Unsicherheit, Angst.

»Ich muss los«, sagte sie, weil sie keine Minute dieses Gesprächs mehr ertragen konnte.

»Gut«, erwiderte Gina, »melde dich«, sie pausierte kurz, »und grüß mir die Hofburg.« Esra wusste nicht, ob das eine Anspielung sein sollte.

»Ciao, Gina.«

»Ciao, bella«, sagte Gina, dann tutete es in Esras Ohren. Sie legte das Handy auf den Tisch, neben den Laptop, auf dem die E-Mail sie weiter verhöhnte. Esra schloss die Augen. Keine Reportage. Nicht einmal die sechs Seiten. Dafür Syrien. Sie konnte doch nicht einfach nach Syrien gehen. Sie sah es vor sich, die Trümmer, die Soldaten, die kugelsicheren Westen, immer die gleichen Statements, und die Hitze, schon wieder Hitze, wie heiß war es jetzt in Syrien? Sie wusste nichts, alles veraltet oder vergessen, was sollte sie Gina sagen, wie …

Sie legte den Kopf auf ihre Hände und rutschte mit dem Stuhl leicht nach hinten. Kurz musste der Wahnsinn aufhören. Kurz nur.

»Esra?«, fragte Magdas Stimme von weit her.

»Mh?«

»Esra, hey, was ist los?« Esra machte die Augen auf. Alles war schief. Ihr Kopf lag halb auf dem Tisch, halb auf dem Laptop. Vor ihr war Magdas Hüfte. Sie setzte sich auf, irgendetwas knackste. Kurz wusste sie selbst nicht, was geschehen war, dann erinnerte sie sich. Schnell klappte sie den Laptop zu. Magda setzte sich neben sie an den Tisch und sah sie besorgt an.

»Wie war's?«, fragte Esra.

»Was?«

»Die Party, du hast dich so …«

»Esra, was machst du denn?«, unterbrach Magda sie. Esra fragte sich, ob sie in dieser Nacht noch irgendwann einen Satz fertigstellen durfte. Sie räusperte sich und setzte sich aufrecht hin. Syrien, dachte sie.

»Die Reportage wird nicht gedruckt«, sagte sie dann so ruhig wie möglich, »beziehungsweise nur ein kleiner Auszug, aber der Hauptteil ist vergeben worden.«

»Wie, vergeben?«

»An einen Kollegen.«

»Und du kannst nichts machen?«

»Nein, ist alles schon entschieden.«

»Scheiße«, sagte Magda, »und jetzt?«

»Nichts, und jetzt.« Esra wollte nicht darüber nachdenken, was nach dem Wochenende kam. Und darüber reden erst recht auch nicht.

»Vielleicht will ja wer anderes die Geschichte«, meinte Magda.

»CRISIS hat angezahlt, also hat CRISIS die Rechte«, sagte Esra, »aber ist auch egal, Magda, ich fahre jetzt erst mal nach Wien, und danach sieht die Welt anders aus.«

»Aber, die ...«, setzte Magda an.

»Es ist gut, mal rauszukommen«, sagte Esra mehr zu sich als zu Magda, »andere Häuser, andere Gesichter ...«

»Keine Arbeit«, fügte Magda hinzu und Esra fragte sich, ob das eine Feststellung war oder eine gut gemeinte Warnung.

»Keine Arbeit«, wiederholte Esra und dachte, dass es keine Arbeit war, wenn es danach nichts abzuliefern gab. Ein Gespräch mit einer Frau aus Honduras, das war alles. Keine Arbeit.

»Und ruf mich an, wenn du was brauchst oder du dich verrennst oder so«, sagte Magda. Verrennst, dachte Esra, ganz die Wienerin. Sie fragte sich, wie viel Zeit ihr noch blieb, in einer Wohnung mit Magda. Wer zuerst gehen würde. Vielleicht, wenn sie tatsächlich nach Syrien reisen sollte, würde Magda wieder auf sie warten. Vielleicht ... Hör auf, darüber nachzudenken, sagte sie sich. Erst Wien, dann der Rest. Sie räusperte sich und stand auf.

»Mach ich, Magda«, sagte sie, »aber jetzt gehe ich ins Bett, sind ja nur noch ein paar Stunden.« Magda stand auch auf und breitete die Arme aus.

»Ich steh nicht mit dir auf, okay?«, sagte sie, während Esra auf sie zutrat.

»Natürlich nicht«, antwortete Esra an Magdas Schulter. Es fühlte sich wie ein Abschied an, ein Abschied auf lange Zeit.

KAPITEL 13: KATJA

Esra sah aus wie der Tod, fast hätte ich sie nicht erkannt.

»Esra, hey, hier!«, rief ich einmal quer durch das Großraumabteil. Sie sah mich, hob die Hand, zog den Koffer hinter sich her, hievte ihn auf die Gepäckablage. Was hatte sie denn alles dabei?

»Hey du«, begrüßte sie mich und ließ sich neben mich in den Sitz fallen.

»Was ist denn bei dir los?«

»Ach, egal.«

»Esra, hey«, versuchte ich es noch mal, weicher dieses Mal.

»Lass uns einfach fahren, okay? Ich erzähle es dir ein anderes Mal, versprochen«, sagte Esra und sah mich so müde dabei an, dass mir nichts übrig blieb, außer ihr zuzustimmen.

»Aber willste denn überhaupt mitfahren?«, fragte ich vorsichtig.

»Ja, ich freue mich schon«, sagte sie ernst und nahm in einer komisch schnellen Bewegung meine Hand in ihre. Was war ihr denn passiert? Gerade war es doch wieder aufwärtsgegangen, und jetzt so was.

»Okay, aber erwarte mal nicht zu viel, ja?«

»Niemals«, sagte sie und lächelte kurz.

In Sankt Pölten wachte ich von der Durchsage auf. Esra schlief wie eine Stewardess gerade in ihrem Sitz, nur ihr Kopf leicht zur Gangseite gedreht. Zwei, drei Leute stiegen aus. Wer wohnte freiwillig in Sankt Pölten, wenn Wien nur eine halbe Stunde entfernt war? Fast als müssten die Österreicher das Leid suchen, um sich darin zu wälzen.

Blick aufs Handy, Tilo hatte geschrieben, dass er und Rex

und Jacinta sich schon freuen, XOXO. Giacomo hatte zwei Nachrichten geschrieben und einmal angerufen. Ich las die Nachrichten, löschte sie. Man sollte prinzipiell alle Nachrichten löschen, die mit *Bella* begannen. Die letzten Tage in der Arbeit war ich ihm aus dem Weg gegangen, das eine Mal, als er vor meiner Tür gestanden war, hatte ich nicht geöffnet.

Der Zug fuhr an, immer dieser verdammte Bremsengeruch. In wie vielen Zügen war ich in diesem Leben schon gesessen? Kindergeschrei am anderen Ende des Großraumwagens, das trotz der Entfernung ausreichte, um Esra aufzuwecken. Sie sah kurz geradeaus, kurz nach oben, dann zu mir.

»Wo sind wir?«, fragte sie müde.

»Bald da, zwanzig Minuten oder so.«

»In Wien?«

»Ja, in Wien.«

»Oh.« Sie strich sich mit beiden Händen die Locken aus dem Gesicht, die sich im Schlaf gelöst hatten.

»Alles klar?«, fragte ich. Vielleicht würde sie ja jetzt mit der Sprache rausrücken.

»Alles klar.« Gut, dann eben nicht.

»Biste gespannt auf Jacinta?« Esras Blick jetzt ganz auf mir, bewegungslos.

»Wie meinst du das?«, fragte sie.

»Ist ja jetzt schon ein bisschen her, dass du drüben warst, das mein ich.«

»Ich weiß nicht, was du meinst«, sagte sie, ihre Stimme plötzlich ganz klar. Ich konnte mir vorstellen, wie es war, Esra, der Journalistin, gegenüberzusitzen. Wahrscheinlich wusste sie gar nicht, wie gut sie war. Wahrscheinlich wusste es nur diese Gina von CRISIS und nutzte es hemmungslos aus. Wer konnte es ihr verübeln. Der Rest vom Magazin war mittel bis ganz in Ordnung, aber Esras Reportagen, Kommentare, Erklärungen waren eine andere Liga. Aber Esra war Gina noch immer dankbar, dass sie sie vor ein paar Jahren ernst genommen, ihr Talent erkannt und sie gefördert hatte. Wenig machte so blind wie Dankbarkeit.

»Na ja, egal, werden wir ja sehen«, sagte ich. Ein Flackern in ihren Augen, was hatten sie bloß mit ihr angestellt. Und wie sollte das weitergehen, in dem seltsamen Zustand konnte sie ja nicht einfach zur nächsten Katastrophe fahren. Und die nächste Katastrophe würde kommen, der nächste Auftrag. Solange Esra nicht erkannte, dass sie sich trauen konnte, selbst den Ton anzugeben, war sie Gina und dem ganzen Haufen von CRISIS ausgeliefert.

»Hast du eigentlich mal überlegt, hinzuziehen?«, fragte Esra mich.

»Nach Wien?«

»Ja. Tapetenwechsel und so. Und Tilo …«

»Ich würde durchdrehen, wenn ich in der gleichen Stadt wie Tilo wohnen würde.«

»Mh.« Sie nickte ernst.

»Tilo hat einen Hund, hab ich dir erzählt, oder?«

»Ja, einen großen, hast du erzählt. Seltsamer Name«, sagte Esra und sah kurz konzentriert an mir vorbei, »Rex, oder?« Was sie sich alles merkte.

»Ja, Rex.« Es kam mir ewig vor, dass ich das letzte Mal in Wien gewesen war, obwohl ich gerade erst dort war.

»Magst du Hunde überhaupt?«, fragte Esra.

»Ja, wir wollten immer einen, Tilo und ich«, antwortete ich, »wir waren ständig im Tierheim, also in Kassel damals. Irgendwann haben wir Hausverbot bekommen, aber …«

»Ihr habt Hausverbot im Tierheim bekommen?«, fragte Esra ungläubig.

»Ja, wir waren zu oft dort, das hat denen nicht so ins Bild gepasst«, sagte ich. Bilder im Kopf, *streunende Kinder neben streunenden Tieren,* hatte Tilo gesagt, als wir rausgeschmissen wurden.

»Mh«, sagte Esra wieder. »Manchmal denke ich, du solltest das alles aufschreiben, eure Geschichte, meine ich. Das wäre gut, wenn die Leute so was lesen könnten. Was eure Realität war, mitten in Deutschland.«

»Wen soll das interessieren«, fragte ich, »zwei Kinder im Heim, na und? Uns ist ja nix Schlimmes passiert, Esra, wir haben es ja immerhin noch hingeschafft ins Heim.« Esra sagte nichts, sah mich nur ernst an, Mitleid in den Augen. »Was willste sagen?«, fragte ich.

»Nur weil es nicht noch schlimmer gekommen ist, heißt es nicht, dass euch nicht viele hässliche Sachen passiert sind«, antwortete sie ruhig. Was sollte ich darauf sagen? Dass es sinnlos war, irgendwas aufzuschreiben, das zu einem alten Leben gehörte? Dass es keinen Spaß machte, sondern nur unnötig wehtat?

Rauschen im Lautsprecher, nächste Station Wien.

»Los geht's«, sagte ich, wir standen auf, Esra holte ihren großen Koffer von der Ablage herunter, ich meinen kleinen aus dem Fach daneben.

»Keine Ahnung, was da los war«, meinte sie mit Blick auf ihren Koffer.

»Und ich dachte, du bist gut im Packen.«

»Ich auch.« Sie hob den Koffer an. »Aber wer weiß, was ich alles brauche.« Der Zug wurde langsamer, Blick aus dem Fenster, draußen schon der Anfang des Bahnsteigs. »Sie holen uns gemeinsam ab?«, fragte Esra unsicher.

»Ja, Tilo hat drauf bestanden.«

»Mh.« Der Zug kam zum Stehen, Esra ging voraus, ich hinterher. Kaum war sie ausgestiegen, konnte ich Tilo schon hören.

»Esra, hey, Esra!« Sie sah nach rechts, lächelte, winkte, dann war auch ich draußen und Tilos Arm direkt um mich. Er drückte Esra und mich so fest an sich, dass mir die Luft wegblieb. Esra löste sich zuerst, sichtbar überrumpelt von so viel Energie. Auch ich ließ Tilo los.

»Willkommen«, sagte er und grinste in die Runde.

»Wo ist denn der Rest vom Fest?«, fragte ich.

»Da hinten.« Tilo sah mich an, dann Esra, grinste weiter, »komm, die freuen sich schon wie blöd.« Wir gingen ihm hinterher, dann sah ich den Hund und daneben eine kleine Frau. Noch nie war eine von Tilos Freundinnen so klein gewesen, so klein und trotzdem so stabil. Sie stand da, lächelte selbstbewusst, hielt den Hund entspannt an der Leine.

»Jacinta«, sagte ich, »schön, dich kennenzulernen«. Ich streckte die Hand aus, sie schüttelte sie, fester Händedruck.

»Ich habe viel von dir gehört«, erwiderte sie mit Seitenblick zu Tilo, ihr Akzent war kaum zu hören, »eine Ehre.« Sie lächelte, dann streckte sie Esra ihre Hand hin. »Und du bist Esra«, sagte sie, »die Frau, die in Honduras war.« Ich sah Esra an, Esra sah Jacinta an, die Journalistin war ihr verloren gegangen, der Mut wohl auch.

»Ich … Es ist …«, stammelte sie.

»*Tan poca gente conoce mi país*«, sagte Jacinta dann. Ich fing Tilos Blick auf und er meinen. Wir konnten beide kein Spanisch.

»*Es un placer*«, antwortete Esra mit einer Stimme, die ich nur aus ihrem Elternhaus kannte, wenn sie Türkisch redete, tiefer, langsamer.

»*Igualmente*«, erwiderte Jacinta und wandte sich dann an alle. »Gehen wir essen, ihr habt sicher Hunger«, sagte sie. Esra und ich nickten, Seitenblick zu Tilo, er kam aus dem Grinsen gar nicht mehr raus.

Das Restaurant war voll, der reservierte Tisch klein, wir saßen eng nebeneinander, unter dem Tisch lag Rex. Ich wusste nicht, wen ich anschauen sollte, Jacinta oder Esra oder Tilo, zusammengewürfelt, wie sie dasaßen.

»Ich hab Jacinta vorher von dir erzählt«, sagte Tilo zu Esra. Bestimmt lag seine Hand unter dem Tisch auf Jacintas Knie. Obwohl – vielleicht auch nicht. Sie sah nicht aus wie eine Frau, die einfach alles zuließ, was auf sie zukam. »Und sie hat mich gefragt, warum du das eigentlich machst. Und da hatte ich gar keine Antwort.«

»Warum ich was mache?«, fragte Esra mit ihrer ganz normalen deutschen Stimme.

»Warum du Kriegsjournalistin bist«, antwortete Tilo.

»Krisenjournalistin«, korrigierte ich ihn. Esra war das wichtig, so oft hatte sie mir schon davon erzählt, was sich die Leute sonst vorstellten, Kugelhagel, Bomben, Schützengräben, Blut. Dabei ging es nicht darum, oder zumindest nicht nur darum.

»Sorry«, sagte Tilo ernst. Schleimer.

»Kein Problem«, erwiderte Esra, setzte sich gerade hin, strich sich die Locken hinter die Ohren, sah Tilo an, dann Jacinta. »Ich wusste schon immer, dass ich schreiben will«, sagte sie, »schon als Kind habe ich bei jedem Wettbewerb mitgemacht, bei jeder Schreibwerkstatt. Und im Studium hatte ich dann einen Professor, der vom Krieg erzählt hat in Tschetschenien. Davon, wie nach und nach die ganze Presse verschwunden ist, geflohen, ermordet. Und das hat mich gefesselt, ich habe jeden Artikel dazu gelesen, mich einer Gruppe angeschlossen, und wir sind hingefahren, drei Monate lang, da war ich gerade zwanzig. Dann war ich ein paar Jahre nur in Deutschland, aber es hat mich nicht mehr losgelassen. Und vor ein paar Jahren hat es dann geklappt.« Sie sah von Jacinta zu Tilo zu mir. So hatte ich sie das noch nie erzählen gehört, überhaupt hatte ich keine Ahnung gehabt, dass alles mit Tschetschenien angefangen hatte.

»Hast du keine Angst?«, fragte Jacinta.

»Doch«, sagte Esra, »ständig. Wenn man keine Angst mehr hat, muss man aufhören.«

»Recht hast du«, meinte Tilo, Jacinta nickte.

»Und du?«, fragte Jacinta mich.

»Ich? Ich bin keine Journalistin.«

»Ich meine, warum machst du das, was du machst?«

»In der Bank?«, fragte ich.

»Ja«, sagte Jacinta, »Tilo hat viel erzählt, aber nicht, was du dort genau machst.« Ich räusperte mich, warum wollte sie das wissen? Krisenjournalismus war das eine, aber Banken? Wen interessierte das?

»Nicht so wichtig«, antwortete ich, »und du?« Ich kannte die Antwort, aber wollte es von ihr hören. Wer wusste schon, was Tilo alles verschwiegen hatte.

»Ich bin Tierärztin«, sagte sie.

»Und wie ist das so, den ganzen Tag mit Tieren zu verbringen?«

»Schön«, sagte Jacinta lächelnd, »es ist sehr erfüllend, weißt du. Tiere sind besser als viele Menschen«, sagte sie. *Tiere sind die besseren Menschen,* wollte ich sie korrigieren. Aber vielleicht hatte sie das gar nicht gemeint.

»Und wie habt ihr euch kennengelernt?«, fragte Esra.

»Hat Katja nix erzählt?«, fragte Tilo.

»Wenig«, meinte Esra, »ist ja auch gut so, dann kann man sich ein eigenes Bild machen.« Elegant machte sie das, diplomatisch.

»Über Rex«, sagte Tilo und grinste, »ich bin ins Tierheim gefahren, weil ich …« Er sah kurz zu mir, »weil's mir nicht so gut ging und wir, also Katja und ich, wir haben das früher öfters gemacht, und dann … ja, dann hab ich Rex gesehen und Jacinta hatte gerade Dienst und … tja.« Wurde Jacinta rot oder war das das Licht?

Sie räusperte sich, sagte nichts, vielleicht war es ihr noch nicht bewusst gewesen, dass Tilo nicht unterschied, ob er sich in intimen oder in öffentlichen Räumen bewegte. Er würde ihr seine Liebe auch per Megafon gestehen, wenn er eines hätte. Kein Unterschied zwischen dem Erwachsenen heute und dem kleinen Jungen, der Mama jede Reise verziehen hatte, jeden Drogentrip. Noch immer dieselbe Unfähigkeit, Versprechen einzuordnen, Entschuldigungen, Liebesbeweise.

»Klingt wie Schicksal«, sagte Esra. Ich musste dringend was trinken. Schicksal, was für ein Blödsinn.

Nach dem Essen gingen wir zu Fuß zu Tilos Wohnung. Tilo, Jacinta und Rex voraus, Esra und ich hinterher. Es war wärmer als in Berlin, Esra wickelte sich einen riesigen Schal vom Hals.

»Wo hast'n den eigentlich her?«, fragte ich.

»Von Magda«, antwortete Esra, »die hat gesagt, ich soll ihn einpacken, Wien ist nach dem Wind benannt.«

»So ein Quatsch«, sagte ich, »Wien ist nach der Wien benannt, nach einem Fluss.« Esra hörte mit dem Wickeln auf, sah mich streng an.

»Was ist denn los, Katja?«, fragte sie.

»Nix, alles klar.« Ich merkte, wie trotzig das klang.

»Mh.« Esra wurde langsamer, sah kurz nach vorne, dann zu mir. »Was ist deine Meinung?«

»Zu was?«

»Zu ihr«, sagte sie leise.

»Was soll ich schon sagen, Esra, was bringt meine Meinung, gar nix.«

»Du hast immer eine Meinung.«

»Ist noch zu früh«, sagte ich, »wieso? Was denkst du denn über sie?«

»Ist noch zu früh«, wiederholte Esra, grinste. Reingefallen.

»Ich hoffe, er hat aufgeräumt.«

»Ach«, meinte Esra, »er weiß ja schon seit einer Weile, dass wir kommen, oder?« Sie war fertig mit dem Wickeln, stopfte den Schal in ihre Handtasche, bot mir ihren Arm an. Ich hakte mich ein. Neben uns klapperten die Koffer, ich musste lachen.

»Dieser Koffer, Mann«, sagte ich.

»Ja, ich … Ich weiß auch nicht.« Ich sah sie an, sie sah weg.

»Esra, willste nicht …?«, setzte ich an, aber Esra atmete laut aus, erschöpft, und zog mich eingehakt näher an sich heran.

»Irgendwann erzähl ich's dir, Katja«, sagte sie, »aber ich muss erst mal selbst klarkommen, okay?«

»Okay.«

Tilos Wohnung war sauber wie nie, Esra musste glauben, dass ich maßlos übertrieben oder einfach gelogen hatte, als ich ihr von dem üblichen Chaos erzählt hatte.

»Schön hast du's hier«, sagte Esra und sah sich um.

»Ihr könnt einfach auf dem Bett schlafen, ich schlaf bei Jacinta«, meinte Tilo. Das Bett. Er tat einfach so, als wäre es ganz normal, dass es in seiner winzigen Einzimmerwohnung ein Bett gab. Ich hatte Lust, Esra zu beschreiben, wie es hier normalerweise aussah. Die eine Matratze auf dem Boden, die zweite lehnte an der Wand, die Besuchsmatratze, wie Tilo sie nannte. Ein surrender Kühlschrank, ein kleiner Tisch, zwei schiefe Stühle, eine funktionierende Herdplatte, die anderen drei kaputt. Überall Staubflusen, keine einzige Pflanze, kein Obst. Das Gegenteil der militanten Ordnung im Kleinen Bahnweg.

»Danke dir«, sagte Esra. Ich hatte das Gefühl, dass sie genug hatte, genug von der Fahrt, von dem langen Abend. Oder ich hatte genug. Oder wir beide.

»Ich bin krass müde«, sagte ich, »wir sehen uns dann morgen, ja?«

»Wir kommen her«, antwortete Jacinta, wandte sich an Esra, »dann reden wir zwei und Tilo und Katja können zusammen etwas unternehmen.« Esra nickte brav, ja, jetzt reichte es dann wirklich.

»Gut, dann bis morgen«, sagte ich, »wir finden alles, ich kenn mich aus.« Tilo schaute mich verunsichert an, wahrscheinlich fiel ihm nichts mehr ein, was er noch sagen konnte, ohne dass er sich mit mir anlegte. Kurze Abschiedsumarmungen, Rex über den Kopf gestreichelt, dann fiel endlich die Tür zu.

»Puh«, sagte Esra in die plötzliche Stille.

»Mh?«

»Dein Bruder ist schon eine eigene Nummer.«

»Wie meinste?«

»Na ja, er ist schon … schon sehr anders als du«, sagte sie nachdenklich.

»Inwiefern?«

»Katja, du weißt, was ich meine.«

»Ich würd's aber gern von dir hören.«

»Okay.« Esra streifte sich die Schuhe ab, ging die paar Schritte zum Bett, setzte sich auf den Rand. »Okay, reden wir darüber.« Ich blieb stehen.

»Leg los.«

»Ich weiß, dass ihr wie Pech und Schwefel seid«, sagte Esra, »und dass ihr viel zusammen durchgemacht habt. Aber ich kenne dich jetzt schon seit Jahren, Mensch, und Tilo …« Sie hielt inne, als könnte sie mir die nächsten Worte doch nicht zumuten.

»Und Tilo?«, sagte ich.

»Und Tilo ist deine Achillesferse. Und das tut dir nicht wirklich gut.«

»Glaubst du, ich weiß das nicht?«, fragte ich, klang dabei wütender, als ich es wollte.

»Ich bin noch nicht fertig«, antwortete Esra ruhig, »darf ich?« Ich nickte, atmete aus. »Ich weiß, dass es sehr wichtig für dich ist, dass es ihm gut geht«, sagte sie, »und ich weiß auch, dass ich das nicht nachvollziehen kann, weil ich keine Geschwister und kein Trauma habe. Alles, was ich sagen will, ist, dass er erwachsen ist. Und dass du es verdient hast, zur Ruhe zu kommen. Diese ganze Fahrerei, ich meine, ich weiß ja, dass du gerne unterwegs bist, aber ...« Sie hielt wieder inne. »Aber du kannst ihn einfach auch mal mit dem festgefahrenen Karren alleine lassen, der schafft das schon irgendwie.« Was wusste sie davon, was Tilo schaffte und was nicht? Nicht einmal Tilo wusste das.

»Du weißt nicht, wie das ist«, sagte ich.

»Das habe ich auch nie gesagt, Katja. Ich will nur sagen, dass ich manchmal Angst um dich habe. Ich weiß nicht, was euch damals alles passiert ist, und das ist auch okay. Aber du bist nicht alleine, Mensch, du bist nicht mehr das kleine Mädchen in Kassel. Und schon gar nicht bist du heute für deinen großen Bruder verantwortlich, wenn der sich wieder einmal verzettelt. Du darfst auch einfach mal nur auf dich schauen.« Pochen in den Ohren, wie lange hatte sie sich das alles schon zurechtgelegt, wie lange hatte sie mir das schon alles an den Kopf werfen wollen? Was verstand Esra von irgendwas? Ich versuchte, tief zu atmen, aber nichts funktionierte. Abstand, ich brauchte Abstand.

»Okay«, sagte ich, meine Stimme weit weg. Ich ging direkt ins Bad, der Boiler wummerte leise. Ich setzte mich auf den Wannenrand, weiter dieses Pochen in den Ohren, hinter den Augen, in der Brust. *Scheiße.*

Dunkelheit, als ich die Badezimmertür wieder öffnete. Wo war Esra? War sie gegangen? Hatte ich sie verscheucht? Oder lag sie im Bett? Ich wartete, bis ich Schemen erkennen konnte. Eindeutig eine Erhebung im Bett. Ich ging zum Tisch, nahm mein Handy, leuchtete den Boden an, bis ich meinen Rucksack fand, ging damit zurück ins Bad. Setzte mich wieder auf den Wannenrand. Was war nur los mit mir? Esra war meinetwegen mitgekommen, oder zumindest teilweise meinetwegen. Und ich hatte nichts Besseres zu tun, als sie wegzustoßen. *Angriff und Verteidigung, so kommen Sie nicht weiter.* Nein, nichts hatte sich geändert seit diesem Coaching. *Ruhe im Kopf, Ruhe im Körper.* Ich schaffte es nicht. Keine Ruhe in mir.

Langsam zog ich mich aus, hängte die Kleidung nicht auf, ließ sie einfach auf die Fliesen fallen, natürlich gab es keinen Teppich. Ich stieg in die Wanne, ließ Wasser über mich laufen, beugte den Kopf nach vorne, Wärme im Nacken, hängende Schultern, Ruhe im Körper, wenigstens das musste zu schaffen sein. Langsam ließ ich mich auf den Wannenboden sinken, das Wasser wie Regen auf dem Kopf. *So kommen Sie nicht weiter.* Wie lange waren diese Coaching-Sessions her? Zwei Jahre? Drei?

Wie sollte es mit mir weitergehen, wenn ich weder mit meiner eigenen Familie zurechtkam noch mit den wenigen Menschen, die hinter mir standen, Menschen wie Esra? Sie hätte mich damals einfach allein mit meiner Orientierungslosigkeit lassen können, vor all den Jahren in Berlin. Sie hätte mir ihre Nummer nicht geben müssen. Sie hätte ihr Leben ohne mich weiterleben können und würde heute nichts vermissen. Honduras hätte sie genauso durcheinandergebracht und sie würde jetzt genauso an ihrem seltsamen Liebeskummer knabbern, an ihrem Weltschmerz. Es würde keinen Unterschied machen.

Ich hatte es ihr zu verdanken, ihr und ihrem weiten Herzen, ihrem genauen Blick, dass wir uns kannten, dass ich sie hatte.

Wie oft hätte sie fragen können, was Tilo und mir passiert war, aber sie hatte es nie getan. Wie oft hatte sie sich an mich und meine Nebenjobs angepasst, an meine wirren Tag- und Nachtrhythmen, wie oft hatte sie mich einfach reden lassen, über die beschissenen Professoren und die noch beschisseneren Chefs, über Tilo und seine endlose Pechsträhne. Reden und reden hatte sie mich lassen, bis ich heiser war und betrunken. Berlin ohne Esra war nicht Berlin.

Blick nach oben in den Duschkopf. Ich musste mit ihr reden, sie um Verzeihung bitten. Vielleicht würde sie dann auch endlich erzählen, was ihr wirklich passiert war, in Honduras und die letzten paar Tage in Berlin. Es konnte doch nicht sein, dass wir nebeneinandersaßen, nebeneinander nach Wien fuhren, nebeneinander hergingen und dabei so weit voneinander weg waren. Sie war ehrlich zu mir gewesen, jetzt war ich dran.

Vorsichtig stand ich auf, drehte den Wasserhahn zu, stieg aus der Wanne. Kein Spiegel. Was für ein Leben führte Tilo da seit Jahren, Esra hatte recht. Es war nicht meine Schuld, dass er nicht erwachsen geworden war, dass er den Umstieg irgendwie verpasst hatte. Es war nicht meine Schuld. *Du hast es verdient, zur Ruhe zu kommen.* So hatte sie es formuliert. Esra, die Wortakrobatin.

Ich machte die Badezimmertür auf, ging zum Bett, blieb stehen. Blick ins Dunkel, bis sich meine Augen daran gewöhnten. Esra schlief auf dem Rücken, beide Arme eng am Körper, als könnte sie sofort aufspringen. Hatte ihr das jemand beigebracht? Angespanntes Gesicht, eingerahmt von dunklen Locken. Unwirklich, das ganze Bild. Gerade als ich auf die andere Seite gehen wollte, machte sie die Augen auf.

»Katja?«, fragte sie, ihre Stimme klang nicht ansatzweise schläfrig. Hatte sie überhaupt geschlafen?

»Hey«, sagte ich leise, als wäre noch jemand im Raum, »sorry, ich wollte dich nicht wecken.«

»Tief kann ich sowieso nicht mehr schlafen.« Esra setzte sich auf. Sollte ich das Licht anmachen? Ich blieb stehen, atmete tief ein, jetzt funktionierte es, jetzt blieb sie bei mir, die Ruhe.

»Esra, es tut mir leid«, sagte ich. »Ich … Mann, es tut mir echt leid. Ich wollte dich nicht … Ich schätze das, was du gesagt hast. Über Tilo, also … über Tilo und mich, mein ich.« Esra räusperte sich.

»Schon okay«, antwortete sie so leise wie ich, »war vielleicht ein bisschen viel, nach der Fahrt, nach dem Abendessen, nach allem. Ich hätte warten sollen.«

»Nein, es war genau richtig«, sagte ich, »ich kann das nur nicht so gut, Esra, ich muss das schon den ganzen Tag in der Arbeit aushalten, die Kritik, den Druck. Und weißte, dort hab ich mich irgendwie dran gewöhnt, aber …«

»Ich verstehe schon«, meinte Esra, »Familie ist was anderes. Und Tilo ist die einzige Familie, die du wirklich hast. Ich wollte bloß …«

»Ich weiß«, unterbrach ich sie, »ich weiß, Esra.«

»Was du mich nicht sagen hast lassen«, erwiderte Esra, »also vorhin.« Sie räusperte sich. »Ich bewundere dich, Katja, das wollte ich noch sagen. Du machst das alles gleichzeitig, den Job, Tilo, Giacomo, deine Mutter, du schleppst das alles mit dir mit. Manchmal siehst du das gar nicht, glaube ich.«

»Ich hab's mir nicht ausgesucht«, sagte ich, musste unwillkürlich an Kindergeburtstage denken, als ich noch eingeladen wurde. An die schönen Farben, die Kuchen, die Geschenke. An den Neid und den Zorn in dem kleinen Mädchen, das nicht glauben konnte, dass das Leben wirklich so unfair war. Dass alle Götter und Geister, an die seine Mutter so fest glaubte, nicht halfen.

»Trotzdem«, meinte Esra, »ich weiß nicht, wie du das alles schaffst. Ich schaffe nicht mal eines davon.« Sie war so leise geworden, dass ich mir nicht sicher war, ob sie das wirklich gesagt hatte.

»Was schaffst du nicht?«, fragte ich. Sie fuhr sich durch die Haare, irgendwie war das komisch, so vor dem Bett zu stehen, keine zwei Meter weg von ihr, im Dämmerlicht.

»Ach.« Ihre Stimme zitterte.

»Esra, was ist denn passiert?« Meine Stimme viel lauter als ihre.

»Ach«, sagte Esra noch mal, dann atmete sie laut durch die Nase ein. *Ruhe im Körper,* vielleicht versuchte sie das auch, vielleicht taten wir das alle irgendwie.

»Du kannst mir alles erzählen«, sagte ich, »oder nichts. Wie du willst. Aber ...«

»Ich soll nach Syrien, Katja.«

»Als nächstes Projekt?«

»Ja.«

»Wann denn?«

»So bald wie möglich. Und . . « Sie hielt inne, räusperte sich. »Und die Reportage über Honduras wird's so nicht geben, nur einen kleinen Artikel. War Gina nicht wichtig genug.«

»Wie?«

»Die Ukraine war wichtiger.«

»Aber du warst doch schon fertig, ich mein ...« All die Jahre, die ich Esra kannte, war das noch nie passiert. Änderungen ja, Kürzungen, mehr Fotos, mehr Pepp, mehr Glanz, weniger Jahreszahlen, mehr dies, weniger das. Unterschiedliche Magazine und Zeitungen, da war alles dabei gewesen. Einmal war sie kurz davor gewesen, in die Türkei zu fliegen, und dann war in letzter Minute alles abgesagt worden. Aber dass sie schon zurück in Berlin war, alles schon geschrieben hatte, und dass die Reportage dann nicht wie geplant publiziert wurde, das hatte es noch nie gegeben. »Ist was schiefgelaufen?«, fragte ich, »mit Gina, mein ich?«

»Ist egal, jetzt sind wir erst mal hier, Katja.«

»Aber ...«

»Nein, deshalb wollte ich es auch nicht erzählen«, sagte sie, klang wieder normal, stabil. »Bitte behalt es für dich, ja? Ich will einfach ein bisschen in Wien sein, woanders sein, okay? Auch wenn das komisch klingt.«

»Ich sag nix«, antwortete ich, »versprochen.«

»Danke«, sagte Esra, dann schwieg sie kurz. »Ich bin wahnsinnig froh um dich, Katja.«

»Ich auch um dich.«

»Kommst du ins Bett«, fragte sie, bevor ich noch etwas sagen konnte.

»Ja, wird ein langer Tag morgen.« Ich ging auf die andere Seite und legte mich hin. »Normalerweise sind hier nur zwei lose Matratzen.«

»Menschen ändern sich«, sagte Esra neben mir.

»Mh.«

»Glaubst du nicht?«

»Ich hoff schon, aber sicher bin ich mir nicht.«

»Mh.« Ich wartete, ob sie noch etwas sagen würde, aber da war nur ihr Atem, der langsamer wurde, schwerer.

Jacinta sah so frisch und ausgeschlafen aus, dass ich kurz überlegte, ob Tilo mich vielleicht doch nur verarscht hatte und sie eigentlich kein Paar waren, sondern nur befreundet. Aber Tilo war nie nur mit Frauen befreundet, seit dem Kleinen Bahnweg nicht.

»Wir haben Weckerln dabei«, sagte Jacinta, nachdem sie erst mich und dann Esra zur Begrüßung umarmt hatte. Ausgeglichen, herzenswarm. Vielleicht tatsächlich ein neues Tilo-Kapitel. *Menschen ändern sich*, hatte Esra gesagt.

»Gut geschlafen?«, fragte Tilo mich, während Esra und Jacinta auf Deutsch über Bäckereien sprachen, Wiener Bäckereien, Berliner Bäckereien. Keine honduranischen, soweit ich hören konnte.

»Ja, gutes Bett haste da gekauft«, grinste ich.

»Man muss sich auch mal was Gutes tun«, sagte Tilo und deutete mit dem Kopf auf die Küchenkommode. »Komm, hilf mir decken.«

»Haste auch neues Geschirr, oder wie?« Tilo grinste jetzt auch, öffnete die Kommode, das normale Sammelsurium an Tellern und Schüsseln in verschiedenen Größen darin.

»Schritt für Schritt, mh?«, sagte er leiser. Im Hintergrund redeten Esra und Jacinta jetzt auf Spanisch.

»Reden die über uns, glaubste?«, fragte ich leise.

»Bestimmt«, sagte Tilo, »da gibt's ja auch viel zu sagen.«

»Wie viel hast du ihr schon erzählt?« Ich nahm ihm zwei Teller aus der Hand.

»Alles, Socke.« Er schaute mich an, die Inselaugen ganz klar. »Ich mein's ernst«, fügte er hinzu, »das ist anders, wirklich. Ich weiß, ich hab das oft gesagt, aber ...«

»Ist gut.« Er schaute verwirrt, nickte dann.

»Danke, Socke.«

»Wofür?«

»Dass du sie nicht wie die anderen behandelst.«

»Die anderen?«, fragte ich.

»Ja, ich mein ...«

»Braucht ihr Hilfe?«, unterbrach uns Jacinta.

»Nein«, sagten Tilo und ich gleichzeitig, Tilo nahm noch vier Tassen aus der Kommode, wich meinem Blick aus. Was war das denn gewesen? Ich deckte Teller und Messer, Tilo die Tassen.

»Katja?«, fragte Esra.

»Mh?«

»Hilf mir mal, wir müssen den Tisch näher ans Bett schieben.« Natürlich, es gab nur zwei Stühle. Wir schoben den Tisch ans Bett, ich strich die Decke glatt, setzte mich neben Esra. Seitenblick zu ihr, sie sah zurück, lächelte, drückte meine Hand, ließ sie wieder los.

»Gut geschlafen?«, fragte Jacinta.

»Ja«, sagte Esra, bevor ich antworten konnte, »ihr?« Leichtes Kopfweh hinter meinen Augen, ich sollte eine Schmerztablette nehmen, sonst würde die Zeit zu zweit mit Tilo nachher bestimmt kein gutes Ende nehmen. Ich nahm ein Brötchen, Jacinta redete von leichtem Schlaf, Esra stimmte zu.

»Und bei dir, Tilo, was macht die Kunst?«, fragte Esra dann. Blick vom Brötchen zu Tilo, er sah ertappt aus, vielleicht hatte er auch nicht richtig zugehört.

»Gut, gut«, sagte er, räusperte sich.

»Und die Uni?«, setzte Esra nach.

»Auch gut, ich mag das.« Tilo ließ sich nicht anmerken, dass er bestimmt nicht mit solchen Fragen gerechnet hatte. »Die haben noch Mut, noch keine Angst.«

»Deine Schüler?«

»Studenten.«

»Mh«, sagte Esra. »Also ich bin froh, dass die Uni vorbei ist. Das richtige Leben spielt draußen, nicht im Hörsaal.«

»Was ist denn das richtige Leben?«, fragte Jacinta so ruhig wie die Moderatorin einer Abendpolittalkshow.

»Bitte?«, fragte Esra.

»Was ist das richtige Leben?«, wiederholte Jacinta. Seitenblick zu Esra, die wieder ganz die Journalistin war, aufrecht, das Kinn leicht erhoben.

»Alles, was wehtut«, antwortete Esra, »alles, was schön ist. Oder hässlich. Alles, was echt ist.« Esra, die Philosophin.

»Und die Uni ist nicht echt?«, stieg Tilo wieder ein. Warum konnte er sich nicht einfach raushalten? Was war das hier für ein Frühstück? Konnten wir nicht einmal nur oberflächlich dahinplänkeln wie andere Familien?

»Es reicht jetzt auch, oder?«, sagte ich lauter als geplant. Alle drei schauten mich verwundert an. Vielleicht wären wir doch besser in Berlin geblieben, Esra und ich. Hätten diesen Spa ausprobiert, irgendwo in Zehlendorf. Keine Zugfahrten durch zwei Länder, keine Zankereien beim Frühstück.

»Okay«, antwortete Jacinta, sah Tilo an. Rex, der neben meiner Bettseite lag, kratzte sich laut.

»Wieso eigentlich Österreich?«, fragte ich Jacinta. »Also, ich mein, warum bist du hier Tierärztin geworden und nicht …«

»In Honduras konnte ich nicht bleiben«, sagte sie, bevor ich den Satz beenden konnte.

»Nein, ich mein, das versteh ich schon«, erwiderte ich. »Warum Österreich und nicht ein anderes Land.«

»Ach so.« Ihr Blick hellte sich auf. »Es gab damals ein Visa-Programm nur für Österreich. Damit bin ich hergekommen.«

»Wann eigentlich?«, fragte Esra.

»Vor sieben Jahren.« Wieder Stille im Raum, draußen ein Motorrad, das Bimmeln der Straßenbahn.

»Vermisst du es manchmal?«, fragte ich.

»Nicht mehr«, antwortete Jacinta, sah auf die Uhr über der Badtür, dann zu Esra. »Sollen wir gehen?«

»Ja, gern«, sagte Esra. Hoffentlich würde das alles klappen und ich musste nachher keine Scherben aufsammeln.

»Geht nur, Katja und ich räumen auf«, meinte Tilo. Ich sagte nichts, obwohl ich Lust hatte, einfach alleine rauszugehen, mich auf eine Parkbank zu legen oder mitten auf den Schwarzenbergplatz, direkt neben das Denkmal. Hoffentlich war der Hochstrahlbrunnen schon in Betrieb.

Zum Abschied küsste Jacinta Tilo flüchtig auf den Mund. Ich sah Esra an, konnte nichts in ihrem Gesicht erkennen. War sie nervös? Freute sie sich?

»*Adiós*«, sagte ich, warum auch immer. Esra und Jacinta sahen mich verwundert an, Tilo lachte.

»Ja, genau, *adiós*«, sagte er, »viel Spaß, bis später!«

»Bis später«, antworteten Jacinta und Esra gleichzeitig, dann gingen sie.

Tilo gab mir die Leine und zündete sich eine Zigarette an. Rex war alles egal, er trottete einfach weiter. Wie schön es wäre, ein Hund zu sein.

»Was willst du denn beim Russendenkmal, da gehen wir ja mindestens 'ne halbe Stunde hin«, sagte Tilo und zog an der Zigarette. Wann hatte er wieder mit dem Rauchen angefangen?

»Ich mag's dort einfach, kann dir doch egal sein warum.« Er sah mich an, sah zufrieden aus. »Sie tut dir gut, mh?«, fragte ich.

»Jacinta?«, fragte er.

»Ja, wer sonst.«

»Voll«, sagte er, »sie ist anders, Socke. Echt ganz anders.«

»Erwachsen, das ist der Unterschied.«

»Lass mal«, sagte Tilo und zwinkerte mir zu, obwohl er das immer noch nicht richtig konnte, das andere Auge ging auch immer halb zu.

»Okay.« Ich sah an dem Haus hoch, an dem wir vorbeigingen. Nicht der Stuck war das Einzigartige in Wien, den gab es auch in Paris, genau wie die Touri-Kutschen mit den gequälten Pferden. Aber die blauen Emailschilder an jeder Straßenecke, auf denen Bezirksnummer und Straßenname in der immer gleichen Anordnung standen, die gab es nur hier. *12., Arndtstraße.* Seitenblick zu Tilo.

»Alles okay bei dir?«, fragte er.

»Ja, was sollte nicht okay sein?«

»Du siehst müde aus, Socke. Und letztes Mal …«

»Lass mal«, wiederholte ich seine Worte, »ich hab keine Lust jetzt, darüber zu reden.«

»Hat's was mit Giacomo zu tun?«

»Tilo, lass gut sein.«

»Aber, ich mein, du weißt jetzt ja auch viel über Jacinta, also …«

»Das ist was anderes.« Jacinta und Giacomo zu vergleichen, wie fiel ihm so was überhaupt ein. »Alles beim Alten«, log ich.

»Ist das gut?«, fragte Tilo.

»Was ist schon gut?«

»Socke.«

»Was denn?«

»Ich frag doch nur.«

»Ist einfach egal, Tilo.«

»Ist nicht egal, Socke, du hast jetzt schon 'ne Weile was mit dem, auch wenn das nicht so …«

»So was? So traditionell ist wie deine Geschichten?«

»Touché«, grinste Tilo, streckte mir die Hand entgegen. »Soll ich ihn nehmen?« Fast hätte ich vergessen, dass Rex auch dabei war, dass er treu an meiner Hand ging.

»Nee, ist okay«, sagte ich, griff mir an die linke Schläfe, drückte kurz zu, ließ wieder los. Die Schmerztablette wirkte immer noch nicht.

»Und Esra?«, fragte Tilo.

»Was meinste?«

»Was ist'n der passiert?« Sogar für Leute, die sie nicht wirklich kannten, war es also offensichtlich.

»Hab ich dir doch erzählt, Honduras.«

»Aber sie ist doch schon länger wieder zurück in Deutschland, also …«

»Irgendwer hat sie verprügelt«, sagte ich schnell.

»Was?«, fragte Tilo ungläubig. »Wer denn?«

»Keine Ahnung, ist auch völlig egal.«

»Fuck.« Tilo drückte den Zigarettenstummel in einem Mülleimer aus.

»Ja, Mann. Aber weißte …« Ich hielt inne, überlegte, ob es so klug war, noch mehr zu erzählen. Ob Esra das wohl in Ordnung fände.

»Was?«, fragte Tilo.

»Weißte, ich glaub, das ist es gar nicht, was sie so fertigmacht. Da war so 'ne Frau, also drüben, und das hat irgendwie alles nicht geklappt und jetzt, kurz vor Wien, hat ihr ihre Chefin einfach die Reportage abgesägt.«

»Wie, abgesägt?«

»Nur eine Seite statt zehn oder so.«

»Na ja«, sagte Tilo und zündete sich die nächste Zigarette an, »bitter, aber so ist das Leben, oder? Schreibt sie halt nur eine Seite, wird schon passen.«

»Nee, Mann, sie hat das alles schon fertig geschrieben. Es wird nur einfach nicht publiziert.«

»Aber …«

»Ja, wie gesagt, keine Ahnung, was da los ist.« Rex zog an der Leine, ich gab nach, hin zu einer Laterne. Blick nach oben, *12., Kollmayergasse*, gleich hatten wir den Gürtel erreicht. Einen Ring hatten viele Städte, Berlin, Nürnberg. Aber einen Gürtel hatte nur Wien.

»Und jetzt?«, fragte Tilo.

»Ich glaub, das weiß sie selbst nicht wirklich.« Sachte zog ich Rex wieder zu Tilo zurück.

»Will sie deshalb mit Jacinta reden?«

»Ich schätz schon.«

»Mh.« Worüber die beiden wohl gerade sprachen? Hatte

sich das erste Holpern schon geglättet? Bestimmt. Esra blieb Journalistin, egal, was ihr passiert war. Egal was diese Gina im Hintergrund abzog. Sie würde wieder auf die Beine kommen. Und vielleicht konnte Jacinta ihr dabei ja wirklich helfen.

»Vielleicht hilft's ihr ja«, sagte ich.

»Was meinste?«, fragte Tilo.

»Mit Jacinta reden.«

»Jacinta hat sich auf jeden Fall drauf gefreut.«

»Echt? Warum?« Tilo sah mich an, grinste.

»Kannste sicher nicht verstehen, aber manche Leute mögen das, darüber sprechen, wo sie herkommen.«

»Ach, und du kannst das verstehen?«, fragte ich.

»Ja, schon.«

»Du würdest gern mit irgendwem quatschen, der auch im Heim war?«

»So mein ich das doch gar nicht, Socke.«

»Sondern?«

»Wir waren doch nicht nur im Heim, da gehört doch noch mehr dazu.« Ich drückte die Leinenschlaufe fest zusammen. Schon wieder dieses Nostalgie-Gefasel, wie bei der Jubiläumsfeier in der Klinik.

»Ja«, sagte ich, »da gehört noch mehr dazu, Tilo. Alles davor und alles danach. Und sag mir nicht, dass du da gerne drüber redest.«

»Ich spreche offen über meine Geschichte.«

»Das hättest du gern«, sagte ich, »aber das redest du dir schön. Du erzählst nur die lässigen Geschichten. Nur das, was gut ankommt. Aber das Schlimme erzählst du nie, niemandem.«

»Machen doch alle so, oder? Wer erzählt denn gerne schlimme Sachen?«

»Aber dann wirf mir nicht vor, ich könnte Jacinta nicht verstehen.«

»Hab ich nicht, ich …«
»Doch, Tilo, hast du.«
»Sorry«, sagte er ernst. Vielleicht wollte er einfach auch nicht streiten. Vielleicht hing ihm wie mir der letzte Besuch noch nach, das Ziehen im Brustkorb, das Klingeln in den Ohren, das Kühlschranksurren. »Komm, wir trinken Kakao«, Tilo deutete auf ein kleines heruntergekommenes Café an der Ecke.
»Mit Rum?«, fragte ich. Das erste Getränk, mit dem wir uns je gemeinsam betrunken hatten. Wie alt war ich gewesen, zwölf, dreizehn? Keine Weinschorle, kein Alkopop, einfach Kakao mit Rum, nachts im Aufenthaltsraum im Kleinen Bahnweg.
»Wenn du drauf bestehst«, grinste Tilo.
»Ich besteh drauf.« Ich ließ ihn seinen Arm um meine Schulter legen.

Wir fuhren Straßenbahn zum Schwarzenbergplatz.
»Ich muss wieder öfter Kakao mit Rum trinken«, sagte ich und lehnte meinen Kopf an das Fenster. Sollte die Frau gegenüber doch starren. Wir waren nicht die Einzigen in Wien, die um diese Uhrzeit schon leicht beschwipst waren. Der Cafébesitzer hatte es gut mit uns gemeint, jetzt war alles leichter, weicher. Die Straßenbahn war eine alte, eine mit Treppen und Sitzen aus Holz. Ewig könnte ich hier sitzen bleiben, Rex vor mir, Tilo neben mir, einfach nicht aussteigen, einfach im Kreis weiterfahren, wen würde das schon stören.
»Auf jeden Fall«, meinte Tilo, »ohne Rum ist das Leben wertlos.« Blick auf die Uhr.
»Wann treffen wir uns mit Esra und Dings?«, fragte ich.
»Jacinta.«
»Ja, Jacinta, sorry. Also?«

»Um zwei.«

»Mh.«

»Also«, sagte Tilo, »jetzt zu Giacomo.«

»Was ist mit ihm?« Ich sah Tilo nicht an, sondern weiter aus dem Fenster. Gegenüber von der Haltestelle zwei Grillimbisse, einer serbisch, einer kroatisch. Direkt nebeneinander, fast schon kitschig. Als hätte es nie einen Krieg gegeben.

»Ich weiß es nicht, Tilo«, sagte ich, hörte selbst, wie traurig das klang.

»Was willste denn, was draus wird?«

»Keine Ahnung.«

»Socke, komm schon, sei ehrlich.« Die Bahn fuhr wieder an, bimmelte dabei. Blick zu Tilo, der mich warm ansah, verdammte Inselaugen.

»Ach, Tilo, ich weiß es selbst nicht«, sagte ich, »ganz ehrlich. Der macht, was er will, und das kann ich nicht gebrauchen. Dem geht's nur um sich selbst, um sein Ego. Der will nur nicht allein sein. Ich bin dem eigentlich ganz egal, weißte.«

»Wieso solltest du dem egal sein?«

»Ich bin nur ein Mensch, der die Lücke füllt, Tilo.«

»Oder du hast einfach Schiss.«

»Wovor denn Schiss, mh?« Bestimmt kam er gleich mit irgendeinem Blabla an.

»Du hast Angst, dass du ihm wichtig bist, dass du ihm was bedeutest«, sagte Tilo, »weil das heißen würde, dass der Fehler bei dir liegt, nicht bei ihm.« Psycho-Gerede vom Feinsten, wie erwartet.

»Tilo, lass gut sein, ich brauch so was nicht.« Ich sah weg von ihm, wieder zum Fenster hinaus. Vierter Bezirk, so schnell konnte es gehen.

»Gib doch einfach mal zu, dass du auch manchmal Angst hast«, sagte Tilo. Ich sah zurück zu ihm.

»Klar hab ich manchmal Angst«, antwortete ich, »alle Menschen haben Angst.«

»Ich mein aber Angst vor der Liebe.«

»Tilo.«

»Was denn, ich hab doch recht, Socke.«

»Nee, Tilo, recht hast du sicher nicht. 'nen Vogel hast du. Wo kommt denn immer dieser Esoterik-Kram her?«

»Was für Esoterik-Kram?«

»*Angst vor der Liebe*, Tilo, das sagt doch kein Mensch.«

»Ich sag das.«

»Du und Mama«, sagte ich, merkte, dass die Stimmung gleich kippen würde. Atmen, einfach atmen. Tilo hob die Augenbrauen.

»Könntest es ja probieren«, erwiderte er spitz.

»Was?«, fragte ich.

»Ihm zu vertrauen.«

»Wem, Giacomo?«

»Ja«, sagte Tilo, »wär doch zumindest mal den Versuch wert.«

»Du hast keine Ahnung, Tilo.«

»Kann schon sein, Socke, aber ich wünsch's dir einfach. Dass du …«

»Lass es doch endlich gut sein, bitte«, unterbrach ich ihn.

»Du weißt doch gar nicht, was ich sagen will.«

»Doch«, erwiderte ich, war wieder lauter geworden, es war nicht zu vermeiden. »Du willst, dass ich glücklich bin, dass ich nicht allein bin, dass ich mich rausstürze ins Leben wie du, die ganze Leier.« Tilo sah ertappt aus.

»Schon«, sagte er, »aber vor allem will ich, dass du Kassel nicht alles bestimmen lässt. Und Giacomo ist nicht Kassel.« Ich hatte Lust, ihn zu fragen, wie er es mit Kassel hielt, wie tief er alles hatte vergraben müssen, damit es ihn nicht jede Nacht einholte. Wie gesund es wohl war, sich zwanghaft an das vermeintlich Schöne im Leben zu klammern, an junge Frauen mit zarten Händen und schönen, sauberen Geschichten.

Wieso er wohl glaubte, dass es nicht klappen wollte mit seiner Kunst. Ob das nicht vielleicht daran lag, dass er alles eingesperrt hielt, die ganze verdammte Scheiße, die vielen Stunden, die er alleine mit Mama und ihren Typen im Wohnzimmer hatte verbringen müssen, während ich auf die Treppe gesperrt vom Brüllen heiser wurde. Dass er so verblendet war wie Mama, wenn er glaubte, dass wir je normal werden konnten, normale, hübsche Leben führen konnten. Ich atmete durch, was würde es bringen, ihm das alles zu sagen, wozu würde das führen, außer zu noch einem Bruch, so hässlich wie beim letzten Besuch. Er war die einzige Familie, die ich hatte, Esras Worte.

»Giacomo weiß auch nichts von Kassel«, sagte ich vernünftig.

»Was glaubt der denn, wo du herkommst?«

»Da haben wir nie drüber geredet.«

»Du hast ihm nie vom Kleinen Bahnweg erzählt?«

»Warum denn, was soll das bringen.«

»Das gehört ja wohl zu dir, also, zu uns, zu allem«, sagte Tilo erstaunt, »ich mein, denkt der, du bist …?«

»Was, einfach so ein bisschen verrückt?«

»Socke, du …«

»Schon okay, Tilo.« Die einzige Familie, die ich hatte. Blick nach draußen.

»Wir müssen gleich raus«, sagte Tilo.

»Ich weiß.« Vorsichtig stupste ich Rex an. Der Hund hob kurz den Kopf und legte ihn dann wieder auf seine Pfote.

Schweigend standen wir zwischen dem Hochstrahlbrunnen und dem Russendenkmal. Eigentlich hatte es einen langen

Namen, aber den konnte ich mir nie merken. Irgendwas mit sowjetischen Helden. Kurz war man in Russland, in Moskau, stand am Anfang einer dieser breiten Straßen, die an Kriege und Panzer und Paraden erinnerten. Aber es stand mitten in Wien, im Wien der engen Gassen. Umrahmt von Säulen, die irgendwas mit den zwölf Monaten oder den Jahreszeiten zu tun hatten.

Vor Jahren hatten wir eine Führung gemacht, Tilo und ich und seine damalige Freundin. Irgendeine ihrer Verwandten hatte die Führung gegeben, enthusiastisch von der Vierteilung Wiens geredet, von der Stadt unter der Stadt, vom berühmten Dritten Mann. Der goldene Schild des Soldaten glänzte in der Sonne, hinter uns sprühte der Hochstrahlbrunnen Wasser in die Luft. Immerhin hier hatte sich nichts geändert.

Nichts, seit ich Tilo das erste Mal besuchen gekommen war, mit sechzehn Jahren, dreimal Umsteigen, den ersten Pass meines Lebens in der Hand, auf dem mich mein fremdes Gesicht anstarrte. Nichts, seit wir hier das erste Mal standen, goldener Herbst in Wien und dazu der goldene Schild, keine Ahnung davon, warum dieses Denkmal überhaupt mitten in der Stadt stand, warum man es nicht einfach abgerissen hatte. In Kassel hatte man alles abgerissen, was nicht nützlich war.

»Nicht mal die Russen sind so begeistert davon wie du«, sagte Tilo.

»Vielleicht sollte ich Russin werden«, erwiderte ich, ohne vom Brunnen wegzuschauen.

»Du kannst nicht mal Russisch.«

»Egal, ich heirate einen Russen.«

»Giacomo ist aber Italiener.«

»Tilo.« Ich sah zu ihm, er grinste ertappt. Rex legte sich hin, platzierte seine Pfote auf meinem Fuß, ich ließ ihn machen.

»Wir wissen den Frieden nicht wertzuschätzen«, meinte Tilo

irgendwann. Er sah zu dem Soldaten mit seiner Fahne und seinem Schild.

»Recht haste«, sagte ich, »braucht man nur Esra zuzuhören.«

»Oder Jacinta«, sagte er. »Ich weiß nicht, Socke, wir hatten's schon nicht immer leicht, du und ich, aber manchmal hab ich das Gefühl, wir hatten schon noch ziemlich Glück. Glück im Unglück, mein ich.«

»Mh.« Ich dachte an das große Telefon in meiner achtjährigen Hand, daran, wie schwer es auf einmal gewogen hatte. Glück im Unglück, nicht wirklich. Eher eine Rettung in letzter Minute, wenn es denn überhaupt eine Rettung gewesen war. Ich sah zu Tilo. »Esra meinte im Zug, ich soll ein Buch über uns schreiben«, sagte ich, »kannste das glauben?«

»Über den Bahnweg?«, fragte Tilo.

»Ja.«

»Wieso das denn?«

»Keine Ahnung, genau das hab ich ihr auch gesagt. War schon scheiße dort, aber …«

»… hätte schon auch ganz anders ausgehen können«, sagte Tilo. Immerhin erkannte er das mittlerweile. Immerhin war die Verblendung nicht so weit gekommen. Er schaute wieder rauf, ich folgte seinem Blick. Wenn man den Soldaten lange genug ansah, hatte man irgendwann das Gefühl, die steinerne Fahne würde wehen. »Gerade die Esra sagt so was«, meinte Tilo.

»Genau mein Gedanke.«

»Na ja, vielleicht wollte sie einfach was Nettes sagen.«

»Mh.« Bescheuerter Gedanke.

»Genug vom Denkmal?«, fragte Tilo.

»Gleich«, sagte ich.

»Wenn du in Wien wärst, könntest du hier jeden Tag herkommen.«

»Wieso sollte ich in Wien sein, Tilo?«
»Keine Ahnung, du könntest ja ...«
»Hast du mit Esra geredet?« Erst Esra im Zug, jetzt Tilo. Was stellten die beiden sich eigentlich vor?
»Wieso, was hat sie ...?«
»Egal«, sagte ich, »komm, gehen wir.« Tilo erwiderte nichts mehr, nahm es einfach hin. Rex hievte sich auf, kratzte sich am Ohr, schüttelte den Kopf, dann wandten wir dem Soldaten den Rücken zu.

Wir gingen auf das Café zu, in dem Tilo Monika das erste Mal gesehen hatte.
»Hier treffen wir die zwei?«, fragte ich ungläubig, als Tilo die Tür öffnete.
»Wieso denn nicht?«
»Tilo, denk mal nach.«
»Wegen Monique, meinste?«
»Ja, Tilo, wegen Monique.«
»Gehört ja nicht ihr, das Café«, sagte er, dann waren wir drinnen. Natürlich kannte der Kellner ihn, natürlich war es egal, dass wir einen Hund dabeihatten.
»Hier«, hörte ich Jacintas Stimme rufen. Ich war noch viel zu beschwipst. Was, wenn es Esra nicht gut ging nach dem Gespräch? Wenn es nicht ihren Erwartungen entsprochen hatte? Was, wenn ...?
»Komm, da hinten sind sie«, sagte Tilo, zog mich am Ärmel mit. »Hoffentlich war's gut«, flüsterte er dann. Immerhin dachte er das Gleiche.
»Ja, hoffentlich«, flüsterte ich zurück. Die beiden saßen an einem runden Tisch in einer Ecke, roter Samt überall, war das letztes Mal auch so gewesen? Schneller Blick zu Jacinta, die aufgestanden war, um Tilo zu begrüßen. Sie sah aus wie vor-

her, oder vielleicht ein wenig blasser. Blick zu Esra. Ihre Augen sahen kleiner als sonst aus, röter. Sie hatte geweint. Scheiße, Esra hatte geweint, und währenddessen hatte ich Kakao mit Rum getrunken, als wäre ich noch im Kleinen Bahnweg und hätte nichts zu verlieren.

»Hey du«, sagte Esra leise, stand auf, legte ihre Arme um mich, kaum spürbar. Warum hatten wir uns hier verabredet, in diesem kitschigen Monika-Café?

»Komm, gehen wir raus«, erwiderte ich leise. Sie löste sich, blieb aber nah vor mir stehen.

»Nein, nein«, sagte sie »setz dich einfach.«

»Esra.«

»Katja, ist schon gut.« Sie klang müde, noch müder als im Zug.

»Esra, gehen wir doch einfach kurz raus«, sagte ich, »reden wir in Ruhe.«

»Alles klar?«, fragte Tilo von der Seite.

»Ja, alles klar«, kam Esra mir zuvor, setzte sich wieder auf die Samtbank. Tilo sah mich an, kurz nur, aber auch er wusste es. Und alles auf meinem Mist gewachsen. Warum hatte ich sie überhaupt nach Wien eingeladen. Wäre sie in Berlin geblieben, hätte sie einfach mit Honduras abschließen können. Wäre ich mit ihr dortgeblieben, könnten wir jetzt im Spa sitzen, widerliche gesunde Smoothies trinken, über Gina lästern, irgendwas. Aber so ...

»Ich geh noch kurz aufs Klo, kommste mit, Esra?«, sagte ich so unaufgeregt ich konnte.

»Okay«, antwortete sie nach kurzem Zögern, stand wieder auf. Tilos Hand auf meinem Schulterblatt. Jacinta, die sich neben ihm zu Rex bückte, um ihn zu streicheln.

»Bis gleich«, sagte ich, Tilo nickte, Jacinta sah nicht auf, was hatte sie Esra bloß erzählt. Vielleicht war sie doch nicht so viel besser als Tilos andere Frauen. Ich ging einmal um die Theke, Esra war schräg hinter mir. Ein einziges Damenklo, ich öffnete die Tür, Esra ging rein, ich machte zu, drehte das Türschloss um, atmete aus, Wabern im Kopf.

»Esra«, sagte ich leise, versuchte, ihr Platz zu lassen, hoffte, dass sie meine Fahne nicht roch. Aber das Klo war winzig, nur die Schüssel und ein kleines Waschbecken, kein Meter zwischen uns. »Erzähl mal.«

»Sie hat recht«, meinte Esra gedämpft, schaute blinzelnd nach oben, ich konnte die Tränen trotzdem sehen.

»Womit denn?«

»Alles eine Farce.« Esra sah mich an, die Tränen sahen wie im Film aus, liefen viel zu schnell, viel zu gerade über ihre Wangen.

»Erzähl mal von vorne«, bat ich sie leise, nahm ihre Hände in meine.

»Sie hat recht, Katja«, sagte Esra noch mal, löste ihre Hände, ließ sie einfach hängen, »es hat alles nichts gebracht, ich war ja nicht die Erste, die dort war und …« Sie wischte sich mit der flachen Hand über eine Wange, alles glänzte feucht. »Und sie hat ein Kind, Katja, und sie hat gesagt, dass sie es eher hergeben würde, bevor es drüben aufwachsen müsste und … und Patricia, ich meine, ich bin einfach gegangen, und jetzt erreiche ich sie nicht mehr, das Handy hat irgend so ein Typ, und … ich dachte doch, es bringt etwas, aber sie hat recht, das ist alles … alles reden wir uns schön, Katja, dabei …« Ich verstand gar nichts, aber vielleicht würde es ja irgendwann Sinn ergeben, wenn ich sie einfach weiterreden ließ. »Und wir sitzen hier in Wien und tun so, als wäre alles okay, oder vielleicht nicht okay, aber immerhin … ich meine, für uns … und ich tu doch auch nur so, ich mache ja mit, dabei ändere ich nichts, nur ein paar Deutsche wissen jetzt, dass es Honduras gibt, aber … nichts, gar nichts ändert das, ob ich draufgehe oder nicht, in Syrien oder nicht, das ändert nichts. Sie hat gesagt, dass das niemand in Honduras braucht, noch so eine europäische Journalistin, die nur über Drogen und Banden schreibt, weil sich sowieso nichts ändert, nichts ändert irgendwas, ich mache einfach nur mit, verstehst du?« Dieser flehende Blick.

»Ich ...«, setzte ich an, obwohl ich noch immer bloß eine leise Ahnung davon hatte, was sie mir sagen wollte.

»Ich dachte immer, es bringt etwas«, sagte Esra leiser.

»Was bringt was?«

»Krisenjournalismus«, antwortete sie, »ich dachte, man kann etwas beeinflussen, irgendwie zumindest, ich weiß auch nicht.«

»Tust du doch«, sagte ich, »so viele Leute lesen, was du schreibst, Esra, und ja, das mit der Reportage jetzt, das ist beschissen, aber ...«

»Es ist egal«, unterbrach sie mich, »Reportage hin oder her, für Patricia wird das nichts ändern, verstehst du, für ihre Kinder auch nicht, die Jungs sterben irgendwann und die Mädchen, keine Ahnung, was aus denen wird, und ich ...« Esra sah wieder nach oben, ihr Brustkorb hob sich zitternd. »Und ich bin einfach gegangen, ich hab nicht einmal versucht, was für sie zu tun, ich bin ... ich war zu feige, um es wenigstens zu versuchen. Nicht einmal das Visum hab ich verlängert, ich bin einfach abgehauen, ich ...«

»Die haben dich verprügelt, Esra«, sagte ich lauter als gewollt, »jeder wäre gegangen an deiner Stelle.« Sie sah mich an, sagte nichts. Ich nahm vorsichtig noch mal ihre Hände, diesmal zog sie sie nicht weg. »Esra, du hast nichts falsch gemacht«, fügte ich leiser hinzu, »du bist der mutigste Mensch, den ich kenne, du riskierst ständig dein Leben für andere, du ...«

»Nicht für andere, für mich mache ich das.«

»Das stimmt doch nicht.«

»Doch, Katja, das stimmt«, sagte sie, zog die Nase hoch, »ich mache das, weil ich sonst nichts anderes kann, ich mache einfach einen Job, den ich irgendwann mal wahnsinnig ideologisch fand, aber eigentlich mache ich das mittlerweile nur für mich, für die Abwechslung, die Spannung, nicht …«

»Niemand ist selbstlos.«

»Patricia schon«, antwortete Esra ganz leise.

»Auch Patricia ist nicht selbstlos, Esra«, sagte ich vorsichtig, »vielleicht konntest du das nur nicht sehen. Niemand auf dieser Welt ist selbstlos, wir haben nur unsere Momente, manche mehr, manche weniger, aber …«

»Vielleicht«, erwiderte Esra, »aber geändert hat es trotzdem nichts, Katja. Dass ich dort war, meine ich.«

»Mehr, als wenn du irgendeinen Bürojob in Berlin hättest.«

»Wenn ich einen Bürojob hätte, hätte ich Patricia nie so feige verlassen.«

»Dann hättest du sie aber auch gar nie kennengelernt. Das ist doch nicht besser.«

»Vielleicht ja schon.« Sie wischte sich über beide Wangen. Ich wusste nicht mehr, was ich sagen sollte. Konnte schon sein, dass sie teilweise recht hatte. Das mit dieser Patricia war von Anfang an in jeder Hinsicht zum Scheitern verurteilt gewesen, und hätten sich die beiden nie kennengelernt, wäre Esra jetzt zumindest kein Häufchen Elend. Esra zog die Nase hoch, atmete dann laut aus.

»Jedenfalls gehe ich nicht nach Syrien«, sagte sie dann.

»Okay.«

»Was soll ich dort, das ist doch purer Wahnsinn.«

»Okay, gut«, sagte ich noch mal, was sonst blieb mir übrig.

»Gehen wir wieder raus«, meinte Esra, nahm ein Tuch aus dem Tuchspender, wischte sich damit über die Augen, ohne in den Spiegel zu schauen.

»Und Jacinta?«, fragte ich.

»Die kann ja nichts dafür.«

»Wir können auch einfach zurück in Tilos Wohnung gehen, Esra.«

»Nein, wir gehen zum Tisch. Wir genießen jetzt wenigstens ein Wochenende lang Wien, Katja«, sagte Esra, lächelte das traurigste, schiefste Lächeln, das ich je an ihr gesehen hatte, fasste sich in die Haare und band sie zu einem Zopf zusammen. Ich hatte Lust, zurück zum Denkmal zu gehen, mit Esra an der Hand, mich direkt mit ihr vor den Brunnen zu stellen und uns berieseln zu lassen, aus der Zeit zu fallen, um uns herum Asphalt und Autos und bimmelnde Straßenbahnen, hinter uns der Soldat und goldener Kitsch in kyrillischer Schrift.

»Okay, gehen wir«, sagte ich.

»Lass dir nichts anmerken, ja?«, bat Esra. Mama hatte früher das Gleiche gesagt, *lasst euch niemals was anmerken, das geht die alle nichts an,* Tilo hatte brav zugestimmt, während ich mich gefragt hatte, was wohl passieren würde, wenn wir uns nicht daran hielten.

Esra nickte mir zu, biss sich auf die Lippe, quetschte sich an mir vorbei zur Tür, blieb davor stehen, ich konnte sehen, wie sie kurz zögerte, dann drehte sie das Schloss um. Ich schaute in den kleinen Spiegel, erinnerte mich an die Nacht mit Giacomo, in der ich mich im Fenster nicht wiedererkannt hatte. Dann sah ich zur Tür, Esra war schon um die Ecke verschwunden, ich setzte mich in Bewegung, nur noch dieser Abend und der halbe Sonntag, das würden wir schaffen, bald waren wir zurück in Berlin.

Zurück am Tisch sahen sie aus wie eine ganz normale Freundesgruppe. Tilo redete, Esra und Jacinta hörten zu, Rex war unter der roten Bank verschwunden, nur der Schwanz war noch zu sehen. Ich setzte mich, Tilo redete weiter, erzählte etwas von einer begabten Studentin, ich sah zu Esra, dann zu Jacinta. Wer war diese Frau eigentlich? Und was hatte Esra da vorhin gesagt, hatte sie wirklich ein Kind?

»Hast du eigentlich Kinder?«, unterbrach ich Tilo mitten im Satz.

»Was?«, fragte Tilo.

»Nicht du. Jacinta.« Jacinta schaute Tilo an, irritiert, dann zurück zu mir.

»Hat Tilo dir das nicht erzählt?«, fragte sie.

»Nein, hat er nicht.« Esra räusperte sich, ich sah zu ihr. Sie schüttelte leicht den Kopf, ihre Lippe blutete wieder.

»Hier«, sagte ich, gab ihr meine Serviette. Atmen, einfach atmen.

»Ist doch nicht so wichtig«, meinte Tilo kleinlaut.

»Mh«, sagte ich, mein Magen ganz schnell ein großer Knoten. Immer noch das Gleiche, nie die volle Wahrheit, so viele Lügen stattdessen. So weit war es gekommen, dass er sich jetzt Frauen anlachte, die die Kinder schon mitbrachten, mit denen er sich sein falsches Familienleben nicht erst aufbauen musste. Was versprach er sich von diesem Kind? Dass es ihn heilen, geraderücken würde? Wollte er Vater spielen können, damit er sich nicht mehr so verlassen fühlte? Einen kleinen Menschen so lieben, dass der gar nicht anders konnte, als zurückzulieben? Einen menschgewordenen Neuanfang? Erst der Hund, dann ein Kind? Was glaubte Tilo, wie das funktionieren sollte? Glaubte er, dass Jacinta nicht so schnell wie alle anderen auch draufkommen würde, wie tief seine Gräben waren, wie erschütternd leer er letztlich war?

»Felix heißt mein Sohn«, unterbrach Jacinta meine Gedanken, »er ist immer eine Woche bei mir und dann eine Woche bei meinem Ex-Mann.«

»Mh«, sagte ich noch mal, hatte Lust, das bescheuerte rotweiß-rote Tischtuch runterzureißen, die Gläser zerspringen zu sehen, Scherben in meiner Haut, in Tilos Haut.

»Ich wollte sowieso …«, setzte Jacinta an, aber Tilo legte ihr die Hand auf den Unterarm.

»Erzähl ruhig«, sagte ich.

»Musst du nicht«, widersprach Tilo.

»Lass sie doch erzählen«, sagte ich, »dann redet wenigstens eine hier Klartext.«

»Ich …«, sagte Jacinta, lächelte mild wie eine Grundschullehrerin, »ich wollte euch fragen, ob ihr Lust habt, morgen mitzukommen. Felix wird ein Jahr alt, aber er ist diese Woche noch bei seinem Vater, deshalb ist das Fest bei ihm zu Hause.«

»Es wäre uns eine Ehre«, antwortete Esra, bevor ich auch nur Luft holen konnte.

»Ihr könnt direkt von dort zum Bahnhof fahren, das ist nicht weit«, sagte Jacinta. Kurz schloss ich die Augen. Pochen in meinen Ohren.

»Katja?«, fragte Jacinta. Ich öffnete die Augen wieder.

»Okay«, erwiderte ich, »wann ist das denn?«

»Um elf«, sagte Jacinta.

»Wo?«, fragte Esra.

»Im Chopinhof«, antwortete Tilo, »das ist im zweiten Bezirk.« Ich sah ihn an, er sah zurück. Warum bloß, wollte ich schreien, was hab ich dir denn getan, Tilo, warum kannst du nicht einfach ehrlich zu mir sein, du kannst mir das doch nicht immer noch nachtragen, du bist doch der ach so Großmütige. Wenigstens von dem Kind hättest du mir doch erzählen sollen, Tilo, wenigstens davon.

»Okay«, sagte ich stattdessen, es war zu spät, alles war gesagt. Lüge um Lüge, Heuchelei um Heuchelei, Tilos Hund, Jacintas Kind, alles. Und dazwischen Esra, die für nichts von all dem etwas konnte. Die ich mitgeschleift hatte, ohne mir zu überlegen, was es wohl mit ihr anstellen würde. »Ich gehe«, sagte ich und wandte mich Esra zu, »kommst du mit, Esra?« Sie sah mich starr an, bewegte sich nicht. »Esra?« Sie senkte den Blick, sah auf den Tisch.

Ich hatte Lust, sie unter den Armen zu packen, hochzuhieven und rauszutragen, raus aus diesem Monika-Café, aus dem Tilo-Wien, sie bis zum Bahnhof mitzutragen, in irgendeinen Zug zu steigen und einfach nordwärts zu fahren, bis an die Ostsee, auszusteigen und ihr alles zu erzählen, alles von vorne, jede hässliche Geschichte. Aber ich konnte sie nicht zu noch mehr überreden, ich hatte ihr genug angetan. »Bis später«, sagte ich zu ihr.

»Wo gehst du denn jetzt hin?«, fragte Tilo, sah erschrocken von Esra zu mir.

»Raus«, antwortete ich, stand auf, sah einmal in die Runde, nahm den Mantel vom Kleiderhaken und ging. Als die Cafétür hinter mir zuglitt, fing ich an zu rennen. Es war Zeit. Irgendwann blieb ich stehen, alles zitterte. Atmen, einfach atmen. Es war Zeit, Zeit für etwas anderes. Für ein richtiges neues Leben, ohne Müll, ohne die unausgesprochenen Vorwürfe.

Vielleicht hätten wir es damals auch ohne das Jugendamt geschafft, ja. Vielleicht hätten wir uns zu zweit durchschlagen können, Tilo und ich, wenn wir abgehauen wären. Aber was tat das heute zur Sache? Ich hatte nach so vielen hungrigen Nächten endlich gehandelt, hatte den schweren Hörer von der Ladestation genommen und die Nummer von der Jugendamt-Frau gewählt, die mir nach der Ohnmacht in der Schule ihre Visitenkarte gegeben hatte. Wie lange waren wir da schon alleine gewesen? Drei Wochen, vier? Wie lange waren wir nur noch in die Schule gegangen, weil uns dort jemand ein Stück Pausenbrot abgab und es warm war? Wie viele Wochenenden hätten wir in diesem klirrend kalten Winter noch überstanden, zwei Kinder unter allen Decken, die das Haus zu bieten hatte?

Und trotzdem Tilos Misstrauen, das bis heute anhielt. Da konnte er mir noch so oft erzählen, dass er mir verziehen hatte. Aber er trug es mir bis heute nach. Dass ich ihn nicht gefragt hatte. Dass ich einfach die Nummer gewählt hatte. Wie hatte er geschrien, als sie dastanden, links die Polizisten und rechts die Frau vom Jugendamt. Erst hatte er die drei angeschrien, dann mich. Wie ich ihm das antun konnte, wieso ich Mama nicht noch eine Chance geben konnte, wieso ich alles kaputtmachen musste. Danach nie wieder ein Wort darüber, nicht im Kleinen Bahnweg, wenn sie uns fragten, wie wir ins Heim gekommen waren. Nicht in der angeordneten Familientherapie Jahre später. Vielleicht war es das, was ihn so unverzeihlich stimmte. Der kleine Junge, der seine Schwester nicht verstehen konnte, irgendwo in einem kalten Haus in Kassel vor mehr als zweiundzwanzig Jahren.

Er musste der Anfang sein. Erst Tilo, dann der Rest. Ich konnte nicht zurückgehen zu jenem Abend, ich konnte ihn rückwirkend nicht mehr einweihen. Ich war ihm nichts schuldig. Es war Zeit, endlich auf Abstand zu gehen, für eine Weile nicht mehr nach Wien zu fahren, Tilo nicht mehr nach Berlin einzuladen, nicht jeden Anruf entgegenzunehmen. Es war Zeit, das alte Leben wirklich ein altes Leben sein zu lassen.

Erst Tilo, dann der Rest. Ich zog das Handy heraus, meine Hände zitterten nicht mehr, ich wählte Giacomos Nummer, Mailbox. Ich probierte es noch mal, wieder Mailbox. Die SMS war schnell getippt, ich sendete sie. Am Montag würde ich die schriftliche Kündigung in sein Büro legen und eine hohe Abfindung verlangen. Er würde sie zahlen, dumm war er nicht.

Ich knöpfte meinen Mantel auf, holte die Geldbörse aus der Innentasche. Irgendwo ganz hinten hatte ich die Karte des

Headhunters verstaut. Ich zog sie heraus, erinnerte mich an den Flug, an die seltsame Unterhaltung. Gerade war das erst passiert, konnte das sein? Ich tippte die Nummer ein, Ziffer um Ziffer, überlegte nicht mehr, tippte auf den grünen Knopf, hielt mir das Handy ans Ohr. Er meldete sich nach dem ersten Tuten.

KAPITEL 14: ÁDÁM

Ádám schaute auf die Uhr an seinem Handgelenk und holte Luft.
»Wir sind schon zu spät, Aniko«, rief er, »wie lange denn noch?«
»Gleich, zwei Minuten«, rief Aniko aus dem Bad zurück.
Ádám schaute erneut auf die Uhr. Er hatte Daniel versprochen, ab halb elf beim Aufbau zu helfen, und jetzt war es schon weit nach zehn. Er sah Daniel vor sich, wie er im Chopinhof die Stiege von der Wohnung ins Erdgeschoss nach unten ging, Felix auf dem Arm, einen Klappsessel in der anderen Hand. Felix mit der Geburtstagskrone auf dem Kopf, die Ádám für ihn gebastelt hatte, obwohl er wusste, dass Felix noch zu klein war, um royale Anspielungen zu verstehen. Ádám war schon angespannt eingeschlafen, dann nachts wieder und wieder aufgewacht und schließlich um vier Uhr aufgestanden. Aniko und Daniel würden sich heute das erste Mal sehen, seit er zurück zu ihr gezogen war. Ádám selbst war zwar noch mehrmals im Chopinhof gewesen, schon diese Woche fast jeden Tag, weil es Daniels Woche mit Felix war. Aber Daniel war nie mit in die Wohnung hochgekommen, wenn er Ádám abgesetzt hatte.
Ádám sah an sich herunter. War er zu förmlich angezogen? Felix wurde ein Jahr alt, das war ein festlicher Anlass, oder? Er schlüpfte aus den Anzugschuhen, verstaute sie in der Garderobe, holte Sneaker heraus. Besser. Er sah sich unschlüssig um und ging dann ins Wohnzimmer. Wer hätte gedacht, dass gerade der letzte Februartag ein Frühlingstag wird, dachte er und erinnerte sich an den achtundzwanzigsten Februar des letzten Jahres. Daniel hatte angerufen, mitten in der Nacht, hatte ins Telefon geschrien, dass es losgehe. Nie wieder hatte

Ádám Daniel so aufgeregt erlebt, so voller Anspannung, voller Angst.

Und dann, fast zwölf Stunden später, war der zweite Anruf gekommen. *Felix*, hatte Daniel am Telefon gesagt, *wir haben einen Felix*. Ádám hatte sich den ganzen Tag nicht auf seine Arbeit konzentrieren können, hatte nur wieder und wieder auf sein Handy geschaut, bis ihn Mirko ermahnt hatte. Direkt nach der Arbeit war er an das andere Ende Wiens gefahren, bis zum Sankt Josef Krankenhaus. Während er dort darauf wartete, dass die Besuchszeit endlich begann, sah er einer Nonne dabei zu, wie sie mit einem altmodischen Besen die Stufen, die zum Eingang führten, von Rollsplitt zu befreien versuchte. Es könnte Ungarn sein, hatte er sich damals gedacht. Eine Nonne mit Reisigbesen vor einem katholischen Spital.

Dann hatten sich die ersten Wartenden neben Ádám bewegt, er hatte auf die Uhr geschaut und sich im Zaum halten müssen, um die Stufen in den ersten Stock nicht hinaufzurennen. Vor Zimmer 117 stand Daniel, einen Haufen Stoff in der Hand. Ádám hatte innegehalten, das Bild auf sich wirken lassen und war erst dann auf Daniel zugegangen. Hatte er etwas gesagt? Er konnte sich nicht erinnern. Nur an den Moment, als er Felix zum ersten Mal sah, eingewickelt in Stoff. An das kleine, zerdrückte Gesicht, die winzige Nase mit den kleinen Pünktchen, die Blase an der Oberlippe. Ádám hatte an Ort und Stelle zu weinen angefangen, bis Daniel ihm auf den Rücken geklopft und mit belegter Stimme irgendetwas gemurmelt hatte. Ein Jahr ist das her, dachte Ádám jetzt, ein ganzes Jahr, in dem so viel passiert ist, was nie hätte passieren sollen.

»So, fertig«, sagte Aniko hinter ihm. Er drehte sich zu ihr um und vergaß kurz die Nostalgie und die Verspätung. Sie trug das blaue Kleid, das sie auf dem Standesamt getragen hatte.

»Schön siehst du aus«, antwortete er leise und trat auf sie zu.

»Du auch«, sagte sie und schaute an ihm herunter. »Aber die Schuhe passen nicht wirklich, oder?«

»Es ist ja nur ein Kindergeburtstag, nichts Großes, nichts Aufregendes.«

»Mh«, sagte Aniko, »ich würde trotzdem die schwarzen anziehen.«

»Okay, wie du meinst.« Ádám schlüpfte aus den Schuhen und holte die anderen wieder aus dem Schrank.

»Fertig?«, fragte Aniko ihn, als er wieder auf Augenhöhe war.

»Ja, gehen wir.« Ádám schulterte den Rucksack, in dem das Geschenk verstaut war. Kurz überlegte er, ob er noch etwas sagen sollte, über Daniel oder Felix oder Jacinta, die laut Daniel einen neuen Freund hatte. Aber warum sollte er. Es würde kommen, wie es kommen würde.

Als sie um die Ecke bogen, hinter der der Chopinhof mit seinen grauen zwei Stiegen in die Höhe ragte, merkte Ádám, wie Aniko sich neben ihm anspannte.

»Alles okay?«, fragte er, um irgendetwas zu sagen.

»Ja, ich bin nur ...«, setzte Aniko an, sagte dann aber nichts weiter. Ádám nickte, er verstand. Auch er war mit jedem Schritt auf den Chopinhof zu nervöser geworden. Beherzt nahm er ihre Hand, obwohl er wusste, dass sie Händchenhalten nicht mochte. Wem willst du hier etwas beweisen, fragte er sich und ließ ihre Hand wieder los. Daniel wusste genug, um sich von zwei verschränkten Händen nicht täuschen zu lassen.

»Ádám!«, rief Daniel aus dem Fenster im dritten Stock. Ádám schaute nach oben und winkte.

»Tut uns leid«, rief er zurück.

»Egal, jetzt seids ja da.« Daniel wandte sich ab und schloss das Fenster. Keine Minute später kam er mit Felix auf dem Arm durch die Stiegentür in den Innenhof. Nicht überfordert oder gestresst, wie Ádám es sich vorgestellt hatte, sondern breit grinsend kam er auf Ádám und Aniko zu und machte mit dem freien Arm eine ausladende Bewegung.

»Nur für uns, ein Traum, oder?«, sagte er. Ádám folgte der Bewegung. Daniel hatte recht: Kein Mensch war auf der Grünfläche neben den Parkplätzen, die Daniel als Innenhof bezeichnete. Wahrscheinlich trauten die Menschen dem Sonnenschein noch nicht. Felix hatte tatsächlich die Krone auf, die Ádám ihm gebastelt hatte, und quietschte, als er Ádám sah. Wie automatisch lehnte er sich nach vorne, als Daniel bei Ádám und Aniko angekommen war, und Ádám nahm das Kind auf den Arm.

»Alles Gute zum Geburtstag«, sagte Ádám leise und fragte sich kurz, was Aniko wohl von ihm dachte. Von ihm und der ganzen Situation.

»Schön, dass ihr da seids«, riss Daniel ihn aus seinen Gedanken.

»Na sicher«, erwiderte Aniko, als wäre es das Normalste der Welt, dass sie hier alle zusammenstanden. »Alles Gute, kleiner Mann«, fügte sie hinzu und strich Felix dabei kurz über die Wange. Ádám schaute Felix an, und Felix schaute Aniko mit großen Augen an.

»Sind die anderen schon da?«, fragte Ádám Daniel.

»Na«, sagte Daniel, »mal schauen, wen sie da anschleppt.«

»Jacinta?«, fragte Aniko.

»Genau«, antwortete Daniel.

»Mhm«, sagte Aniko. Wie im Theater, dachte Ádám, oder bei Hofe, ein höflicher Eiertanz zwischen Daniel und Aniko. Er stellte sich die beiden in frühneuzeitlicher Kleidung vor, Aniko in einem bodenlangen Kleid mit Korsett, Daniel im Frack und mit Zylinder, Aniko knickste, Daniel hob den Zylinder. Ádám musste grinsen.

»Was ist?«, fragte Aniko ihn.

»Nichts, nichts«, antwortete Ádám. Felix legte seinen Kopf auf Ádáms Schulter, sodass die Papierkrone Ádám in den Nacken stach. Er legte den Kopf etwas schief, aber Felix rückte nach.

»Kommts«, sagte Daniel, »ich hab noch fast nix aufbauen können.« Sie setzten sich in Bewegung, Daniel ging voraus, hinter ihm Aniko und Ádám mit Felix als Schlusslicht. Ádám merkte, wie sich die Anspannung in seinem Nacken löste. Sowohl Daniel als auch Aniko schienen an dieser Art Waffenstillstand interessiert zu sein. Wie lange wohl, fragte sich Ádám, schob den Gedanken aber dann beiseite und wandte sich Felix zu, der sich neugierig umschaute. Ádám pustete ihm in den Nacken, wie er es bestimmt schon tausendmal gemacht hatte, und das Kind quietschte und patschte Ádám mit der kleinen Hand auf den Kopf.

Auf der Grünfläche standen ein paar Klappsessel, die einmal weiß gewesen sein mussten. Daneben im Gras lagen ein gräulich verfärbter Biertisch, eine Serviettenpackung, Plastikteller, Plastikbecher, eine riesige Flasche Limonade und zwei Packungen Orangensaft. Ein paar Meter weiter lag eine noch nicht ausgebreitete Picknickdecke auf der Wiese.

»Und der Kuchen?«, fragte Ádám.

»Den bringt die Jacinta«, sagte Daniel, wandte sich ab und ging ohne eine weitere Erklärung Richtung Stiegeneingang. Wieder musste Ádám an den Anfang von Felix' Leben denken, die ersten Tage im Spital, dann die ersten im Chopinhof. Jacinta hatte bei der Geburt viel Blut verloren, Felix schlief wenig, Daniel rauchte viel. Ádám kam jeden Tag nach der Arbeit zu ihnen, brachte Essen mit, legte Wäsche zusammen, versuchte, den winzigen neuen Menschen in den Schlaf zu wiegen. Nach drei Wochen stand Daniel wieder jeden Morgen mit dem Lieferwagen vor Ádáms Tür, mehr schlafend als wach. Aniko war ein paarmal in den Chopinhof mitgekommen, dann nicht mehr. Ádám hatte irgendwann nichts mehr dazu gesagt, er kannte ihre Antworten.

»Ádám, komm, hilf mir«, meinte Aniko. Sie kniete vor dem Biertisch und versuchte, die linke Strebe aufzuklappen. Ádám ging mit Felix zur Picknickdecke und breitete sie so gut es einhändig ging aus.

»Wir sind eh da, wir gehen nicht weg«, sagte er zu Felix, bevor er ihn vorsichtig auf der Decke absetzte. Dann ging er zu Aniko, stellte den Rucksack ab, bückte sich neben sie und rüttelte gemeinsam mit ihr an der Strebe. Als der Klappmechanismus sich mit einem Ruck löste, setzte es beide auf ihre Hintern. Ádám erwartete, dass Anikos Laune sofort kippen würde, aber sie rappelte sich nur grinsend auf.

»Das war's dann wohl mit dem Kleid«, sagte sie auf Ungarisch und betrachtete den nassen Fleck auf ihrem Kleid.

»Kriegen wir schon raus«, antwortete Ádám auch auf Ungarisch und stand auf. »Wo hat er diesen Tisch bloß her?«

»Sieht aus wie vom Mistplatz.« Ádám musste auch grinsen. Zu gut konnte er sich Daniel inmitten eines aufgetürmten Stapels an ausrangierten Tischen und Bänken vorstellen, auf einem Mistplatz am Stadtrand.

»Vielleicht«, sagte Ádám, dann sah er prüfend zu Felix. Das Kind lag auf dem Rücken und schaute in den Himmel, die Krone lag hinter ihm. Ádám folgte Felix' Blick. Kein Flugzeug, keine Wolke, nur blau, als hätte es den langen grauen Winter nicht gegeben.

»Wenn sie bloß alle so wären«, sagte Aniko hinter ihm.

»Wer?«, fragte Ádám, während er sich zu ihr umdrehte. Auch sie schaute zu Felix.

»Alle Kinder«, meinte Aniko, während sie sich wieder dem Biertisch widmete. Der zweite Klappmechanismus funktionierte auf Anhieb.

»Jedes Kind ist eben anders, das ist ja das Schöne.«

»Mmh«, sagte Aniko, ohne ihn anzuschauen. Wie so oft wünschte Ádám sich, direkt in ihren Kopf sehen zu können und ihr nicht jeden Gedanken entlocken zu müssen.

»Was wäre denn gut daran, wenn alle Kinder gleich wären?«, hakte er nach.

»Ist doch egal, Ádám, war nur so dahingesagt.« Aniko drehte den Tisch um und begutachtete die dreckige Oberfläche. »So kann das nicht bleiben«, sagte sie entschlossen, ließ Ádám stehen und ging Richtung Stiegeneingang.

»Aniko«, rief Ádám.

»Mh?«, fragte sie, während sie sich umdrehte. »Ich geh nur was zum Abputzen holen, für die Flecken.« Ádám nickte, auch wenn er sie am liebsten gebeten hätte, bei ihm und Felix zu bleiben. Wer weiß, was Daniel ihr an den Kopf werfen wird, wenn sie da oben zu zweit sind, dachte er. Wer weiß, was sie zurückschleudern wird. Er sah zu Felix, der etwas in sich hinein brabbelte.

Ádám packte den schmutzigen Tisch und stellte ihn mittig auf die Grunfläche, damit er weit genug vom Parkplatz und von der Straße war. Er holte die Klappsessel nach, verteilte sie um den Tisch und betrachtete sein Werk. Besser als nichts, dachte er, schaute dann wieder zu Felix, der immer noch auf dem Rücken lag. Seit Ádám zurück in die alte Wohnung gezogen war, hatte er Aniko noch nicht darauf angesprochen. Sie hatten sich versprochen, einander Zeit zu lassen, sich besser zuzuhören. Ádám hatte sie nicht gefragt, wie sie über Kinder dachte, jetzt, da das Nilpferd nicht mehr da war.

Ádám ging zur Picknickdecke, zog sich die verdreckten Schuhe aus und legte sich rücklings neben Felix. Er atmete tief ein, tief aus. Felix drehte sich vom Rücken auf die Seite und sah Ádám an, der seinen Kopf zu dem Kind drehte.

»Und?«, fragte er Felix, »wie ist das, erst ein Jahr auf der Welt zu sein?« Das Kind grinste. »Schön?« Felix streckte die Hand nach Ádám aus und griff nach seinem Hemdkragen. »Das ist ein Hemd«, sagte Ádám und löste die kleine Hand vorsichtig von dem Stoff, »das trage ich nicht oft, weißt du?« Felix verzog das Gesicht. Ádám hob beide Hände Richtung Himmel, verschränkte die Daumen ineinander, wie es schon sein Vater gemacht hatte, und bewegte den Hände-Vogel hin und her. Felix quietschte laut, als Ádám den Vogel auf die Picknickdecke zusausen ließ. Ádám lachte und wiederholte die Bewegung.

»Ádám?«, unterbrach ihn Jacintas Stimme von hinten.

»Oh, entschuldige …« Ádám rappelte sich auf. Felix war schneller als er und tapste auf seine Mutter zu. Jacinta sah stolz aus, wie sie da in der Mitte von zwei anderen fremden Erwachsenen stand. Schnell zog Ádám sich die Schuhe an, seine Gedanken rasten. Wo blieben Aniko und Daniel? War doch etwas passiert? Sollte er nach oben gehen und nachschauen oder wäre das unhöflich den unbekannten Gästen gegenüber? Felix war sturzlos bei Jacinta angekommen, sie nahm ihn auf den Arm und drückte ihn fest an sich. Ádám sah die Krone auf der Picknickdecke und überlegte, ob er sie aufheben sollte.

»Ist das die Krone?«, kam Jacinta ihm zuvor.

»Ja, genau«, sagte Ádám.

»Hast du die Krone von Ádám vergessen?«, sagte Jacinta zu Felix und stellte ihn sacht zurück auf seine Beinchen. »Hol sie mal.« Felix sah kurz verwirrt zu ihr nach oben, dann zu dem Mann mit der Kuchenform und dem Hund, dann zu der Frau mit dem Koffer. Dann erst drehte er sich um und wankte auf die Decke zu. Ádám klopfte sich die Hose ab, räusperte sich und ging auf Jacinta und die anderen zwei zu.

»Ich bin der Ádám«, sagte er, »schön, dass ihr auch gekommen seid.«

»Tilo«, antwortete der Mann neben Jacinta und gab Ádám die Hand.

»Esra«, sagte die Frau auf der anderen Seite und tat es dem Mann nach. Ádám sah Jacinta kurz fragend an. Würde sie nicht erklären, wer hier wer war? Der Mann mit der Kuchenform in der Hand musste der neue Freund sein, von dem Daniel gesprochen hatte. Aber wer war die Frau? Und warum sahen sie alle so erschöpft aus?

Felix kam mit der Krone daher und stellte sich neben Ádám, der sie ihm wieder aufsetzte und ihn dann auf den Arm nahm.

»Und Daniel?«, fragte Jacinta.

»Der ist noch oben«, sagte Ádám. Mit Aniko, wollte er sagen, ließ es aber bleiben. Wie würde das sonst klingen.

»Er ist groß für ein Jahr, oder?«, fragte die Frau, Esra, jetzt. Sie hatte eine tiefe Stimme, die gut zu den dunklen Locken und Augen passte. Vielleicht arbeitet sie in einer Führungsposition, dachte Ádám, obwohl sie nicht viel älter ist als wir.

»Ja«, sagte Jacinta und lächelte die Frau stolz an, »als er auf die Welt gekommen ist, war er sehr klein. Aber er hat schnell nachgeholt.« Hieß es nachgeholt oder aufgeholt? Ádám war sich nicht sicher. *Der Teufel liegt im Detail*, hatte die Deutschlehrerin im Volkshochschul-Abendkurs immer gesagt.

»Und du bist ...?«, fragte die Frau Ádám. Jacinta hatte wohl nichts erzählt.

»Ich arbeite mit Daniel zusammen«, antwortete Ádám, »er hat mir alles beigebracht, als ich ... als wir hergekommen sind.«

»Aus Ungarn«, fügte Jacinta hinzu.

»Ja, genau«, sagte Ádám und merkte, wie seine Stimme leicht zu zittern begann. »Meine Frau und ich sind vor fünf Jahren aus Budapest gekommen. Ich habe eine Malerlehre gemacht und Daniel hat mich eingelernt.« Die Frau schien so aufmerksam zuzuhören, als hätte ihr noch nie jemand etwas so Spannendes erzählt. Ádám räusperte sich. »Meine Frau ist Buchhalterin, sie ist oben«, fügte er hinzu, schaute in den dritten Stock hinauf und dachte sich, dass er das sehr ungeschickt formuliert hatte. Als wäre Aniko oben im Chopinhof als Buchhalterin angestellt. Als würde sie für Daniel als Buchhalterin arbeiten.

»Verstehe«, antwortete die Frau und lächelte ihn warm an.

»Und ihr?«, fragte Ádám und schaute von Esra zu Tilo, »was macht ihr so?«

»Ich bin nur zu Besuch«, meinte Esra, »mit Tilos Schwester.« Ádám lächelte verunsichert. Warum brachte Jacinta irgendwelche Leute zu der ersten Geburtstagsfeier ihres Kindes mit? Und wo war diese Schwester?

»Und ich bin Dozent an der Uni«, sagte Tilo.

»Ah«, sagte Ádám, »an welcher Universität denn?« Bestimmt etwas Künstlerisches, dachte er, oder Politikwissenschaften, mit den ungekämmten Haaren und den alternativen Schuhen. Überhaupt passten die drei nicht wirklich zusammen. Drei Puzzleteile aus drei verschiedenen Puzzlesets, dachte Ádám. Und er selbst daneben, der Gipfel der Lächerlichkeit, ein Kind auf dem Arm, das nicht seines war, die Hose verdreckt, die Schuhe auch.

»Ich bin an der Bildenden, im ersten Bezirk«, antwortete Tilo. Ádám wusste, wo die Akademie der Bildenden Künste lag, er war oft genug daran vorbeigegangen. Aber woher sollte der Mann das wissen? Er sah einen Maler aus Ungarn vor sich, sonst nichts. Man konnte ihm nicht böse sein.

»Ádám hat Philosophie und Linguistik studiert«, sagte Jacinta. Sie musste das Gleiche gedacht haben wie Ádám.

»In Budapest?«, fragte Esra und sprach es ungarisch aus, mit *scht* am Ende.

»Genau«, sagte Ádám.

»An der Central European?«, fragte Esra. »Dort hat eine

Freundin von mir früher studiert, Philosophie und Menschenrechte, glaube ich.«

»Nein, an der Eötvös-Loránd«, sagte Ádám.

»Verstehe.« Esra lächelte wieder. Manche Menschen konnten das einfach, dachte Ádám, eine unaufgeregte, verständnisvolle Atmosphäre schaffen, einfach so, mit wenigen oder gar keinen Worten.

»Schon wieder da«, rief Daniel hinter ihnen. Ádám drehte sich Richtung Stiegentür, aus der hinter Daniel auch Aniko herauskam. Unter ihrer Jacke hatte sie nicht mehr das blaue Kleid an, sondern ein anderes, dunkles, das ihr ein bisschen zu klein und zu eng war.

»Meine Frau«, sagte Ádám.

»Ihr seids ja pünktlich«, meinte Daniel, der jetzt bei ihnen angekommen war. Ádám sah zu Aniko, die ihn offen anschaute, als wäre alles völlig in Ordnung.

»Hi, ich bin Aniko«, sagte sie, stellte sich neben Ádám und lächelte in die Runde. Ádám bewunderte diese souveräne Art, die sie an sich hatte. Nie wirkte sie in der Anwesenheit anderer Menschen unsicher oder nervös, eher erhaben, die ewige Gastgeberin.

»Lange nicht gesehen«, sagte Jacinta zu Aniko.

»War viel zu tun«, erwiderte Aniko und lächelte wieder breit in die Runde, »kommt, wir müssen nur noch schnell den Tisch abwischen.« Sie drehte sich um und ging die paar Schritte zum Biertisch, alle anderen gingen ihr nach, nur Daniel und Ádám blieben stehen.

»Hey«, sagte Ádám zu ihm, »alles in Ordnung?«

»Sicher, was soll nicht in Ordnung sein?«, fragte Daniel, streckte die Arme aus und nahm Felix von Ádáms Arm. »Die sind alle wegen dir da«, sagte er zu Felix, der verwirrt von Daniel zu Ádám schaute und dann das Gesicht verzog. »Vogerl«, fragte

Daniel, »war's beim Ádám leicht besser?« Felix sah wieder von seinem Vater zu Ádám und strampelte dann mit den Beinen.

»Vielleicht will er runter«, sagte Ádám.

»Wenn das so ist«, sagte Daniel und stellte das Kind auf den Boden, »dann bitte schön.« Felix sah kurz zu den beiden auf, lachte und stolperte dann Richtung Biertisch los.

»Ich hab noch ein Kleid von der Jacinta da gehabt«, meinte Daniel, »wunder dich nicht.«

»Okay.« Ádám sah seiner Frau dabei zu, wie sie den Tisch abwischte. Jacinta und die anderen beiden standen daneben. Alles wirkte unrund auf Ádám, die fremden Menschen, aber auch die, die er eigentlich kannte. Waren sie es, die sich nicht normal aufführten, oder war er es selbst?

»So«, sagte Aniko, als Ádám und Daniel beim Tisch ankamen, »jetzt können wir anfangen.« Ádám bückte sich, hob die Flaschen, die Servietten und das Plastikgeschirr auf und stellte sie auf den Tisch.

»Setzts euch ruhig nieder«, sagte Daniel. Ádám konnte sehen, wie Daniel den Mann neben Jacinta, Tilo, musterte. Er probiert nicht einmal, es zu verbergen, dachte Ádám.

»Fehlen Sessel?«, fragte Aniko, wieder ganz die Gastgeberin.

»Vielleicht einer«, meinte Jacinta und schaute Tilo dabei komisch prüfend an, »vielleicht kommt noch jemand.«

»Wer denn?«, fragte Daniel und schaute direkt Tilo dabei an.

»Meine Schwester«, antwortete Tilo und Ádám fiel erst jetzt, im direkten Vergleich von Tilo und Daniel auf, wie unterschiedlich deutsche Wörter klingen konnten. Tilo und Esra sprachen härter, deutlicher. Was sie wohl über seinen Akzent dachten?

»Schön«, sagte Aniko, »gehst du einen holen, Ádám?«

»Im Keller«, fügte Daniel hinzu, kramte in der Hosentasche und holte seinen Schlüssel heraus.

»Okay«, sagte Ádám, auch wenn er eigentlich an Ort und Stelle stehen bleiben wollte, um zu beobachten, was zwischen diesen Menschen passieren würde. Um Aniko nicht aus den Augen zu verlieren. Das Wort *Mischkulanz* fiel ihm ein, das Daniel gerne verwendete. Eine Mischkulanz aus völlig verschiedenen Menschen. Als er sich Richtung Stiegeneingang wandte, rief Tilo hinter ihm: »Ich helfe dir, warte.«

»Es ist bloß ein Sessel«, sagte Ádám, aber Tilo ließ sich nicht beirren. Ádám verstand, dass es um etwas anderes ging. Er wartete, bis sie am Kellerabsatz waren, und blieb dann stehen. »Alles okay?«, fragte er den großen deutschen Mann mit den zerzausten Haaren und den großen blauen Augen, die Ádám an Wasser erinnerten. Wasser auf Fotos, Wasser aus der Südsee, Wasser neben Palmen.

»Du bist doch Daniels bester Freund, oder?«, fragte Tilo direkt. »Hat Jacinta mir gesagt«, fügte er hinzu, als Ádám nicht sofort antwortete.

»Ich denke schon«, erwiderte Ádám vorsichtig. Was sollte das werden?

»Ich hoffe, du nimmst mir das jetzt nicht übel«, sagte Tilo und strich sich mit einer Hand wie mit einem breiten Kamm durch die Haare. Er ist nervös, dachte Ádám, vielleicht hat er sogar Angst. Vor wem? Vor Daniel? »Ich war noch nie mit einer Frau zusammen, die so ist, die so eine Geschichte hat wie Jacinta«, sagte Tilo, »und ich will nicht, dass das kaputtgeht, weil ich die Hintergründe nicht verstehe.« Was meinte er damit? Meinte er, dass sie aus Honduras war? Dass sie ewig dafür hatte kämpfen müssen, ihr Studium in Österreich anerkennen zu lassen? Dass es mehr als einmal unklar gewesen war, ob sie bleiben durfte?

»Mhm«, sagte Ádám.

»Der Kleine ist erst ein Jahr alt, und immerhin ist er jede zweite Woche hier«, meinte Tilo, »da dachte ich mir, es ist wichtig zu wissen, was hier so abgeht.« Es ging also nicht um Honduras. Nicht um Jacintas Vorgestern, sondern um ihr Gestern. Ihr Gestern im Chopinhof.

»Was magst du wissen?«, fragte Ádám. Er konnte den Mann gut verstehen. Er wollte so viel wie möglich wissen. Wer will das nicht, fragte Ádám sich.

»Wie ist das passiert, mit Jacinta und Daniel, meine ich«, sagte Tilo leise und schaute sich um. Ádám folgte seinem Blick. Niemand war da.

»Der Anfang oder das Ende?«

»Beides.«

»Sie haben sich zufällig kennengelernt«, sagte Ádám, »aber da war ich nicht dabei, das haben sie mir nur erzählt.« Tilo nickte. »Irgendwo bei der Erster-Mai-Demonstration sind sie nebeneinandergestanden. Und Jacinta hat Daniel gefragt, was das auf den Fahnen war. Die drei Pfeile, weißt du? Und Daniel hat es ihr erklärt. So hat das angefangen, vor vier Jahren oder so.«

»Erst vor vier Jahren?«, fragte Tilo und schaute sich wieder um.

»Ja, ich glaube schon.«

»Und dann?«

»Dann haben sie irgendwann geheiratet«, sagte Ádám und beschloss, nichts zu den Beweggründen der Hochzeit zu sagen.

»Und danach …«

»Danach kam der Kleine«, sagte Tilo.

»Genau«, antwortete Ádám und wollte sagen: Der Kleine hat einen Namen, er heißt Felix, das ist nicht schwer, wir sind seinetwegen da, merk dir den Namen doch einfach. Aber er sagte nichts.

»Und wieso …?«, fragte Tilo.

»Wieso sie jetzt getrennt sind?«

»Ja.«

»Zu viele Unterschiede, glaube ich«, sagte Ádám bedacht.

»Mh«, sagte Tilo, »und wie ist es jetzt so?«

»Was genau?«

»Das Verhältnis zwischen den zwei.«

»Okay«, antwortete Ádám, »manchmal besser, manchmal schlechter. Es kommt drauf an.«

»Mh«, sagte Tilo wieder. Er sieht aus, als würde er noch etwas fragen wollen, dachte Ádám, aber eigentlich reichte es ihm mit der Befragung.

»Mach dir keine Sorgen«, sagte er deshalb, »Jacinta ist ein ehrlicher Mensch.« Er wusste nicht einmal, ob das stimmte. Die Jacinta, die draußen stand, war nicht mehr die Jacinta, die er vor ein paar Jahren kennengelernt hatte. Wer war er, solche Aussagen zu treffen?

»Danke, Mann«, erwiderte Tilo und deutete mit dem Kinn auf den Keller. »Dann holen wir mal deinen Stuhl.« Ádám nickte. *Stuhl*, nicht *Sessel*. Der Teufel liegt im Detail.

Als sie mit dem Sessel und einem Boule-Set, das ebenfalls im Kellerabteil gelegen hatte, wieder auf die Wiese traten, kam Ádám sich wie ein Außenseiter vor, wie ein Gast, den man höflichkeitshalber eingeladen hatte. Aniko, Daniel, Esra und Jacinta mit Felix auf dem Schoß saßen um den Tisch herum, Esra schenkte Jacinta gerade Limonade ein, Aniko redete mit Daniel und schien sich dabei prächtig zu amüsieren, der Hund lag ein bisschen abseits in der Wiese. Kurz sah Ádám zu Tilo, aber der schaute weder zum Tisch noch zum Hund, sondern suchend zur Straße.

»Da seids ja«, rief Daniel, »kommts her!« Ádám nickte und überlegte, wo er seinen Sessel platzieren sollte. Eigentlich hätte er sich gerne zwischen Aniko und Daniel gesetzt, aber das kam ihm kindisch vor. Er stellte den Sessel links neben Esra, sodass er Aniko wenigstens gegenübersaß. Tilo setzte sich auf den leeren Sessel am rechten Tischende, zwischen Daniel und Jacinta.

»Alles okay?«, fragte Esra ihn. Ádám schaute zu ihr. Vielleicht war es doch nicht so schlecht, dass Jacinta Besuch mitgebracht hatte. Allein wegen dieser Esra mit ihrer ruhigen, angenehmen Art.

»Ja, danke« sagte er, »und, wie gefällt es dir?«

»Hier?«, fragte Esra und ließ den Blick über den Chopinhof schweifen, »oder in Wien?«

»In Wien, meine ich.« Esra schien zu zögern.

»Ich bin nicht wegen der Stadt hier«, sagte sie dann leiser, als wäre es ihr wichtig, dass nur Ádám sie hören konnte. »Ich musste mal raus aus Berlin, deshalb bin ich mitgekommen. Und …« Sie schaute kurz zu Jacinta, die Felix gerade am Bauch kitzelte. Ádám folgte ihrem Blick. »Und weil ich Jacinta noch nicht kannte.«

»Mh«, erwiderte Ádám, obwohl er nicht verstand, warum es ihr so wichtig war, Jacinta kennenzulernen, wenn sie doch so weit weg wohnte.

»Und wir sind nur sehr kurz da«, sagte Esra, »da kann man ja gar nicht so viel sehen.«

»Konntest du …, konntet ihr keinen Urlaub nehmen?«, fragte Ádám. Er verstand noch nicht wirklich, was Esra mit Tilo und seiner Schwester zu tun hatte. Eine alte Schulfreundin? Eine Cousine? Eine Arbeitskollegin?

»Nein, leider nicht wirklich«, sagte Esra. Ádám hatte das Gefühl, dass sie mit jedem Satz betrübter wurde. Lag es an ihm? Stellte er die falschen Fragen?

»Was machst du denn beruflich?«, fragte er. Damit konnte man nie falsch liegen.

»Ich bin Journalistin«, antwortete sie. Deshalb ist es also so angenehm, mit ihr zu reden, dachte Ádám.

»In welcher Abteilung denn?« Das Wort für *szak* fiel ihm nicht ein.

»Krisenjournalismus«, sagte Esra, und Ádám fragte sich, was das heißen sollte. Welche Krisen?

»Also in der Politik?«

»Im Ausland«, antwortet Esra, die zu verstehen schien, dass er ihr nicht ganz folgen konnte. »Manchmal wird das auch Kriegsjournalismus genannt.«

»Oh.«. Alle Fragen, die Ádám zuvor eingefallen waren, klangen jetzt makaber. *Was ist dein Lieblingsbereich?* Sicher nicht. »Und was ist deine nächste ... Aufgabe?«, fragte er nach kurzem Zögern.

»Du meinst, wo ich hingehe?«

»Ja, genau.« Er sah, wie sie ihre Lippe zwischen die Zähne klemmte. Hatte er schon wieder etwas Falsches gesagt? Fragte man so etwas nicht, wenn es um Kriege ging?

»Vielleicht Syrien«, sagte sie dann noch leiser als davor. Fast, als würde sie sich schämen, dachte Ádám.

»Oh, das ist aber ...« Ihm fiel nichts ein, kein einziges passendes Wort. Nicht einmal auf Ungarisch. »Wieso vielleicht?«, fragte er stattdessen.

»Ich ... nein, Syrien werde ich absagen«, nickte Esra bekräftigend. »Also weiß ich noch nicht, wohin es mich verschlagen wird, das ist ...« Sie wurde von Jacinta unterbrochen, die sich laut räusperte.

»Ádám«, sagte sie, »kannst du Felix kurz nehmen? Dann gehe ich mal schnell ...« Sie deutete mit dem Kopf auf die Kuchenbox, die auf dem Tisch stand. Warum fragt sie nicht Daniel, dachte Ádám, aber stand dann sofort auf, um Jacinta das Kind abzunehmen. Felix ließ den Wechsel einfach geschehen. Ádám setzte sich mit ihm zurück neben Esra, während er Jacinta hinterhersah, wie sie mit der Kuchenbox im Haus verschwand.

»Wo geht sie leicht hin?«, fragte Daniel. Ádám schaute zu ihm und zu Aniko. Sie sieht glücklich aus, dachte er und fragte sich, warum er sich nicht darüber freuen konnte. Hatte er nicht heute in der Früh noch Angst gehabt, dass Aniko das Fest schrecklich finden und nach spätestens einer Stunde gehen würde?

»Rein«, beantwortete er Daniels Frage und deutete mit seinem Kinn auf Felix, der ruhig auf seinem Schoß saß.

»Ach so«, sagte Daniel. Niemand am Tisch redete mehr. Ádám sah zu Tilo, der besorgt auf sein Handy schaute. Auch Esra schien das zu bemerken.

»Nichts?«, fragte sie Tilo.

»Nix«, antwortete Tilo, »bei dir?« Esra holte ihr Handy aus der Hosentasche. Sie schüttelte den Kopf.

»Alles in Ordnung?«, fragte Ádám.

»Ja, alles klar, sorry«, sagte Tilo und steckte das Handy weg. Ádám wurde nicht wirklich schlau aus diesem Mann. Während er überlegte, ob er nachhaken oder zumindest seine Hilfe anbieten sollte, hörte er Jacinta die Anfangstöne von *Happy Birthday* singen. Alle am Tisch standen auf und stimmten mit ein. Ádám tat es ihnen ungelenk nach und schaute Felix auf seinem Arm an. Jacinta blieb vor dem Tisch stehen und setzte den Kuchen erst ab, als der letzte Ton gesungen war und alle außer Ádám in die Hände klatschten.

Eine einzige Kerze brannte auf dem Kuchen. Ein Jahr, dachte Ádám, Felix' ganzes Leben besteht aus diesem einen Jahr. Alle schauten zu Ádám und Felix, und Ádám fragte sich plötzlich, wie das wohl für Tilo und Esra aussehen musste. Er mit dem Kind auf dem Arm. Er, der selbst keine Kinder hatte. Er, dessen Frau nicht neben ihm saß. Konzentrier dich, sagte er sich, es geht nicht um dich, es geht um Felix. Er räusperte sich und setzte sich vorsichtig wieder auf den wackeligen Sessel.

»Jetzt musst du fest pusten«, sagte er zu Felix.

»Ganz fest, Vogerl«, bestärkte ihn Daniel. Felix sah verwundert von seinem Vater zu seiner Mutter und dann hoch zu Ádám.

»Komm, ich zeig's dir«, sagte Ádám, beugte sich nahe an den Kuchen und pustete leicht. Die Flamme flackerte kurz. »Jetzt du.« Ádám stellte das Kind auf seinen linken Oberschenkel, fasste es unter den Armen und beugte sich wieder nach vorne.

»Fest«, sagten Daniel und Jacinta gleichzeitig. Felix pustete, die Flamme flackerte, aber ging nicht aus.

»Noch mal«, sagte Jacinta, »*dale, mi amor.*« Felix schaute zu seiner Mutter, während Ádám versuchte, ihn stabil auf seinem Oberschenkel zu halten. Die Hose war hinüber, das konnte er jetzt schon sehen. Immerhin passen wir dann gut zusammen, Aniko und ich, dachte er, sie in einem fremden Kleid, ich voller Dreck. Felix beugte sich noch weiter nach vorne und prustete mit voller Kraft. Die Kerze erlosch. Wieder klatschten alle, während Ádám Felix kurz anhob, um ihn wieder auf seinem rechten Oberschenkel abzusetzen.

»Super gemacht«, sagte er leise. Felix sah zu ihm und grinste breit, als hätte er alles, was passiert war, genau durchschaut.

»Wer schneidet den Kuchen an?«, fragte Aniko. »Haben wir ein Messer?«

»Eins hab ich vorher mit heruntergebracht«, sagte Daniel und sah sich suchend um, »hast du das gesehen, Ádám?«

»Nein, ich habe kein Messer gesehen«, antwortete Ádám, »wo hast du es hingelegt?«

»Eh in die Wiese, wie den Rest«, sagte Daniel.

»In die Wiese?«, fragte Jacinta. »Einfach in die Wiese?«

»Ja, was ist leicht?« Bitte nicht, dachte Ádám, bitte kein Drama.

»Du kannst doch ein Messer nicht einfach in die Wiese legen«, sagte Jacinta, ihr Ton war schärfer geworden.

»Du wohnst nimmer da«, erwiderte Daniel, »du kannst mir nix mehr anschaffen.«

»Du ...«, setzte Jacinta an.

»Katja«, sagte Esra plötzlich laut neben Ádám, »Katja, hier!« Alle folgten ihrem Blick, hin zur Schranke, die den Chopinhof von der Taborstraße trennte. Esra stand auf und winkte, Tilo stand auch auf. Eine sportliche blonde Frau mit einem kleinen Koffer quetschte sich durch den Spalt zwischen Schranke und Zaun und kam auf den Tisch zu. Erst als sie fast angekommen war, erkannte Ádám die Ähnlichkeit zwischen Tilo und ihr. Die gleiche schmale Nase, der gleiche Zug um den Mund, die gleiche hohe Stirn. Aber so gemütlich Tilo wirkte, so getrieben sah seine Schwester aus. Vielleicht war sie wie Esra auch Journalistin, nur jünger.

»Das ist Katja«, erklärte Tilo, »meine Schwester aus Berlin.«

»Sorry für die Verspätung«, sagte Katja, und Ádám dachte, dass sie ganz bestimmt auch Journalistin war. Nur abgehärteter wirkte sie, mächtiger. Vielleicht war sie die Chefredakteurin. Oder Journalistin im Wirtschaftsbereich. Sie war elegant angezogen. Eleganter als der Rest von uns, dachte Ádám. Aniko stellte sich vor, dann Daniel.

»Ich bin Ádám«, sagte Ádám und hatte das Bedürfnis, seinen Nachnamen zu nennen oder die Tatsache, dass auf seinem Namen zwei Akzente waren. Er sagte nichts davon, nur noch: »Und das ist Felix«, während er auf das Kind auf seinem Schoß sah.

»Das Geburtstagskind also.« Katja lächelte Felix freundlich an.

»Komm, setz dich«, sagte Esra, »der Stuhl hier ist für dich.« Katja nickte und setzte sich auf den Sessel am linken Tischende, gegenüber von ihrem Bruder und zwischen Ádám und Aniko.

»Hast du es nicht finden können?«, fragte Aniko Katja.

»Bitte?«, fragte Katja.

»Den Chopinhof«, sagte Aniko unbeeindruckt, »war es schwer, ihn zu finden?« Was wollte sie mit dieser Frage? Ádám hatte das Gefühl, als wollte seine Frau die neu Dazugekommene herausfordern. Vielleicht fühlt sie sich eingeschüchtert, dachte Ádám. Seit er Aniko kannte, tat sie das. Angriff als Verteidigung.

»Nee, nee«, antwortete Katja, »ich hab nur irgendwie die Zeit vergessen.«

»Passiert«, sagte Aniko.

»Dafür sind wir ja jetzt komplett, oder?«, fragte Ádám, der ein Ende dieses Schlagabtausches sehen wollte.

»Ja«, sagte Jacinta, »danke, dass ihr da seid.« Sie wandte sich an Daniel. »Danke, dass wir bei dir feiern können.« Daniel nickte und hob seinen Becher an.

»Auf Felix«, sagte er.

»Auf Felix«, stimmten alle anderen mit ein, hoben ebenfalls ihre Plastikbecher und schauten dabei zu Felix.

»Was machen wir wegen dem Messer?«, fragte Jacinta. Nicht schon wieder, dachte Ádám. Daniel zuckte nur mit den Schultern.

»Katja, hast du dein Taschenmesser dabei?«, fragte Esra.

»Ja, klar, warum?«, antwortete Katja.

»Das Kuchenmesser ist verloren gegangen«, erklärte Tilo. Ádám konnte sehen, wie Daniel die Augen verdrehte. Katja kramte in ihrer Tasche, holte ihre Geldbörse heraus und fischte ein Schweizer Taschenmesser heraus.

»Warum hast'n du ein Taschenmesser im Geldbörserl?«, fragte Daniel sichtbar beeindruckt.

»Alte Angewohnheit«, sagte Katja, während sie den Kuchen zu sich zog.

»Wir sind nicht ganz behütet aufgewachsen«, fügte Tilo hinzu. Katja, die gerade das Messer angesetzt hatte, hielt inne.

Ádám verstand nicht, warum sie ihren Bruder anschaute, als würde sie ihm gleich das Messer in die Brust rammen.

»Und deshalb hast du ein Messer dabei?«, stieg Aniko ein. Ádám sah kurz seitlich zu Esra, aber die schien gedanklich woanders zu sein.

»Nein«, antwortete Katja, »es ist nur praktisch. Man benötigt es öfter, als man denkt.« Benötigt, dachte Ádám, das Worte hatte er noch nie jemanden sagen gehört.

»Ah«, sagte Aniko, und Ádám konnte ihr ansehen, dass sie noch etwas hinzufügen wollte.

»Danke auf jeden Fall«, sagte er deshalb schnell, »es ist gut, dass du es dabeihast.« Katja schaute ihn an, während die Messerspitze weiter den Kuchen berührte.

»Klar«, sagte sie und schnitt endlich den Kuchen auf, Stück für Stück. Teller wurden um den Tisch gereicht, Ádám entspannte sich mit jedem Stück. Auch Felix schien genug von der Aufregung gehabt zu haben, sein Kopf war seitlich gegen Ádáms Brust gesunken. Ádám rückte das Kind vorsichtig ein wenig seitlicher, dann schaute er zu Katja, die ihr Kuchenstück nicht einmal kaute, sondern einfach nur schluckte und währenddessen Felix fixierte. Ádám wich ihrem Blick aus und sah zurück zu Esra. Immer noch schaute sie gedankenverloren auf den Tisch, ihr Kuchenstück hatte sie nicht angerührt.

»Brauchst du was?«, fragte Ádám.

»Bitte?« Sie schaute ihn verwirrt an. Mittlerweile wirkte sie nicht mehr nur betrübt, sondern ziemlich traurig, obwohl sie doch gerade eben noch fröhlich winkend Katja begrüßt hatte.

»Arbeitet ihr zusammen, Katja und du?«, fragte er.

»Was, Katja und ich? Nein, Katja arbeitet in einer Bank.«

»In einer Bank?« Ádám konnte sich diese Frau mit ihrem Taschenmesser nicht hinter dem Bankschalter vorstellen, wie sie einem Mütterchen zwei Hunderteuroscheine zuschob.

»Ja, aber nicht klassisch als Bankkauffrau«, antwortete Esra, als hätte sie seine Gedanken gelesen, »weiter oben. Was genau, weiß ich aber eigentlich auch nicht wirklich.«

»Oh«, sagte er, »und woher kennt ihr euch dann?« Endlich hellte sich Esras Gesicht ein bisschen auf.

»Aus der Straßenbahn«, antwortete sie, »eigentlich ein totaler Zufall.«

»Redest du über uns?«, fragte Katja.

»Ja«, sagte Esra und lächelte Katja warm an.

»Und, was erzählst du so?« Katja und lehnte sich in dem Klappsessel zurück. Ádám sah ihn vor seinem inneren Auge nach hinten zerbersten. Plastikteile in Katjas Rücken. Weder sie noch Esra noch Aniko würden schreien, drei stolze Frauen, die nichts beeindrucken konnte. Nur er würde schreien und dann auch Felix und wahrscheinlich auch Tilo.

»Dass wir uns per Zufall getroffen haben, in einer Straßenbahn«, antwortete Esra.

»Mitten in Berlin, einfach so«, sagte Katja und lächelte. Ádám war überrascht von der Nostalgie in ihrem Blick.

»Ich habe ihr den Weg erklärt«, sagte Esra, obwohl Ádám nichts weiter gefragt hatte, »und noch am selben Abend haben wir uns auf ein Bier getroffen.«

»Liebe auf den ersten Blick«, fügte Katja hinzu und grinste breit, »oder?« Ádám verstand nicht, ob sie es ernst meinte oder nicht. Waren die beiden ein Paar? Oder ein Paar gewesen? Hatte er das die ganze Zeit übersehen? »Und du?«, fragte Katja ihn, »wie kommst du hierher?«

»Ich arbeite mit Daniel zusammen«, sagte Ádám.

»Nee, nach Wien, meinte ich«, erwiderte Katja und schaute ihn weiter an, fast so aufmerksam wie Esra vorhin, bloß strenger, kühler.

»Aniko und ich …«, setzte er an und sah zu Aniko, die sich

mit Daniel unterhielt, »also meine Frau und ich, wir wollten ein besseres Leben als in Ungarn. Deshalb sind wir hergekommen vor ein paar Jahren.«

»Mh«, sagte Katja, »vermisst du es?«

»Ungarn?«

»Ja, Ungarn.«

»Na ja«, sagte Ádám, »manchmal. Eher selten. Ungarn ist anders.«

»Hast du es manchmal bereut, nach Wien gezogen zu sein?« Ádám räusperte sich. Warum fühlte sich das immer mehr wie ein Kreuzverhör an?

»Katja«, sagte Esra weich. Immerhin, dachte Ádám, nicht nur mir kommt das komisch vor.

»Sorry.«

»Kein Problem«, sagte Ádám, »bist du …?«

»Und deine Frau und du«, unterbrach ihn Katja mit Blick auf den schlafenden Felix, »habt ihr auch Kinder?«

»Nein«, antwortete Ádám, »also noch …« Er hielt inne. Gegenüber hatte das Gespräch zwischen Aniko und Daniel aufgehört. Beide schauten ihn an. Er merkte, wie sein Herz schneller klopfte. Kein Wort von Aniko. Er räusperte sich, schluckte. »Wir haben keine«, sagte er dann, »und du?«

»Ich will keine Kinder«, antwortete Katja ernst, »erstens wäre ich eine schreckliche Mutter und zweitens ist die Welt viel zu krass für Kinder.«

»Nicht für alle«, sagte Esra beschwichtigend. Ist das die Dynamik zwischen den beiden, fragte sich Ádám, die eine teilt aus, die andere federt ab?

»Für die meisten schon«, erwiderte Katja.

»Kinder sind das letzte Wunder, das es gibt auf der Welt«, sagte Daniel. Ádám sah überrascht von Katja zu ihm. Seit wann klopfte Daniel solche Sprüche?

»Und trotzdem treten es so viele mit Füßen«, sagte Katja. Auch Jacinta und Tilo hatten aufgehört zu reden.

»Deshalb machen wir es besser«, meinte Jacinta.

»Wer ist wir?«, fragte Katja.

»Daniel und ich«, antwortete Jacinta. Irgendwas stimmt nicht, dachte Ádám, der Ton, die Blicke. Was war das nur für eine Geburtstagsfeier? Warum waren diese Leute alle hier?

»Stimmt«, sagte Katja, »du bist ja so ein guter Mensch, Jacinta, hab ich recht?«

»Katja«, sagte Tilo jetzt, seine Stimme klang anders in Ádáms Ohren, alarmiert.

»Was denn, Tilo?«

»Katja, lass mal«, sagte Esra, bevor Tilo antworten konnte. Katja schien alles egal zu sein. Was war mit dieser Frau los? Und was war ihr Problem mit Jacinta?

»Weißt du, wie fertig du sie gemacht hast?«, sagte Katja zu Jacinta. »Was das anrichtet? Alles, weil du so ein guter Mensch bist, mh? Erzählst ihr irgendeinen Dreck über europäische Journalistinnen, machst sie blöd von der Seite an, nimmst ihr die Hoffnung, als ob das dein Beruf wäre, als ob du eine Ahnung hättest. Große Klasse ist das, Mann. Sie ist die Einzige, die noch was reißt von uns allen, die Einzige, die sich noch was traut, die nicht nur wegrennt, und du hast nichts Besseres zu tun, als ...«

»Katja, fuck, dann verpiss dich eben!«, rief Tilo und schlug mit einer Hand auf den Tisch. Felix zuckte an Ádáms Brust zusammen und rieb sich die Augen. Behütend legte Ádám seine Hand auf den kleinen Kopf. Hatten alle den Verstand verloren?

»Gehen wir einfach, Katja«, sagte Esra ganz ruhig und stand auf. Felix fing leise zu wimmern an.

»Gleich«, erwiderte Katja und drehte sich dann wieder zu

Tilo und Jacinta. »Wenn ich so drüber nachdenke, passt ihr super zusammen«, sagte sie leiser und so kalt, dass Ádám den Tisch mit den Augen nach dem Taschenmesser absuchte. »Ihr seid beide beschissene Heuchler. Ihr glaubt, ihr könnt es besser, ihr habt es geschafft, aber ihr habt gar nichts geschafft. Du«, sie schaute Jacinta an, »du bist so verloren hier, da hilft dir auch dein Kind nichts und dein heiliges Getue auch nicht. Und du«, sie drehte den Kopf zu Tilo, »du kannst mir fucking dankbar sein, dass ich damals das Jugendamt angerufen hab. Sonst wären wir heute tot, Mann. Mama hätte uns einfach verhungern lassen. Und dass du das nicht siehst, dass du immer noch nur darauf wartest, dass sie dich lieb hat, lieber als die ganzen Typen und Götter und Tabletten, das ist dein Problem, Tilo, aber nie wieder meins. Du hast mich das letzte Mal gesehen, und das Gleiche kannst du Mama sagen. Wenn sie sich umbringen will, soll sie. Wenn sie Vergebung will, kann sie sich wen anderen suchen. Und jetzt«, sie sah zurück zu Esra, »jetzt gehen wir.«

»Wegen mir müsst ihr nicht gehen«, sagte Daniel.

»Doch, doch, wir gehen«, erwiderte Esra, die immer noch stand. Wortlos stand auch Katja auf, nahm den kleinen Koffer in die Hand und ging schnurgerade zurück Richtung Schranke, zurück Richtung Taborstraße, aus der sie doch gerade erst gekommen war. Ádám sah zu Tilo, der auf den Tisch starrte, wo sein Becher umgekippt war. Warum tat er nichts? Jacinta daneben war rot im Gesicht und hatte Tränen in den Augen. Was war gerade passiert? Was hatte Jacinta diesen beiden Frauen aus Berlin denn angetan?

»Entschuldigt uns bitte«, sagte Esra, die ihren viel größeren Koffer hochnahm. »Das war nicht die beste Idee«, fügte sie hinzu, ohne zu erklären, was sie genau meinte. Zu der Geburtstagsfeier eines völlig fremden Kindes zu kommen? Die eigenen

Familienkriege vor allen anderen in einer riesigen Explosion auszupacken? Nach der Explosion einfach zu verschwinden und die anderen in dem Krater sitzen lassen?

»Esra, ich ...«, setzte Jacinta an, aber Esra schüttelte nur den Kopf.

»Schön jedenfalls, euch kennenzulernen«, sagte Esra und ließ ihren Blick durch die Runde schweifen, bevor auch sie sich umdrehte und Katja mit schnellen Schritten hinterherging. Ádám konnte sehen, wie die Rollen des Koffers das Gras zerdrückten. Niemand sagte etwas, bis beide Frauen nicht mehr zu sehen waren.

»Es tut mir leid«, sagte Tilo dann leise, »es tut mir so leid.«

»Wenigstens passiert einmal was«, grinste Daniel, »den Geburtstag vergess ma jedenfalls sicher nie.«

»Daniel, bitte«, sagte Jacinta, »bitte mach jetzt keinen ...«

»Aufstand?«, erwiderte Daniel. »Ich glaub nicht, dass ich der mit dem Aufstand bin, oder? Was hast'n du der Netten erzählt, der Esra, mh? Hast wieder irgendwas Obergescheites gesagt?«

Ádám merkte, wie Felix sich von ihm wegdrückte.

»Schlaf einfach wieder ein«, flüsterte er, aber Felix war Ádáms Bitte egal. Während er sich die Augen rieb, fing er an zu weinen.

»Gib ihn mir«, sagte Jacinta und stand auf.

»Kannst ihn mir ruhig auch geben«, sagte Daniel und lehnte sich in seinem Sessel nach vorne, die Arme ausgestreckt. Ádám sah unschlüssig von Jacinta zu Daniel.

»*Ven, mi amor*«, nahm ihm Jacinta die Entscheidung ab, indem sie schnell um den halb leeren Tisch herumging und Ádám das Kind abnahm. Sie drückte Felix an ihren Hals und murmelte ihm etwas zu.

»Sollen wir auch gehen, Ádám?«, fragte Aniko.

»Wir ...«, setzte Ádám an, aber Daniel kam ihm zuvor.

»Ihr wollts uns auch noch verlassen, oder wie?«, fragte er.

»Ich muss noch was für die Arbeit machen«, log Aniko, ohne mit der Wimper zu zucken.

»Mh«, sagte Daniel, »aber du bleibst schon noch, Ádám, oder?« Ádám sah von Daniel zu Aniko. Einmal Frieden, dachte er, warum kann es nicht einmal Frieden geben, wenigstens kurz, wenigstens zwischen dieser Handvoll Menschen. Er wäre gerne noch geblieben, hätte zu gerne Kuchen gegessen und Saft getrunken. Sie hätten zusammen den ganzen Wahnsinn sacken lassen und stattdessen Erinnerungen an Felix' erstes Lebensjahr teilen können. Diesen Geburtstag feiern, wie es sich gehörte. Irgendwann, wenn es kalt werden würde, alles gemeinsam in die Wohnung räumen, dort ein letztes Mal auf Felix anstoßen. Den ganzen Nachmittag hätten sie noch füllen können. Aber Ádám wusste, dass Daniel ihm leichter verzeihen würde als Aniko.

»Nächstes Mal«, sagte er deshalb leise und stand langsam auf.

»Na danke«, antwortete Daniel, »ihr …«

»Daniel, lass sie doch«, sagte Jacinta, »sie können doch selber entscheiden, wann sie gehen wollen.« Ádám schaute zu ihr. Felix hatte seinen Kopf so in ihrer Schulter vergraben, wie er es vorhin noch bei ihm gemacht hatte.

»Ich halt niemanden auf«, meinte Daniel, »bitte, gehts nur.«

»Ádám bringt dir das Kleid mit, wenn ihr euch das nächste Mal seht«, sagte Aniko. Daniel nickte wortlos. Ádám überlegte, ob er sich noch von Felix verabschieden sollte, aber Anikos ungeduldiger Blick hielt ihn davon ab. Er nahm seinen Rucksack, der neben dem Tischbein stand.

»Oh, warte.« Er zog den Reißverschluss auf. »Das hätte ich fast vergessen.« Er nahm das Geschenk vorsichtig heraus und stellte es auf den Tisch.

»Danke, Ádám«, sagte Jacinta, »das machen wir nachher in Ruhe auf, ja?«

»Sicher.« Ádám räusperte sich. »Viel Spaß euch noch.« Wie gerne hätte er Felix beim Zerreißen des Papiers zugeschaut. Ihm gezeigt, wie man die kleine Holzente hinter sich herzog, sodass sie ein watschelndes Geräusch von sich gab. Aber längst hatten andere entschieden, was passieren würde und was nicht.

»Bis bald«, sagte Jacinta.

»Ciao«, fügte Tilo hinzu. Weder Daniel noch Aniko antworteten.

»Macht es gut«, sagte Ádám, während Aniko sich schon in Bewegung setzte. Kurz hoffte er, Felix würde sich auf dem Arm seiner Mutter umdrehen und ihm wenigstens zuwinken, so wie sie es gemeinsam geübt hatten. Aber Felix rührte sich nicht. Ádám nickte Daniel ein letztes Mal zu und ging Aniko hinterher.

Kurz vor der Ecke des grauen Hauses drehte er sich noch einmal um. Felix saß auf Jacintas Schoß und streckte gerade die Arme nach einem winzigen Päckchen aus, das Tilo ihm gab. Ádám blieb stehen und sah dem Kind zu, wie es an der Verpackung riss. Er konnte nicht genau erkennen, was unter dem Plastik zum Vorschein kam. Die Verpackung fiel auf den Boden und Felix hielt etwas Faustgroßes, matt Glänzendes in den Händen. Es durfte nicht wahr sein. Ádám kniff noch mal die Augen zusammen, dann drehte er sich ruckartig um. Aniko war schon um die Ecke verschwunden.

Allein stand Ádám neben der goldenen Plakette, in der kaum leserlich *Chopinhof* eingraviert war. Er schloss die Augen und lehnte sich gegen den rauen, kalten Stein. Nein, es konnte nicht wahr sein. Genau hier, im Chopinhof. Genau jetzt, wo er sich endlich eine Art Hoffnung erlaubt hatte. Ádám hatte verloren, gegen ein Nilpferd, das keine sieben Zentimeter groß und trotzdem überall war. Er fragte sich, was er tun sollte, was ihm jetzt noch übrig blieb. Sollte er Aniko hinterherrennen und ihr davon erzählen? Oder zurück zur Geburtstagsgruppe gehen und sie darum bitten, das Nilpferd in den Mist zu schmeißen? Vielleicht würde Daniel Verständnis zeigen. Jacinta und Tilo aber sicherlich nicht, warum auch. Welcher vernünftige erwachsene Mann verlangte, dass man einem Einjährigen ein unschuldiges Geschenk wegnahm und es wegschmiss? Wie sollte er sich erklären? Und was konnte Felix dafür, dass Ádám sein Leben nicht im Griff hatte? Er konnte das Bimmeln der Straßenbahn hören, in die Aniko bestimmt gerade stieg. Er öffnete die Augen, blinzelte und stieß sich von der Wand ab.

Langsam drehte er sich weg, weg vom Chopinhof, weg von der Richtung, in der die Straßenbahnstation lag. *Pass auf dich auf, Söhnchen*, hörte er seine Mutter in seinem Kopf, *alles wird anders*. Er atmete durch. *Pass auf dich auf.* Wackelig setzte er sich in Bewegung und ging mit jedem Schritt stabiler in die Richtung, die er nicht kannte.

Mein Dank gebührt Alexander, Annika, Barbara, Brigitte, Dorina, Džemila, Emina, Frieder, Jasmin, Lara, Lina, Martina, Monika, Moritz und der Werkstatt für junge Literatur.